幸福躲在
时光深处

古保祥 著

山西出版传媒集团
北岳文艺出版社
·太原·

图书在版编目（CIP）数据

幸福躲在时光深处 / 古保祥著.—太原：北岳文艺出版社，2018.8 （2025.4重印）

ISBN 978-7-5378-5592-1

Ⅰ.①幸… Ⅱ.①古… Ⅲ.①长篇小说–中国–当代 Ⅳ.①I247.5

中国版本图书馆CIP数据核字（2018）第038382号

书名：幸福躲在时光深处 XINGFU DUO ZAI SHIGUANG SHENCHU	特约编辑：李　路　韩玉龙	封面设计：弥　月
著者：古保祥	责任编辑：李向丽	排版设计：百川视觉

出版发行：山西出版传媒集团·北岳文艺出版社

地址：山西省太原市并州南路57号　邮编：030012

电话：0351－5628696（发行部）

0351－5628688（总编室）　传真：0351－5628680

网址：http://www.bywy.com　E－mail：bywycbs@163.com

经销商：新华书店

印刷装订：三河市同力彩印有限公司

开本：710mm×1000mm　1/16

字数：310千字　印张：20.75

版次：2018年8月第1版

印次：2025年4月河北第3次印刷

书号：ISBN 978-7-5378-5592-1

定价：62.80元

一

河南郑州。某大型饭店门口。

大厨师朱江波,像个孩子似的蹲在停车场门口,四儿小声安慰他:"哥,甭生气了,不值,谁家里还没有个事儿啊。老大的眼睛就是绿色的,光瞧着咱们不好的地方。"

朱江波不爱说话,虽然有点幽默,但自从他老婆走了后,他就更不爱说话了,也不喜欢幽默了,有事除了以泪洗面外,别无他法。

朱江波现在的工作是停车场的一名普通工人,在此之前,他是这家饭店的大厨,挣着中等工资,勉强可以贴补家用,他的女儿朱家琴,是郑州某中学的初二学生。

四儿继续说:"哥,你的家庭情况,老大比谁都清楚,没法子呀,男人就是难人呀,活着不易,如果嫂子仍在的话,估计……"四儿口无遮拦,刚想继续说那个女人,朱江波的眼神像闪电一样射了过来,惹得四儿不敢说话了。

"得,哥,有差事,我走了,你盯着点儿,别让老大继续骂你。"四儿走了,朱江波搓着手,这个冬天有些冷。

朱江波一直忘不了家琴的妈妈,若干年以前,是自己亲手将她从歌舞厅追回来的。那个场合,他不经常去,但去了一次就一生都忘不了。

当时,他还是个配料的小服务生,长得清秀,角色一般,饭店的大堂经理让他去某舞厅送订好的饭菜,没有文化的他,悄悄地进了那个陌生的地方。

男人都喜欢那类地方,可是朱江波不一样,他来自农村,母亲去世得早。他从小接受的教育便是一心一意做人,不喜欢风月,尤其是一生一世只能爱一个女人。

如今,没有几个男人这样专一,尤其是物欲横流、世态炎凉的都市,朱江波算是一个异类。

朱江波快三十岁了,一直没有恋爱过,不是不想,哪个男人不想有个心仪的女孩子一起共度余生。只是朱江波内向,这决定了他的爱情来得晚。他不爱说话,不懂交流,语言是恋爱的致命武器,一个谈吐差的男人,一定不是女生眼中的绩优股。

朱江波路过吧台,看到一个女孩子,正在那儿唱歌,唱的是王菲的《人间》,几个不可一世的小老板,正在下面纠缠不休。菜放下了,小老板给了钱,他却忘形地站在那儿看着她,听她唱歌。那个小老板龇着牙,讽刺道:"哟,这个小白脸子,不会喜欢上娜娜了吧?娜娜可是人见人爱的角色。"

另一个人说:"不可能,我们追了娜娜半年,仍然一个手指头都没有摸到。喜欢他,不可能的事,除非公鸡下了蛋、驴上了天、水从天上来。"

娜娜受了嘲弄,停止了唱歌,将气全撒在朱江波身上。

"你个傻子,快走呀,碍我的眼了。"

"噢,我走,我走。"朱江波头一次对一个女子动心,不由自主地,他的口水流了下来。

朱江波有些明白了,感觉爱情要来了,因为奶奶曾经说过,如果你的心上人来了,你的嘴角会湿润,口水会自然而然地流下来。

小老板们笑道:"娜娜,你不会真喜欢上他了吧?如果你愿意嫁给他,你欠我的钱,我不要了,我还送你一车嫁妆。"

"怎么可能呢,娜娜是何等角色,连这家舞厅的老板都瞧不上,会喜欢这只癞蛤蟆吗？"

"我就是喜欢他，怎么了？我们认识半年了，恋爱半年了，而且马上结婚。你们说话算话，不然就是放屁。举头三尺有神灵，你们说过的话要算数。"

娜娜疯狂地跑向朱江波，搂着他的肩膀，这让他不知如何是好，便想起了电视里曾经看过的镜头，如果女孩子愤怒了，就要在她的耳朵旁唱歌。对了，唱什么歌呢？唱我喜欢的歌吧，唱爱情歌曲《纤夫的爱》，这个场合极好，极适合。

朱江波小声说："妹妹你坐船头，哥哥我岸上走。"

娜娜听到了有些语塞，突然间愤怒地将拳头打到朱江波的脸上。

"船头，我打你的头，走呀！"

朱江波一直在舞厅门口等娜娜，因为，他刚才听清楚了一个誓言。他认为，凡是对着上天说的话，就要兑现的，因此，他在等娜娜，问她何时嫁给他。

夜里零时许，娜娜出来了，她没有想到，自己一句玩笑话，这个年轻人竟然上了心。

娜娜说："你怎么还没有走？让他们发现，打死你。"

"娜娜，我，我。"朱江波揉着衣角。

"快走吧，戏演完了，他们那帮人想占我的便宜。我文娜娜活了快三十岁，还没有碰到对手呢，我爱的人，还没有出现呢！"

"爸，您怎么还没回家呢？"

朱家琴的声音传来，朱江波的回忆戛然而止。

"闺女，你咋来了呢？"朱江波觉得自己有些失态了。在闺女面前，他从来没有掉过眼泪，哪怕娜娜离家出走的那天晚上，他依然没有掉泪。

幸亏是晚上，朱家琴并没有发现端倪。

朱江波觉得应该赶紧回家，无论如何，不能让孩子发现自己的工作被调动了，否则，她就不能好好上学，会分心。娜娜走时，朱家琴就说不想上学了，想打工，照顾家里。

朱江波骑着自行车，小琴琴在后面骑车紧紧跟随。她很爱爸爸，尤其是妈妈莫名其妙地离家出走后,她觉得爸爸太不容易了。

他们家在幸福小区,他们在A座三楼,强强家在B座三楼,而花花家则在C座七楼。C座是有钱人住的地方,连服务都好,如果你开着车进出大门,会有保安敬礼,如果你骑着自行车进门,保安就懒得理你,负责任的会说一声:"太晚了,注意安全。"不负责任的保安会像一只狗一样,抬眼看你一下,然后继续进入梦乡。

琴琴一边推着车,一边说:"爸爸,告你个好消息,我今天考试了,全是优。"

朱江波对女儿的分数非常自豪,这也是他唯一值得骄傲的地方。只有在女儿面前,他才会感觉自己的口才极好,因此,他小声叮嘱女儿说:"琴琴,看着我点,你先别进去。"

朱江波推着自行车,非常悠闲地准备进小区的大门。

他故意咳嗽两声,试图引起保安的注意,保安八子是队长,看到朱江波哼了一声。八子本来不想说话,可是,一想到自己的儿子学习不好,想求一下琴琴,便赶紧笑脸相迎。

"是波哥呀,我以为是谁呢?今天考试了,我给您说,琴琴又是第一名,您是怎么教育孩子的,虽然孩子妈妈不在,可是,您……"

朱江波最讨厌人在自己面前说娜娜,他没好气地说:"本来我要告诉你,周日可以让你儿子小八去我家里复习功课,现在算了吧!"

琴琴紧跟着推车进了门。

八子抽自己的嘴巴。

"哥,琴琴,小八今天可是夸你了!琴琴,我看你们关系挺好的,要不我出钱,周日去世纪欢乐园,如何?"

"烂泥扶不上墙。"朱江波嘟囔道。

琴琴坐在书桌前写作业,朱江波进了厨房,冰箱里还有些肉,他兴奋地对女儿道:"琴,我们今晚吃红烧肉。"

"爸，晚上吃肉不好吧，我们老师可说了，晚上要吃些素菜。"

朱江波看到冰箱里啥也没有了，只有一些剩菜，他摸了摸口袋，还有些零钱，便对琴琴说："爸去超市买些豆角，做蒜泥豆角，你最爱吃了。"

"哎，爸，你可快点呀，我的肚子都咕咕叫了。"

朱江波下楼，恰好在广场上遇到花花。花花是琴琴的同学，是大款冯则的女儿。

朱江波问："花花，这么晚了，咋不回家呀？"

花花搂着试卷，不敢吭声，想了想，问朱江波："叔，我知道您和爸是发小，他的字，您会模仿吗？"

朱江波写字一流，他自认为，自己的字像自己的人品一样一流。因此，一旦有人在他面前说他的模仿能力极强时，他通常会大悦，尤其是学生面前，还是一个女学生。朱江波心想，她肯定遇到难处了，如果自己帮了她，肯定会扬名的，老师们会知道，同学们会知道，难不成，会邀请他去学校做讲演，到那时候，自己就是风云人物了，什么破大厨，说不定，还会去省政府给省长当御厨呢！

"花花，说吧，何事？我的字当然是一流的！"朱江波在大人面前缺乏自信，他是这个大都市红尘中的一抹灰尘，没有人会在乎他的存在。在饭店里，他自认为是阅历最丰富的人之一，他们不知道，他的自信就像气筒，越打气越多，才能也越多。

"叔，我今天考试不及格，老师让签字呢，您看能帮……"

朱江波明白了，是让自己做坏事呢。不过，好事谁想着你呀，这不算坏事，是善良的谎言，不然，依老冯的脾气，知道女儿花花考砸了，非揍她不可。

"这个忙，叔可以帮你，不过，我有个事情要问下你。"朱江波有些兴奋。

"啥事呀？叔，我爸快来了，他在公司加班呢。"

"一个老板加啥班，你爸最近忙啥呀？"

"我爸呀，公司的事呗，不过他每天晚上八点左右会准时回来的，他要送我去美国读书，不让我参加高考。"

"这就是你爸不对了,奥巴马还说过呢,中国的理化教育比美国都要好。你爸呀,钱多了,压在胸口堵得慌。"

"我告诉你呀,我现在可是一名大厨,你知道的,你爸的公司,如果缺少一名大厨,就告诉我,我去给他帮忙,如何?"

"不过,我爸是做房地产的,公司人挺多的,吃饭的人肯定多,我给你留意下。"

"叔,快签字呀,我爸快来了。"

二

花花一直不太喜欢冯则，冯则是个大商人，商人的眼中只有钱，因此，在钱与情谊之间，他们很难取舍。

冯则这些年有许多哥们儿，但香一阵儿臭一阵儿的，就连与他关系较好的朱江波，也到了难以维持的地步。

在金钱面前，能让一个人的人生观发生扭曲。

冯则对花花说："花，你别有事没事都与琴琴扭在一起，这个邻居很重要。你知道吗？古代的孟母三迁是为何，与富人待在一起你会变富，越来越富，我想好了，回头将你弄到北京去上中学，怎么样？"

花花很讨厌父亲，可是，她并没有表达什么观点。她知道，父亲也不容易，这么多年没有再娶，一个大老板，有钱的大老板，这已经很难得了，如果换作他人，早就是妻妾成群了。

花花还讨厌父亲在自己面前说他人的坏话，什么朱江波以前的事了，什么房地产商的钩心斗角了，等等。

花花准备回家，她准备将考试的事情瞒着父亲大人。她正准备上楼呢，远远地看到父亲的车子驶了进来。

她将试卷叠好，塞进口袋里，准备上前迎接。

可是，她看到她爸从司机的位置上下来，而副驾上竟然坐着一个女人。这个女人是冯则的女秘书，很轻佻的样子，下车后将手中的一盒烟扔给八子，八子像一条哈巴狗一样接了过去。

"冯总，哎呀，真是郎才女貌呀。我说，你们的事儿大家可都知道了，怎么样？什么时候喝喜酒呀？"

八子想讨好冯则，因为他想到冯则的公司里当销售经理，现在的郑州，谁卖房子谁火。

冯则"嘘"了一声，瞅瞅周围，压低了声音，但声音中依然有着不可一世的力量。

"老八，我说过我要结婚了吗？你的嘴呀，迟早会出事的。男人最怕的是啥，你知道吗？"冯则教育起八子来。

"哎，冯总，您说说看，俺没文化，俺儿子的成绩老不好，今天考试又弄了个不及格。"

"你那素质，基因不好，知道吗？俺家花花，每次考试都是好成绩。关于我婚姻的事儿，谁也不许说，更不许告诉花花，否则我让你下岗，听见没？还有你，你，后面那几个小脑袋都滚出来吧。我可告诉你们，你们保安部的经理，可是我以前的小徒弟，我放一个臭屁，能让他脸黑青。"

八子明白了："暗度陈仓，是吧？好事，可以换，这样最好，还可以不分财产。冯总，您高呀。"

旁边那个叫青菊的女秘书不爱听了。

"老冯，您听听，他们说的都是您告诉的吧？我与您五六年了，您老找借口，我明白了，你的老婆也死好多年了，一直不娶，是想拖死我呀？谁在乎你们家那些臭钱！"

冯则彻底愤怒了，跑了过去，掐住八子的嘴："小子，八子，刚才我没有说完呢，告诉你，男人最可怕的不是没钱，不是没才，而是没有一张好嘴，你就是臭嘴、乌鸦嘴，迟早死在你的嘴上，知道吧？"

"爸，您这是干啥？放开八子叔叔。"

在女儿花花面前，冯则一直像一个正人君子，他不想让女儿瞧不起自己，自己是一个大商人，有文化、有知识、有道德、有钱的四有商人。

"女儿呀，八子叔叔掉了一颗牙，我帮他看看，你忘了，我以前可是医生呀。"

"是庸医，差点让我破了相。"旁边的女秘书青菊看到关键的角色出现了，也装出一副清纯的模样。要知道，阻碍他们婚事的最大障碍，就是眼前这个名不见经传的小女生花花。

"花，吃饭了没？走，下馆子。"

"就知道下馆子，家常菜，爸，我要吃家常菜，老师可说了，外面的饭不能老吃，不干净。"

"这事好办呀，我回家做，我会炒家常菜。"青菊的脸一阵儿白一阵儿红，白是抹的粉底，一层层地掉；红的是心事，有心事的女人通常会脸红。

"女儿，我可是听说今天考试了，成绩下没？"冯则想到了正题，马上问花花。

"哪有呀？没考，是吧，八子叔叔？"花花向八子使眼色。

"是呀，没考，我是说着玩的，我儿子考与不考都一样。"

冯则不敢深究了，他有事求女儿，因此，小心翼翼地试探："女儿，让青菊阿姨回家炒几个菜，行吗？"

"她，我看她不会做饭吧，倒像舞场里的舞女。"花花说完头也不回地回家了。

青菊委屈地大哭起来："你听听，冯则，我是个舞女，我认识你的时候可是黄花大闺女，什么好的都给你了，你可要为我做主呀。"

"她一个孩子，最近写作文呢，比喻句。是吧，八子？"

"是，比喻句，上次我儿子说我的头发像鸟窝，我说怎么会像鸟窝呢，不确切，应该像鸡窝。"八子瞎说着。

青菊不哭了，哭声突然停了下来，惹得周围的小伙计不知所措，大家只听见她说："鸡窝，这个比喻的确好呀。"

冯则说："怎么好？"

"老冯呀，鸡窝里有蛋呀，鸟蛋能吃吗？"

冯则抚着自己的大肚子大笑起来，说："走，去超市，买花花爱吃的菜，晚上看你的表现了。"

超市就在幸福小区旁边，冯则一边走，一边说："青菊，我早晚离开这个鬼地方，都什么人呀，我开发那么多小区，如果不是花花不喜欢陌生的地方，我早就搬走了。"

"老冯，我觉得孩子是对的，我也认生，所以，我认准你了，吃定你了。今天晚上，将我介绍给花花，怎么样？"

冯则不回答她，他是个情场老手，怎么可能认定青菊呢，她不过是一棵葱罢了，但又不能不回答。正在这个时候，他看到刚刚从超市出来的朱江波，马上迎了过去。

"老朱，哎呀，好长时间没见面了，我说老朱呀，你怎么又胖了，当个厨师真是不容易呀！"

旁边的青菊一直噘着嘴，似乎对冯则的不回答表示不满意。

"冯总，您买菜？"

"是呀，买了豆角呀？我们家花花不爱吃豆角，我们买鸡蛋、西兰花，还有芹菜，我们家花花爱吃。老朱，回头我们聚聚，几十年的关系了，我请客，去我新开发的小区，叫上原凯。这个原凯呀，整天惦记着要二胎呢，那个经济能力行吗！还有，我听说，他的儿子强强一直阻碍他们要二胎。"

冯则其实不爱与朱江波说话，至少最近不爱说，因为他们根本不是一个层面的人物。几年前，冯则依然是小人物时，他与朱江波是至交，还有强强的爸爸原凯。他们曾在一起做过生意，被人家打得鼻青脸肿的，可是，时间与金钱改变了一切。

"原凯呀，我早上还遇到他了，人家是领导、公务员，老婆是人民老师！你有钱，有幸福吗？我没钱，我也不幸福呀，他们正好。"

"我说老朱，说的话就不挨边儿，他们一个是公务员，一个是老师，能挣那么多吗？这儿是郑州，不是北京、上海、广州、深圳。"

青菊一心想介绍自己，因此，一听说朱江波是冯则的好朋友，便马上自我介绍道："朱老师，您好，我是青菊，青蛇的青，菊花的菊。如果不好记，就当我是一条伏在菊花上的青蛇吧。"

朱江波不爱与女人说话，他自卑的一面马上反应出来，头也不回地走了。他害怕一不小心将自己给花花签字的事情说漏嘴了。

"甭理他，他现在有些玩世不恭。"冯则打心眼里瞧不起朱江波，他还不如原凯呢，但是原凯又假正经，自己弄了几个项目，他竟然不批。

三

试卷发了下来,强强瞪大了眼睛,瞅着自己的语文试卷,只见试卷上一个大大的"71"。强强觉得心里委屈,想起可怕的老妈与老爸来,他的气便不打一处来。

下课了,强强一个人站在教室的外面发呆。

朱江琴拍了拍强强的肩膀,问:"小伙子,怎么了?考砸了?"

"姐,别和我开玩笑了,我每次都考砸,我爸要是知道了,非剥了我的皮不可。你有啥好办法吗?"

"我能有啥好办法?我虽然仍然是第一,但总分数比上次下降了二十多分呢,我爸知道了也会不高兴的。"

"要我说,我就不想参加中考和高考,你瞧瞧,有多少人挤那独木桥,就好像古代考状元那样,就是父母逼的。"强强终于说出了心声。

花花到处找他们,发现他们在走廊里。

"强强,你爸的二胎已经排上日程了吧?"花花来者不善。

"我说花花,你怎么像你老爸那样强势呢?我家生不生二胎,与你们家有关系吗?"强强对花花的爸爸有意见。

朱家琴看他们一见面就吵,便在中间和稀泥,道:"你们呀,就是一对冤家，见面就掐，各人管好各人吧。"

花花说："琴琴，就你们家好，我羡慕死了，你老爸是个大厨，会做天下所有的好菜，我就没这个口福了，自从我妈妈去世后，我就没有吃过一顿安心饭！可恶的老爸，指不定心里面有啥事呢！"

上课铃声响了，强强忽然觉得内急，一边跑一边说："我去厕所了，替我告会儿假。"

强强从厕所出来，便急匆匆往教室里跑，迎面撞到王老师的身上。王老师是教语文的，也是强强的班主任，吓得强强赶紧来了个急刹车。

王老师说："强强，上课了，你怎么还没有进班？"

"老师，我内急，不好意思。"强强拍了拍自己的额头，这是他遇到困难时的招牌动作。

"强强，你等一下，这次的语文你考得太差了！你的作文怎么能写爸爸妈妈呢？"强强跟在老师身后到了办公室，老师指着作文，脸上满是愤怒。

强强的作文是这样写的：

我的老爸，像熊，像猫，像犬，虎视眈眈，在单位里颐指气使，在家里像一只病恹恹的老猫，对我总是充满期待，不用嘴说话，指头便放出一万个命令。放出的屁动静也是极大，家里面臭极了，除了厨房里那只猫以外，没有人能够受得了他的屁。我一直担心，他在单位里，怎么与同事一起工作呢？

我妈的工作是老师，老师喜欢骂人，喜欢教训人，好为人师。老妈浑身都是优点，比如，胖胖的身体，脸上全是皱纹，那么大年纪了，仍然想生二胎。唉，什么世道！

再说说我吧，才貌双全的角色，班里的女生一见我都喜欢，她们认为我天生丽质。隔壁班的一个文艺生，说我有文艺细胞，我要告诉她，我什么细胞都有，包括病细胞。

老师刚念完，旁边一位老师便大笑起来。

王老师说："你妈也是老师，也是教初中的，我认识她，要不我将作文交给她？"

强强赶紧阻拦，道："老师，我觉得我的作文如果参加中考，肯定是零分作文。不要了老师，您漂亮年轻，不要与我一般见识，这样吧，我给您办公室打扫一周的卫生，外加打开水，如何？"

王老师说："你赶紧回班级吧。你的作文我不在班里读了，如果读了，你妈妈的脸都被你丢尽了。"

但事情并没有那么简单，班里的好几个同学，竟然在教室里偷偷传阅强强的作文，一时间，这个自习课充满了火爆趋势。

小同学家家推了一下强强的胳膊："小鬼，你的作文水平很高哦，连父母生二胎的事情也敢写进去。"

后面的一位女生小声嘀咕："家丑不可外扬，强强，你可出名了。"

大家还在继续说，花花受不了，站了起来："你们有正经事吗？下次谁再念叨这个事情，我让我爸废了你们。"

"哟，不就是有个有钱的老爸吗？哎，花花，正要告诉你呢，你的老爸，没准儿给你找了个年轻的小妈呢！"

好事的男生曾经看到过冯则与青菊一起出入大型超市。此话一出，花花火了，站了起来，猛地拍了拍那个男生的头，说："你出来，单挑！"

那个男生本来就有仇富心理，便站了起来："怎么着？你块头大呀，一个女生吃那么多，单挑就单挑，怎么着？"

琴琴大声说："你们都住手，你是男生，揭人不揭短，你会说话吗？"

"我不会说话，自己回家可以去问呀，找了个新妈，谁不知道呀！"

强强终于按捺不住性子了，他刚才受老师批评，接着大家又奚落他，没有想到，现在又将矛头对准替自己打圆场的花花。他站起来，抡起了胳膊，准备揍那个男生。

"老师来了,老师来了。"

王老师脸色铁青地走进教室,当她了解事情的原委后,站着大声说:"同学们,大家要学会尊重他人!今天这个事情大家都有责任,你们写好检查,明天上午交给我,如果不交,我要通知家长了!"

花花白天有了这个插曲,因此,晚上看到爸爸与青菊在一起,便明白大家的议论并非空穴来风,因此,她气冲冲地跑回家里。

花花想了想,今天晚上,必须给这个女秘书一个教训。

青菊在厨房里忙碌,冯则在卧室里打电话。白天有个业主想退款,冯则是开发商,怎么可能让他退款呢,于是,他们闹了起来,还打了人,冯则正在处理这个事情。

冯则大声骂着:"打他们怎么了,我有的是钱,打他们就是给他们点教训。"

花花本来在做功课,她将朱江波签好字的试卷塞在书包最底层,生怕被她爸发现了。

花花想了想,便扔下功课,走进厨房。

那个青蛇正在厨房里转悠呢,她可是费了不少心思,一心想讨好这父女俩。看到花花进来,她小声说:"大小姐,饭没做好呢,你先去做作业吧。"

"没事没事,小秘同志,我来帮忙。这样吧,我择菜,如何?"

青菊没有想到她会叫自己小秘同志,心里不痛快,可一想到自己有所图,便按下愤怒,和颜悦色地说:"那怎么好意思呢,说好了我做饭!好吧,那边有芹菜。"

花花在每道菜里都放了过量的盐。她一想到后面有戏看,就很是兴奋。她看到了青菊的手机,心生一计,不如用她的手机,给他们的圈里发短信,让她身败名裂。

花花将青菊的手机悄悄拿走了,她回到自己的卧室里,连续发了几条短信,短信的内容是:"我是一条蛇,见谁缠谁。"

刚发了十几条,就有人回了。有一条居然是青菊母亲的,她的母亲回道:"菊儿,有病了?瞎发啥?老娘正打牌呢!"

还有一个可能是喜欢青菊的男生,他回道:"我就喜欢你这条青蛇,寂寞了吗?"

花花心想,真恶心,水性杨花的女人!

开饭了,冯则倒了两杯红酒,兴奋地说:"今天我十分高兴,能够吃到青菊阿姨做的菜,这可是前世修来的福分啊,花花,还不谢谢阿姨。"

"如果饭菜质量好的话,一定要谢的,我能否先尝尝?"花花心中已有底,便说道。

"当然可以了,我们家的小公主,请吃菜。"青菊擦了擦筷子,小心地将筷子递给花花。

花花尝了尝芹菜,刚吃一口,便吐了出来。

冯则皱了下眉头,放下筷子,问:"怎么了?"

旁边的青菊赶紧给花花拿餐巾纸。

"咸死了,怎么搞的,这菜,你会做菜吗?还有,这小米粥,怎么也这么咸?"花花觉得受了委屈,哭了起来。

冯则也尝了一口,但马上又吐了出来。

"怎么会呢,我没有放多少盐呀?"青菊每个菜都尝了一口,当她看到花花诡秘的哭后,似乎明白了。

花花扔了筷子,站了起来:"爸,你找的什么破厨子?我看呀,她只会当什么小秘。小秘,有好东西吗?"

冯则有些尴尬地说:"花,怎么跟阿姨说话呢,阿姨不是故意的,她在家里也是金枝玉叶,哪会做菜呀,今天的表现算不错了!"

花花有些生气,大声地说:"冯则,今天是什么日子,你知道吗?"

"今天?今天不是周二吗?怎么了?没什么特殊的呀!"

"冯则,今天是我妈离开我们的第1340天,你就这么往家里领女人,你对得起我死去的妈吗?妈妈,我想你了!"

"哎,这孩子,又不是忌日!花花,你太不像话了,会伤了阿姨的心。"

"阿姨?我看就是一只妖精,有什么了不起的!让她赶紧走,我不想见到她,连菜都不会做,还想当我的小妈,滚吧!"花花彻底爆发了,她有些歇斯底里地吼着。

青菊一忍再忍,看到花花实在是不可理喻,她扔下筷子,站了起来:"冯则,这就是你的女儿,刚才她进厨房,盐全是她加的,我就是再傻也看得出来!冯则,不是我死缠着你不放,知道吗,我什么都给你了,我守了你三年,你给我什么,就给我你女儿的脸色吗?有什么了不起的,我不奉陪了!"

冯则不知道如何是好,一边是女儿,另一边是自己心爱的女人,他急得直跺脚。

青菊转身就走,发现自己的手机不见了,便重新冲进厨房,却没有找到,她拿起冯则的手机拨通自己的号码,结果手机的铃声居然从花花的卧室里传来。

青菊转身冲进花花的卧室里,到处找手机,结果居然在花花的书包里找到了。青菊将书包翻了个底朝天,手机找到了,试卷也被发现了。她拿起手机,看到了回复的短信,她晕了,差点摔倒在地上。

青菊心想,不能就这样走了,这个小冤家,气死我了!她转身就看到了试卷,红色墨水笔写的分数,一想到花花与保安八子的对话,那种掩饰的神态,青菊眉头一皱,计上心来。

"哟,这分数考的,真好呀,全是60分、70分。"青菊从花花的卧室走出来,将试卷扔在餐桌上。

花花真是怕什么就来什么,冯则虽然惯着她,什么都由着她,但是成绩方面却绝不退让。

"分数这么低?怎么,怎么还有我的签名?这是我签的吗?这是朱江波的笔迹,这个家伙!"冯则的胸口痛得厉害,他疯了似的问花花,"这是今天的成绩吧？"

花花有些害怕了，紧张得直点头。旁边的青菊高兴坏了："好成绩呀，可以上北大、清华或者复旦了。"

"你给我滚，滚得远远的。"

青菊头也不回地走了。

冯则强压住心中的怒火说："花花，我这么多年由着你，就是因为你妈妈四年前出了车祸，她临走时，拉着我的手，让我一辈子对你好。我说我对自己不好，也不会对花花不好，我什么都可以惯你，就是这个谎，你不该撒呀，你伤了爸的心呀！"

"爸，我不是故意的，他们白天在班上说你找了个小妈，我快气死了，所以，所以我就……"

"所以你就气走了青菊阿姨？所以你就用这个成绩来骗爸爸，还有这个签名，是不是朱江波签的？"

"我求着朱叔叔签的，他签的名字像你，所以，所以……"

"这个朱江波，胆子也忒大了。当年为了事业，我让他模仿我的笔迹，做了几笔生意，生意居然失败了，没有想到，多年后他居然用这个来骗我的女儿。"

四

　　强强一直在想对策，想着如何才能瞒得了老妈与老爸，不让他们知道自己考砸了。

　　强强放学回家时，路过了一家复印店，他眉头一皱，计上心来。

　　他想起了上次考试，当时，他考了66分，结果自己用红笔改成了88分，本来皆大欢喜，但粗心的老爸本来为白天领导的批评郁闷，看到儿子的成绩，立即喜上眉梢。可是，当老师的妈妈却发现了端倪，老妈拿着卷子端详了好半天，又对着灯观察，意外发现这分数居然是改的。

　　那次，强强挨了揍，不是爸爸揍的，是妈妈。作为一个老师，竟然打学生，说出去丢人不。

　　妈妈的脾气暴躁，可能是提前进入更年期了吧，就这身子骨，还要二胎呢，做梦吧！

　　强强前天晚上，偷听到了他们的谈话。

　　妈妈说："我可告诉你，强强的工作赶紧做，以理服人知道吗？我们学校的二胎，可排着队呢！老师可不容易有二胎的。"

　　爸爸说："哎，我说，你为啥非要二胎呢，一个强强不好吗？"

　　"我妈临死前，与我说了，如果政策放开，就要二胎，不管男孩女孩，都行，老了孩子有个伴儿呀。"

"压力这么大，一个孩子都养不起了，还要二胎？作死的节奏！"

"你那些小九九瞒得了谁呀，你弄那些钱不赶紧花，迟早得出事！"强强的妈妈秋静刚说完，原凯赶紧捂住了她的嘴。

"你这嘴，信口开河，别在学校讲课时说出去！你以为我想呀，人在江湖，身不由己，他们紧着送，上面也要送，没有钱怎么打点？"

复印店的阿姨问强强："孩子，你有事吗？"

"阿姨，这张试卷，你们可以打印吗？"

"试卷？当然可以呀，不过纸张有些不一样，你这张试卷是普通的毛纸，我们这儿没有，要在印刷厂才能找到，我们这儿只有A3纸，大小一样。"

"就A3纸吧，帮我打印一下，要快。"

那位阿姨将信将疑的，不大会儿工夫，试卷打印好了，强强掏出水笔，重新做了一遍，没过多久，试卷就做完了，强强还故意做错了一道题。他之所以这么有信心，其实是因为下午老师已经讲过答案了。

旁边那位阿姨，小声对旁边的母亲说："这孩子真用功。"

试卷做完了，强强问阿姨："您能帮个忙吗？"

"孩子，你说什么事？有点晚了，是迷路了吗？阿姨给你家人打电话，让你爸妈过来接你？"

"不是，阿姨，这路我熟着呢，我能请您帮我改一下吗？对号，叉号，还有分数改成98分。"

复印店的阿姨这时才醒悟过来，说："这谁家的孩子呀，你骗大人吧？"

"阿姨，你不忍心让我的屁股开花吧？我可是一个无辜的少年郎，我多给您钱，给您一百，行吗？"

那位母亲在旁边用一口浓重的四川话说："帮了他吧，一个孩子，又不是杀人抢钱的勾当！"

那阿姨没有办法，便照着试卷上的字迹，一会儿就改完了。

"阿姨，这张分数低的试卷给您留个纪念吧，我走了，给钱，一百，甭找了。"

强强是飞奔着回家的，推开门时，厨房里就传出一阵叮当响，原来是老爸早回来了。

戴着深度近视眼镜的原凯，听到桌上的电话铃响，对强强道："原小强，看谁的电话？"

"哎，是冯则叔叔的电话。"

"又是这个冤家，我说过了，项目不行，违规。"爸爸进里屋接电话去了，强强进了厨房，觉得香气诱人，他偷吃了几块红烧肉，然后将试卷掏了出来，自言自语："老爸老妈，给你们个惊喜，数学测验，98分。"不行，不行，我还要模仿一下老爸对老妈是如何说的。

"老婆，孩子太优秀了，您不愧是老师。"

老妈准会说："一边去，又喝酒了，没刷牙吧！"

门开了，秋静回来了，一脸倦容的她现在是初一年级的班主任。随着秋静的咳嗽声，强强的心咯噔一下子。

"老婆，回来了。"原凯从卧室跑了出来，由于跑得快，脚下滑，差点摔在地板上，幸亏强强身强力壮，一下子托住了原凯肥胖的身体。

"我的天，这是要上天的节奏吧！有啥好事了？"老妈一边说话，一边走进浴室洗脸去了。

强强招呼老爸："爸，过来，给你看个东西？"

原凯看着儿子神秘的样子，小声说："准惹麻烦了，说吧，给哪个女孩子写的情书，难不成，让老爸帮你把关？"

"去，老爸，老不正经了吧！哪是情书，是今天测验的试卷。"

"我瞧瞧，天呀，98分，破天荒呀！儿子，来，让老爸亲一口。"

兴奋的原凯像个孩子，举着试卷冲进浴室。秋静正洗澡呢，一下了暴露无遗，秋静嚷了起来："怎么回事呀？出去。"

秋静洗完澡出来，一眼便看到了桌上的试卷。只是两个大男人，此时正缩在沙发上看电视呢，刚才兴奋的表情一点也没有了。原来，是原凯搞的鬼，原凯对强强道："你妈强势惯了，我觉得我们该故意冷静，看她如何表现。"

强强说："有道理，故意气下老妈。"

秋静觉得气氛有些怪异，刚才还兴奋不已呢，便问："怎么了？考砸了吧？我说呢，他爸爸小时候考试就老不及格，小子随老子，考试怎么可能考好呢？强强，你去洗一下屁股。"

强强说："洗屁股干啥？屁股在后面呢，够不着。"

"你妈妈的意思是，一会儿洗干净了，好挨打。"

秋静拿起试卷，看到分数，心中不由一喜，但一想到儿子以前没有考过这么好的成绩，就觉得疑问，仔细看内容，每道题都是正确的，只有一道小题，居然点错了小数点。

"哎呀，儿子，你让人意外呀，不用洗屁股了，留着下次洗吧。"

"你不嘲笑我的基因了吧，我学习不好，我儿子照样可以考上大学。"身为政府官员的原凯，一心想让儿子考上清华、北大。

"不是，爸、妈，你们没看报纸吗？现在企业最缺的是什么人，你们知道吗？"强强故意卖关子。

"缺什么人？技术骨干吧，学土木工程的，清华有这个专业。"秋静回答儿子。

"妈，最缺的是技校生、职校生，工资高，工作不愁，我们班主任可说了，有些孩子不必考高中，上个职校，早点工作，早为家里分忧。"

"这是你们王老师说的，哪天有空，我与他理论一下，怎么能与孩子这样说呢，哪个家长不想让孩子考上重点高中、名牌大学呀，名牌大学毕业工作好找得很。强强我跟你说，技校生是我们那会儿的人才上的，早过时了，中专、大专生现在谁要呀，北大、清华的哪个企业不要，抢着要。毕业就坐办公室，夏天和冬天吹空调，不用体力劳动！你被你那老师洗脑了吧？"秋静仍然握着试卷生气地说。

原凯也说:"原小强,养你这么大,不是让你考技校,知道吗?你从小动手能力强,将家里的收音机拆了再装起来,照样听,我知道。我这么大的官,你妈也算是桃李满天下了,让你考技校,如果传出去,我们的脸没处搁呀。"

"强强,怎么你们学校考试用这么好的纸?这纸可是正规的A3呀?"秋静有些怀疑地问。不过,她还是对强强的表现比较满意,她掏出笔来,签上了自己的大名。

"你问孩子这事,他哪儿知道呀!我们单位也用这纸,这有啥!"

强强突然想到一个问题:这张新写的试卷无论如何不能交给老师,可惜,那张旧试卷落复印店了,这可怎么办呀?

强强看了看时间,才晚上八点,便说:"爸、妈,我去趟琴琴家,问她一道题。"

"没吃饭呢!"原凯说。

"这是好事,让他去吧,朱家琴是多好的孩子呀!他们多接触,我没意见。"秋静说。

强强下楼后,便用保安处的电话给琴琴打了电话。琴琴刚吃完饭,是朱江波做的红烧豆角。

朱江波正看电视呢,问琴琴:"谁呀?"

"是强强,说有事情找我。"

"早去早回吧。"

"哎。"朱家琴答应了一声,便推门而出。

小区内,早已灯火通明,每一家窗户下面,都亮着一盏灯,灯下,都有一颗心在惦记着另外一颗心。

"强强,有事吗?我刚吃完饭。"琴琴问。

"别说了,跟我一起去趟复印店吧,我的试卷落那儿了!"

琴琴一边跑,强强一边说,琴琴听明白了,她惊讶地说:"我看,你死定了，这种谎你都敢撒。"

"我只告诉你了，不要声张，否则，我的屁股准会开花的。"强强有些后悔自己的所作所为了。

五

强强是这样想的，找到了旧试卷，让复印店的阿姨模仿妈妈的笔迹，在上面签个名，这样两方面都可以交差。

琴琴说："那家复印店晚上九点准关门，现在已经快九点了。"

"上面有电话，如果关门了，我们就打电话给她，她人好，肯定会帮助我们的。"

他们跑到复印店时，那家店刚要关门，强强风风火火地抓住门锁："阿姨，我来了，那张旧试卷呢？"

"试卷？你留下的那张吗？我以为没用，给孩子擦屁股了。"

"啊，阿姨，那纸那么硬，您给孩子擦屁股，不嫌脏呀？"强强闯进复印店里找。

"不是给孩子，是给小狗擦屁股了，我妈养的狗，惯着呢！"

"那，擦完呢？扔了？"强强觉得自己死定了，如果不将有签名的试卷上交，王老师肯定会给妈妈打电话。妈妈一旦得知真情后，那屁股不是开花那样简单了。

"在垃圾筒里呢，找到了！"阿姨兴奋地说。

试卷确实是找到了，只是上面脏兮兮的，有狗屎。强强与琴琴找了张卫生纸擦，不是十分脏，擦得还是挺干净的。

"苍天有眼呀，阿姨，您可是我的救命恩人呀！阿姨，您救人救到底，帮我签个字吧，就写'秋静'就行。"强强央求复印店的阿姨。

旁边的琴琴说："强强，你别做过了，我看还是实话实说吧，你这样做太危险了。"

"你懂啥，木已成舟了，将错就错吧。"强强继续央求道。阿姨的手有些抖。

强强说："阿姨，您弄脏了我的卷纸，算是欠我一个人情，这我就不追究了！您将功补过，明天我给您送一个锦旗，上面写'救死扶伤'，怎么样？"

"人家是复印店，救什么死，扶什么伤呀？"琴琴哭丧着脸说。

那阿姨没办法，只能草草地签了一个名。

强强和琴琴拿着试卷飞奔着跑回小区。他们刚进小区，便听见琴琴家里有激烈的争吵声，是两个大男人的声音。

花花站在楼梯口，正不知所措呢，看到他们二人回来，急忙说："快，劝劝我爸吧，都怨我，我让朱叔叔签我爸爸的名字，我爸来兴师问罪了。"

冯则气不打一处来，今天晚上，半生的事情全集中在一起了，女友让花花气跑了，花花考试考砸了，而且朱江波还敢冒充我签字，这是侵权行为，是违法行为。

"朱江波，我们是发小吧？以前我们在一起做生意，你模仿我签名，做了笔大买卖，差点让我进去，你现在是故技重演，是吧？想毁了我们家花花，这是人做的事吗？"冯则十分愤怒地咆哮着。

朱江波口拙，不知道如何解释，一个劲地说："怨我，我看到她考砸了，唉！"

"这事怎么解决吧？老朱，不然我去你们饭店见下你们老板，就那个破老板，竟然教出这么下作的员工。"

"随你的便吧，爱去不去。"朱江波有些理亏，不知道如何应付。

原凯与秋静来了，他们拦住了俩人。

原凯说："老朱呀，这就是你的不是了，怎么能这么做呢？这不是替孩子撒谎吗？亏你还是个大厨呀，都快进国务院做饭了，还这样冒失！"

秋静劝冯则："冯总，都住一起多少年了，我估计这事不是老朱故意的，他也是替孩子打圆场，怕你打骂孩子，我们家强强也这样做过，当时气得我呀，差点晕过去。"

花花冲进朱江波家里，大声说："爸，这事不怨朱叔叔，是我央求他签的名，如果他不签，我就不走，我就哭，行了吧？您老人家就会冲人撒气！"

冯则感觉自己今晚太不顺了，听到花花如此说，便举起巴掌想抽花花，旁边的强强和琴琴赶紧拦住了。

"冯花，我告诉你，你做得太过分了，伤我的心，还伤你妈妈的心，你妈在天堂也不会安心的！"

"亏你还记得我妈，我妈嘱托你照顾我，你却好，光记得挣钱，丢我在家里不管就算了，还带女人回家。我告诉你，她以后再来，我便轰走她，在饭里下毒，我毒死她。"花花说着哭了起来。

原凯说："我看呀，今天晚上这事全是因为孩子而起，可怜天下父母心！我说老朱，消消气，就这样吧，别伤了和气，住一块儿多少年了。"

冯则怒气冲冲地下了楼，一边走一边回头嚷："朱江波，以后少招惹我们家的事，还有，不要让你的女儿再接触我们家花花，花花学习不好，她自作自受，与你们无关。"

八子领着保安冲了进来，他一眼瞧见琴琴，小声问："怎么回事？琴琴，叔叔替你做主。"

琴琴说："事完了，您来了，您是经常晚点呀？"

"这丫头，说话这么损人，我在家里盯着儿子做作业！哎，琴琴，到我们家去一趟吧，那些题我都不懂，我请你吃肯德基、麦当劳。"八子对琴琴说。

"改日吧，我们家现在有事，没看我爸正生气吗？还有呀，八子叔叔，快餐少吃,还不如吃碗烩面呢,舒服!"

人走完了,琴琴给爸爸倒了碗水,朱江波的眼泪在眼眶中打转,犹豫了片刻,终于滚了出来。

"爸,您哭了,是我不好。"琴琴一向心疼朱江波。

"你说我是好心,看她怪可怜的,一求我,我便答应了。举手之劳,没想到竟酿出这档子事儿!怨我!琴琴,我有些想你妈了!"朱江波一语刚出,琴琴的眼泪也掉了下来。

"爸,想她做甚?当初离家出走傍大款去了,她就是回来,我也不会认她的。爸,您骨头硬一些,别谁一说就动心,咱们家没钱,可咱们不怕他们,谁敢惹您,我跟他们拼命。"

朱江波看着眼前的琴琴,往事时隐时现,他不由自主地伸出手去,紧紧地抱住了琴琴。

朱江波一直认为,娶了娜娜,是前世修来的福分。殊不知,在捡了大便宜的同时,也捡了一个沉重的负担。娜娜是个舞女,舞女的心通常是漂泊的,像时间、空间、河流。纵然世上有改邪归正的人,但那是很少的情况,有多少人,在幸福悄悄来临时故态重生,邪恶的种子一旦种下去,便会永生难以超脱。

娜娜嫁朱江波,本身就是一个谜,也有可能是转嫁矛盾的手段罢了。

朱江波心知肚明,但他不说,他的老家在乡下,乡下没人了,几亩薄田,全是房地产商的天下。朱江波之所以来郑州,是因为母亲的梦。母亲从小就喜欢城市,可惜无福享受,朱江波继承了母亲的残梦,来郑州是圆梦的。

朱江波一个快三十岁的人了,一旦幸福砸在脑袋上,就是砸个窟窿,他也愿意忍痛接受。

新婚当天,看热闹的人很多,媒体记者们蜂拥而至,傻小子娶了个金饽饽,这可是头条新闻。

河南乡下结婚要二十万左右的彩礼,朱江波则不然,娜娜带过去的彩礼足以让他们幸福生活半辈子。

但也有人这样说:"这样的婚姻,三年都坚持不了。"

果然如此,娜娜婚后一段时间还算保守,可是孩子出生后,便不见了人影,朱江波一个大老爷们,整天与尿布打交道。

有一段时间,他想自杀,但是,慢慢地,也就认了。

男人如果想自杀,不是没出息,可能是生活已经无路可走了。男人的胸怀大多如海如洋,一般不会看破红尘,一旦看破,就是九头牛也无法拉回。

朱江波想自杀,结果选择的地点不太正确。他看好了一种自杀的方式——上吊,上吊得有歪脖子树,又要离家近些。因此,他看来看去,竟然看中了小张复印店的门口。

那家复印店的女老板离异了,有个闺女,但是也随夫家去了。

如今,她随老母亲一块儿生活。那家复印店强强去过,琴琴也去过。强强去打印试卷,如果不是琴琴在场,复印店的老板张卡是不会答应他的。

朱江波抱着女儿,踟蹰而行,已经是深夜了,街上没有多少人,家户里的灯光也淡了许多。这时候的人,大多数已经进入梦乡了。

他选择那家复印店门口上吊,其实是相中了那个女子的人品,他也准备把女儿琴琴托付给张卡。

朱江波将女儿放在复印店门口,盘算着时间,给女儿喂了奶,然后写了张纸条塞进包袱里,后来又想想,得将娜娜的名字也写进去,有些女人,注定这辈子万劫不复。

六

朱江波到哪儿工作，哪儿就有人说他闲话，说他捡了个大便宜，其实是风月女子。朱江波后悔莫及，心里想着，就是她回来，也不要她了。

一个男人，最怕的不是死，而是丢失尊严。别人的舌根是箭，是刀，是枪，射进骨头里不见伤，却让人生不如死。

朱江波将女儿放好后，又弯下腰去，亲了亲女儿粉嫩的小脸。

他想将绳子拴在树上，但是因为他太胖，蹦不高，好不容易拴上了，绳子太低了，挂在脖子上面，脚仍然能着地。朱江波没有气馁，他知道，如果一个人死的勇气都没有，死的方式不特别，恐怕不会有人牵挂。

朱江波搬了把破椅子，是复印店门口扔着的，他站在上面，好不容易将绳子拴在高枝上。

这下好了，可以死了！

朱江波觉得自己是幸运的，这么好的地方没有人发现。在偌大的郑州，八百多万人的郑州，没有人能选择像自己如此优秀的死亡方式与死亡地点！自己走了，也要带走些缘分。其实朱江波看中了张卡，这个要强却有些倔强的女子。

朱江波站在椅子上，双手合十，他想让上苍保佑他的女儿，能够第二天一早，让张卡发现，并将她养育成人。

朱江波不放心，下了地，跑到女儿身边，确认女儿熟睡后，重新站到椅子上。他将绳索套在自己的脖子上，说："别了，这个世界。"但是，他太胖了，结儿打得不结实，他便摔了下来，将椅子也砸坏了，裤裆也撕开了。朱江波这两天肚子不舒服，砸在地上，竟然接连放了七八个屁。

朱江婆觉得自己倒霉极了，上吊居然死不了，不行，再选其他办法。他正准备重新想办法，一个女人的声音从身后传来："哎，那胖子，在这儿上吊晦气不？你可以去跳黄河，可能不行，有冤情跳进黄河也洗不清呀；你可以去撞车，不行，怕被当成碰瓷的；还有，安眠药，用一瓶足够了，这个方式好呀。这大半夜的，跑到我这儿练习上吊来了，我瞅你半天了，你不是想死，是想找乐子吧？我这儿可不是横店，不招群众演员，要不你去那儿，指不定碰到哪个大角色，让你疯狂一把。哎哎，说你呢，裤子也开了，放屁叮咚响，看来，得去看医生了。"张卡掐着腰，像个瘟神一样，不等朱江波开口，继续开着机关枪："你说，你如果在这儿死了，我生意怎么做？我与母亲两人过活，你不是不知道吧？你叫朱江波吧？还有，你把你女儿放我门口，算咋回事呀？我可是清白的，人家看见还以为我又生了一个，我这脸往哪儿搁呀？我母亲要知道这事，非掐死我不可。小时候她老人家可是没有少掐我，如果不是命大，我死好几回了。"

朱江波起身，将那椅子扶起来，煞有介事地想修整，可是，他的力度太大了，椅子毫无修复价值可言。

"你这人，没意思！有个乖女儿，这多大的福气呀，不像我，离婚了，女儿也没留住，现在一年也见不上一面。"张卡过来，拖住朱江波的身体，像拖死猪一样拖进复印店，又走出来抱朱家琴。

一个晚上，朱江波一句话也不说，张卡喋喋不休，一边补朱江波的裤子，一边哄小女孩。她说到痛处，潸然泪下；说到兴处，眉飞色舞。

朱江波不打算死了，他有了新的梦想，有事没事，便去找张卡。许多人撮合他们，可张卡就是不松口，一来二去，十几年过去了。

其实张卡心里明白：朱江波是好人，但他与娜娜是没有离婚的。虽然婚姻名存实亡，毕竟人家没有办理正式的离婚手续，如果传出去，好说不好听。还有一层原因是朱家琴曾经表示过，反对朱江波再婚，如果他再婚，她就跳黄河。

他们那里，黄河也算是比较近，出了这条街，往北走一千米，便是黄河大堤。

朱江波于心不忍，算了吧，多少年都过去了，单身就单身吧！张卡更无所谓，单身女子多了，又不差我一个。

已经是深夜了，朱江波睡不着，好不容易睡着了，灯又突然亮了，女儿琴琴抱着被子挤到朱江波的床上。

"闺女，你大了，去你屋睡吧。"

"爸，我想起件事，求求您呗。"

朱江波坐了起来，问："啥事？说。"

"我们班有一个课外活动，我主动跟老师说了，说我爸是大饭馆的大厨，可以安排我们去那儿参观，我爸棒极了，凭他的能力，进国务院也没问题。"朱家琴说话时，满脸骄傲。

朱江波再也睡不着了，心中怦怦直跳，他今天白天刚刚从大厨的位置上下来，如今是停车场的一名普通员工，只是大家照顾他，才让他上白班。

"女儿，我的意思是这样，你看，爸是名厨子，不如这样，到家里来，我做饭给他们吃，如何？"朱江波想找个理由搪塞，但却觉得十分无力。

"老爸，我都吹出去了，您与老板是朋友，也是铁哥们，参观一下，顺便请大家尝下您的手艺，有何不可？上次，我去参加你们公司的舞会，你们老板还亲过我呢，说我天生丽质，您忘了吗？"朱家琴沉浸在往事中。

"你说薇薇吧？她一个大老娘们，丑死了，亲了你，晚上没做噩梦吗？"朱江波说。薇薇是朱江波工作的饭店的总经理，叫冯薇薇。

"老爸，我看你对薇薇阿姨有意思，比那个张卡阿姨强多了，不会是她也喜欢你吧？"

"别瞎说，人家可是单身贵族，稀罕我干啥？好吧，我想想，下周如何？"

朱江波要为自己准备充分的时间，这个事情需要策划，需要沟通。

前天，就是前天，正在后厨做饭的朱江波接到一个莫名其妙的电话，对方说："我在你女儿手上。"

朱江波听完后，诧异万分，对方忙解释说："你女儿在我手上，赶紧拿赎金。"说完就挂了电话。

当时，一大拨贵宾正等着菜呢，朱江波心中焦急，搁错了佐料，将碱放到鱼里了，客人一尝，这个苦呀。对方是位老板，要求冯薇薇做出处理，冯薇薇无奈之下，一纸调令将他调到了停车场。

冯薇薇想跟他解释，可是，朱江波哪里会听，风也似的去了派出所，一核实，天呀，是个骗局。幸亏没有事，不然悔死了。

朱江波不会将这件事告诉自己的女儿琴琴，这事也不怨她，望着旁边熟睡的女儿，朱江波有了一种幸福感。

朱江波第二天早早起来，做了早餐，放了包牛奶在桌上，然后草草吃了几口，便风也似的去了饭店。

四儿还没来呢。四儿以前是朱江波的徒弟，曾经当过帮厨，可打架拐骗的事经常发生，由于朱江波保了他，才混了个停车场的工作。

朱江波站在台阶上，指挥若定。这些车，如今全是自己的兵，平凡的岗位，也有不平凡的人物。

朱江波甚至觉得，指挥停车也像炒菜，车停好了，便是一盘好菜；车停歪了，阻碍其他车辆正常出入，那便是一道色香味都差的菜了。因此，他跑过去，对司机说："师傅，您好，这车压了线，再停停。"

对方是位女司机，有点不好意思。

朱江波说："您下来，我帮您。"

四儿跑了过来，对朱江波说："师傅，这可是小甲壳虫呀，二奶开的。"

那女的脸猛然一红，转过身去，不理四儿。朱江波一个回合，便倒正了车身，将钥匙给了那女子，女子也不说谢谢，转身就走了。

朱江波对四儿说:"如果人家问罪,你就完了,嘴太松了,你管那么多事干吗?你又不是她爸妈。"

"师傅,我觉得你只在我和琴琴面前,说话才会如此完整。如果到了冯薇薇面前,恐怕连个屁也不敢放吧?"四儿打趣他。

"你放屁,谁说我不敢放,上次开会,我身上带了些胡椒粉,故意放了三个屁,他们分辨不出是什么味道,有些人还说:'味道好极了。'哎,四儿,有个事需要你帮忙。"朱江波觉得能帮助自己的只有四儿。

"啥事?师父,说,想追冯薇薇吗?我给你机会,我掌握她的全部行踪。"

"薇薇,谁想追呀?那是神,追不上!我给你说,我女儿,你妹子琴琴的事。"朱江波有些神秘地说。

"师傅,我比您小了四岁,让琴琴叫我叔也行吧,一下子小了不少。"四儿还有些不乐意。

"人家都是比嫩,谁比老?你看那些明星都隐瞒年纪。"朱江波喜欢与四儿插科打诨。

"我现在就想养老呢,领了养老金,就不干这份工作了。"四儿仿佛已经到了六十岁。

"还不知道你能领还是不能领呢!郑州这空气质量,你能活得多久?"朱江波抬头看天说,四儿也皱了下眉。

"琴琴想和他们一大帮同学参观我们的后厨,她还不知道我被降职的事情呢,你说,这事咋办呀?"朱江波一说到女儿,便有些犹豫不决。

"这事儿,找自己的麻烦,直接告诉她真相,拒绝就是了。她以为她老爸是老天爷呀,这里可是私营饭店,连冯薇薇也是给人打工的角色。"四儿看到一辆车向他们二人驶来,那车绕着停四场转了一圈,又绕了一圈。

"有毛病吧?"四儿打断了朱江波的问话。

"我来,徒弟,你歇会儿,替我想办法,我教训他。"朱江波命令那辆车停下来,可是,那车就是不停。朱江波走到车前,敬了个礼,那车看到有人拦住去路，依然没有停车，朱江波站在路中间面不改色，那车差点撞到朱江波时才停下来。

"我以为啥事呢？一辆路虎车就如此嚣张，下来，你将玻璃摇下来。"

冯薇薇的脸露了出来，朱江波开始是愤怒，继而立正，又敬了个礼。

"波子，你咋还这样幽默，不怕我撞你呀？"

"老总，您违反纪律了。"

冯薇薇的脸有些红，她说："别乱说，我刚开的路虎，这车我有点把握不了方向，才出了错。"

朱江波机敏地说："那什么，这儿不准停外面的车，您出去吧，下不为例。"

路虎一溜烟跑了，四儿道："我怎么觉得这司机好眼熟呀，还戴个大墨镜！"

"你才认识几个人，这不是二奶，是二爷。"朱江波心中有了主意。

下午三时许，是客人的低峰期，朱江波对四儿道："我去趟厕所，时间有些长，最近肚子不舒服。"

"师父，得多长时间？"

"长则两个小时，短则十五分钟，新陈代谢的事情，谁能说清楚！"说完头也不回地进了饭店大楼。

四儿抹了把鼻涕，低声说："瞧您那肚子像驴肚一样。"

七

朱江波蹑手蹑脚的,生怕有人看见自己,他的目标是八楼的冯薇薇办公室。

朱江波知道有一条运送蔬菜的通道,便沿着步行梯一口气爬到八楼。朱江波虚得厉害,坐在楼梯口上喘了半天气。

这个时候,是冯薇薇刚刚上班的时间,如果过了这个点,她肯定去应酬了。

朱江波曾经关注过冯薇薇的作息时间。他暗恋她很久,毕竟,上司与下属多有不便,因此,便断了这个念想。

门虚掩着,一般人不敢轻易进冯薇薇的办公室。冯薇薇是那种高不可攀的角色。

冯薇薇正坐在办公桌前面,手扶着电脑。朱江波推开门,她竟然不知晓,他绕过小通道,径直来到冯薇薇的背后。电脑画面上,正是韩剧《来自星星的你》。

朱江波站到冯薇薇的旁边说:"报告老总,停车场工人朱江波报到。"

冯薇薇吓坏了,手急忙去摸鼠标,竟然没有摸到,朱江波眼疾手快,替她关掉了画面。冯薇薇说:"朱江波,你吓死我了,上班时间,你干吗呀?"

"上班时间,您干吗呀?得,我就当没看到,我又不是人力资源部的人,不查考勤,也不查是否违纪。"朱江波说。

"你呀，人老实，嘴从来不老实！说吧，有啥事？"冯薇薇知道他有事，他是那种没事就不登门的人。

"我没事呀，不是您叫我吗？刚才在停车场上，您摆摆手，伸出三个手指头，不是说让我下午三点来办公室找您吗？"朱江波说着伸出了三个手指头。

冯薇薇早忘了："得，就算是吧！我问你，工作怎么样，还生我的气呢？"

"是我的不是，气啥！就是他们那些人太无赖了，以为我下来了，见我也不打招呼，吃盒饭还拣小的给我。以前我当大厨时，可不是这样！"朱江波一脸委屈地说。

"谁还没有个波峰波谷呀！上下很正常，再说了，你是临时调动，还有一点，我要避嫌，流言可畏呀。"冯薇薇说着拿起剪刀，修着自己的手指甲。

"老总，还真有个事儿，能不能临时将我调回大厨去，一天就行。那个，我女儿，您侄女琴琴，想带同学过来参观。我想，这是宣传公司的绝佳机会，替您与公司着想，如果后厨少了我，会失色不少的。"

"绕来绕去，还是想当大厨，可是，我怎么向全体中层交代呀？你已经不是中层了，如果他们告到董事会，我也吃不了兜着走呀！"冯薇薇很为难地说。

"别说是我女儿，就说是学校想过来参观，这是个宣传公司的好机会，参观完后，吃顿便餐，我掏钱，还不行吗？"朱江波不达目的誓不罢休。

"我试试看！这样吧，你的几个好友，你要去说服一下他们，就说后天，有一拨学生客人到访，你让你的狐朋狗友提议，让你回来帮一天忙，只有试试看了。"冯薇薇给足了朱江波面子。

"太好了，厨房里的那三个家伙，我去摆平，放心，不会给您添麻烦的。"

傍晚时分，饭店便召开了公司中层会议，冯薇薇向大家宣布了一件事情："后天，会有市中学的一拨学生朋友来我们这儿参观。这可是件大事，孩子是祖国的未来，更是国之栋梁，我们一定要全力以赴。"

人力部经理问："主要参观什么地方呢？"

"噢，同学们对我们的厨房充满了兴致，他们说，我们这样一家全市有名的饭店，想知道我们的厨房是什么样，所以，我答应了他们。"冯薇薇一边解释，一边摸找手机。

小狐子站起来说："老总，后厨可是重地呀，如果少了朱哥，恐怕会失色不少！"

"就是，朱哥也没犯啥错误，我看，就让他回来吧。"小朋子也说。

小狗子说："不行就让他回来帮一天忙，他做的豫菜是正宗的豫菜，他拉的烩面，可是天下一绝。"

这三个人都是朱江波的铁哥们，本来对公司下发的通报就有意见。平时，他们没有沾朱江波的光，可朱江波的工资，除了供女儿上学外，基本上全被他们哥三个挥霍了。

人力部经理站起来说："我不太同意，通报刚下，哪能说改就改呢！岂不是儿戏！"

冯薇薇也有些为难，她不停地摩擦手机。过了会儿，她说："这样吧，我提议，暂调朱江波回大厨一天，参观结束后，就调他回停车场。"

"那职位呢？现在小狐子可是后厨主管了。"人力部经理不依不饶。

"一个职位而已，就叫他工程师吧，做菜的工程师，不是官职。"

散会了，三个家伙像箭一样奔向后厨的更衣室。朱江波正在那儿焦急地等候。

"工程师大人，成了，怎么样？哥们够义气吧？"

朱江波知道事儿能成，他掏出三百块钱来，扔在桌上，说："我回家有事，得告诉你侄女这件好事，你们仨吃吧。"

四儿正准备下班，朱江波却到了，与他一起到的还有一纸调令，调令上写着："因工作需要，调朱江波后天去后厨帮忙，职位是饭菜工程师。"

"哎，我的天！师父，您有本事呀，真有本事！那个，师父，我晚上不回家了，怎么样，请客吧？"四儿有些不太相信这个事实。

朱江波懒得理他，掏出五十块钱，塞进四儿的上衣口袋里。

市中学初二三班，王老师正在问琴琴："琴琴，这可不是闹着玩的，这次实践课，学校十分重视，你上次写给校长的信，校长已经同意了，后天没有问题吧？"

琴琴不爱吹牛，平时也不爱说大话，但这次她拍着胸脯说："老师，没事，整个厨房都归我爸管。上次北京来的人，就是吃他做的菜，竖起大拇指称赞呢？"

后面一位同学说："吹吧，琴琴，我妈在里面当服务员呢，我听说了，你爸现在调停车场工作，被拿下了。"

强强瞪大眼睛说："胡说啥？琴琴，别听他们的，朱叔叔本事那么大，听说与老总关系特好，怎么会说下就下呢？"

花花觉得对不起朱江波，因此，站起来说："我爸也说了，想让朱叔去他们公司工作，朱叔的水平是一流的，他最拿手的就是豫菜。"

王老师大声说："同学们，大家要尊重人，要尊重事实，我相信琴琴。好了，琴琴，明天你给我准确消息。"

放学了，琴琴在前面走，强强追了上来。

"哎，琴琴，我也听说了，朱叔被拿下来了，要不然，我让我爸给饭店打个招呼，我爸管着那地方呢！"

花花也跑了上来："强强，别吹牛了，你爸是管房地产的。不行了，我去跟我爸说下，去他的公司参观呗。还有还有，我可答应朱叔了，回头让他到我爸公司当大厨去，工资翻倍。"

琴琴没好气地在前面跑着，忽然停下来，大声说："你们的爸都有本事，是吧？以后不理你们了。"

花花与强强面面相觑，才知道，刚才一席话伤了琴琴的心。

他们刚到校门口，就看到一辆车，里面有一个戴墨镜的女人在向花花招手。

同学们大声嚷起来："哟，好漂亮的车！花花，你家小姨还是大姐呀？"

花花认出来是青菊，她故意提高了嗓音："是我们家保姆，怎么的？"她上了车，没好气地说，"你来干什么？报复我吗？"

"祖奶奶，我哪敢呀？我告诉你一个好消息、一个坏消息，想先听哪个？"

"你能有啥好消息，全是坏消息吧！"花花对她有些讨厌。

"我可是对你好呀，花花，坏消息与你爸有关，好消息与你有关。"

"先听好消息吧，说说看，与有我啥关系？"花花将眼镜摘下来，随手系上了安全带。

"好消息就是，我去找我同学了，也是这儿的老师，替你搞到了下周考试的试卷，怎么样？"

花花眼前一亮，继而叹气说："这算什么呀，我爸想让我去美国读书，不让我参加中考和高考，说中国的教育没用，如果不是王老师做通了爸爸的工作，我早去美国了。"

"花花，你不想扬眉吐气，不想在你爸面前特有面子吗？你不想看看被人崇拜的目光吗？"青菊边说边扭动身躯，就像一条美女蛇。

"你有所图吧，美女，你图我爸啥？他就是有些臭钱，长得难看死了，幸亏我随我妈，不然，将来找个男朋友都费劲。"花花知道青菊的意图说。

"你爸可有优点呢，经营着这么大的房地产公司，不仅有魄力，还有魅力……"

"别说了，还有大肚子，睡觉打呼噜，一脸皱纹。"

"这孩子，没法沟通了，爱要不要，这是试卷。"

"得，给你个面子，说吧，什么坏消息？"

一说到坏消息，青菊脸色一沉，说："你爸，准备给你找后妈了。"

"我说青菊小姐，您要点脸不？不是毛遂自荐吗？这有啥呀，你多大年纪呀，脸都不要了？"

"得，您随便说吧，可不是我，另外一位女子，一个客户，今天晚上，他们在冯薇薇的饭店聚会呢！"

八

"这就是我爸的不是了,找后妈,怎么着也不能像您一样寒碜人吧!怎么着也得与您商量一下吧?哎,你们都恋爱好些年了吧,怎么现在你仍然拴不住我爸的心呀。女人呀,真可悲!"花花损人不利己,只是也骂到了自己。

青菊笑了起来:"花花,你真可爱,我倒有些喜欢你了。不过,如果他们事成了,你就没有好果子吃了。你想想,不认识的后妈,指不定是图啥呢,不像我,我图你爸的人品,你信不信?"

"这事呀,我得管管,算是对你给我试卷的回报吧,有好办法没有?"

"我告诉你,事情得给他们搅黄了。今天晚上,我们一起去,如何?"

"做这种事情,少了琴琴与强强玩不转的。琴琴的爸是那家饭店的大厨,琴琴的几个叔叔是饭店的帮厨,晚上你去不方便,就交给我了。哎,那女的啥样子?"

"比我年轻,妖着呢。"

"得,您是青蛇,她呢,估计是白蛇,全是妖精,合着我爸该是许仙了,这辈子恐怕要与妖精在一起了!"花花说起话来十分损人。青菊一脸无奈,可一想到自己的计谋快要得逞时,便情不自禁地笑了起来。

青菊刚想开车走,已经下车的花花突然打开车门:"美女,您的胸是假的吧？太假了，下次买个馒头塞进去正好。"

青菊低下头，装作塞馒头的样子，然后抽了自己一记耳光。

琴琴路过小区门岗，保安八子跟了过来："琴琴，小八在家里等着你呢，今晚有空吗？我儿子的数学差极了。"

"八子叔，我今天没空，周六和周日吧，一定去。"

"这孩子是个好孩子，比强强、花花好多了。"八子自言自语道。

朱江波刚回家，做了几道拿手的好菜，他心情愉悦。看到女儿满脸怒色回来了，便上前替女儿解下书包。

"闺女，这是咋了？咋不高兴了？"

"爸，他们说您被拿了，是真的吗？"

"哪会，哪会是真的！分明是假的！我什么人，薇薇喜欢我呢，后天的事儿，一准成，看老爸的手艺。"朱江波给孩子吃了颗定心丸。

"真的吗？爸，您可是我们同学们的骄傲，吓死我了。"

正说话呢，花花敲了门，朱江波招呼她："孩子，过来吃饭。"

"叔，我向您道歉来了，昨晚的事情，我爸得罪您了。"

"没事，我什么人，我是佛，肚大着呢。"

"叔，我有事，我爸出事了。"

"什么？冯则出事了？"朱江波站了起来，无论这个发小如何对他，他始终对他充满感情。他始终坚信，这世上，钱不是万能的，钱不能买断一切，比如说真诚的感情。

"说说看，啥事？"朱江波递给花花一个馒头。

花花啃了两口，看来是饿坏了。

"你爸也真是的，要么雇个保姆，哪能这样糟蹋孩子呢？自己应酬多，孩子饥一顿饱一顿的。"朱江波说着将另一个馒头递给琴琴。

花花一边吃一边说："叔，我爸要给我找个后妈，今天晚上在你们饭店见面，听说，订下房间了，下午便给我发了短信，说晚上不回家了，你说这算啥事！"

"哟，孩子，这事我们可不敢管，这是你爸的私事呀。他有恋爱的权利。是不？你妈走了，人家不能再找个吗？你爸这么多年了，也不容易，理解万岁。吃饭吧，吃完饭，你就住在琴琴房间里，有个照应，别乱想，家早晚要成的。"

"叔，可是，那女的比我大不了几岁，听说是冲着我爸钱来的，我必须阻止他们。"

"如果是这样，我也只能出马了，在我们饭店是吧？有办法了，你们这样办。"

华灯初上，冯则春风得意地出现在薇薇饭店门口。

冯薇薇亲自下楼迎接，握手后，冯薇薇说："冯总可是大老板呀，今晚有应酬？"

"今晚有个重要的客户，从南方来，我要在南方投资房地产，那老板可是黑白两道通吃呀，一位老友介绍的，一位美女。"冯则喜气洋洋地说。

"哟，那得支持，就在玫瑰园吧，那儿清静，地方也大，到时候，我去敬几杯酒，还有，我赠送两道拿手菜。"

"哎，我告诉你，一定要吃豫菜，来河南了，不吃其他地方的菜，找老朱，他最拿手。"

"好的，一定做到。"冯薇薇皱了皱眉头。

电话铃响了，是冯薇薇打来的，朱江波拿起电话，跑到卧室里。

"美女老总，何事呀？我可是洗完澡了，准备睡觉。"

"别贫了，过来吧，你的好友冯则来吃饭，点名让你做菜。"

"可我现在是一名普通的停车场员工，不是大厨呀！"

"朱江波，耍什么贫！已经下调令了，不知道吗？"

"调令是下了，可是只一天，如果现在去了，师出无名。"

"你来不来？不来就永远不要来了。"

晚上七时许，冯则站在饭店门口的台阶上，等待一位来自南方的贵客。他听电话里的声音，知道含糖量绝非一般的高。

一辆玛莎拉蒂停在大门口，一位身高约一百七十五厘米的女子缓缓下了车，四儿像跟屁虫似的，紧紧跟在那女子后面，惹得那司机招呼他："哎，哥们，车停哪儿？"四儿才知道自己失态了，赶紧跑回去。

四儿问那司机："哥们，这么气派的车，值老钱了吧？"

"我是租来的，车也是租来的，你管那么多干吗？"

"租来的？哟，也够气派！"四儿指挥车停下后，打电话给正在厨房里忙碌的朱江波。

强强、琴琴和花花躲在隔壁的房间里，大气不敢出。

花花说："一会儿强强去送菜，记住，偷听他们的谈话。"

强强则说："我不行，我可是跟爸妈请假出来的，一旦让他们知道我来饭店了，非剥了我的皮不可。"

正说着话呢，门开了，大家提高警惕，竟然是小八摸了进来。

小八是谁？保安八子的儿子，从南阳来的，与他们仨同一个学校，但不是一个班级。

强强一捅琴琴："你的粉丝来了。"

琴琴小声说："滚一边去。"

强强计上心来，对小八说："小八，给你个立功的机会，隔壁那桌，听见没？那个女的，一会儿你去倒果汁去，在她的酒杯里，加半杯白酒，记住了吗？"

小八有些缺心眼，拍了拍胸脯说："我爸说了，今晚你们有行动，所以派我来照应你们。放心吧，我是英雄！凡是琴琴让我做的事，我都乐意做，是吧，琴琴？"

琴琴有些讨厌他，但现在只有一脸苦笑。

朱江波正在厨房里忙活，小狗子问他："哥，今天是啥尊贵的客人？我看老总也如临大敌似的！"

"冯总见一个女客户，没啥！快忙去吧！努点力，别砸了豫菜的招牌。"

朱江波本来想亲自参与制止过程的，但冯薇薇给他打了电话，他不得不跑到厨房里做菜去，这可怎么办呢？不能在菜上做手脚，不然对冯薇薇不好，希望孩子们临场发挥，能破坏冯则的计划。

冯则非常高兴，今天晚上本来让青菊一起过来的，但他另有想法，便让青菊留家里了。青菊这个气呀，此时此刻，她正巴望着这笔生意谈不成呢！

朱江波接到了四儿的电话，听说车居然是租来的，便想，难道这南方老板是个骗子？

越想越不对劲，朱江波不能眼瞅着哥们受损，他配好了菜，看距离上菜还有些时间，便跑下楼来。

四儿看到他，对他使眼色，两人心领神会地到一处角落里。

"哥，我看呀，您那个老总朋友要倒霉，车是租来的，那女的那个妖呀，没准儿是个骗子。"

"这样，徒弟，听我的，我盯会儿，您去招呼那司机，把他灌醉了，将钥匙弄来，我们打开车看看。"朱江波觉得这个忙自己一定要帮。

四儿看到那个司机坐在一楼的沙发上发呆，便招呼道："哥们，吃饭了，人是铁饭是钢。"

司机不动地方，摆摆手，示意自己不饿。

四儿把酒打开了，大厅里全是酒的香气。司机是个酒坛子，闻到了酒味，便没了命，加上四儿一直怂恿，他便动了心，说："就吃个饭，现在酒驾查得很严，不能喝。"说着坐下来，但是才过了十分钟，他便喝得酩酊大醉。

朱江波将车钥匙从司机身上扯下来，还推了那小子一把。

四儿问："哥们，那女的是谁呀？"

"谁知道是谁呀？租我们公司的车，兄弟，你让我喝大了，一会儿，你开车送她。"

"这没问题，可是，一会儿送哪儿去呀？"

"去飞机场呀，她晚上的飞机，听说拿了钱就走人。"

"你看她像个骗子吗？"四儿继续问。

"谁说不是呢，我告诉你，别说是我说的，她半年来一趟，都是租我们公司的车，弄了钱就走人。"

四儿不问了，他将刚才套出来的话说给朱江波听。朱江波刚打开车门，就看到了一张身份证，不，应该是两张，照片是一个人，一个上面写着"包倩倩"，另一张写着"洪婧婧"。

"哎，四儿，今天来的那女的，刚才欢迎词上写的啥来着？"

"我想想啊，对，海清清。"

玫瑰园包间里，冯则满脸堆笑，握着海清清的手不放。海清清不好意思，从包里拿出了营业执照、身份证等，又说："请冯总审阅，我们公司可是南方的大投资公司，我们的房地产生意只是其中很小的一部分，如果您去南方，我一定盛情款待。"

"不就是几千万的投资吗，我今晚就可以安排给你打过去。海小姐，您真是太漂亮了，南方的美，飘柔的美。"

"冯总见笑了，初来河南，请包涵。"

"服务员，上酒。"

"冯总，我还是喝果汁吧。服务员，给我来一杯果汁。"

少年小八端着果汁走了进来，为了显摆自己年轻有为，他居然学起了绅士走路的样子，一走两停，好大会儿才来到客人面前。

冯则瞪大眼睛，差点没笑出来，刚想阻拦，海清清道："这孩子挺好玩的。"

海清清端起了果汁，与冯则碰了杯，说："冯总，合作愉快。"

冯则早已迷了眼睛，一杯白酒一饮而尽，海清清喝了一口，便叫了起来。

"怎么？有事吗？"冯则问。

海清清是个极会掩饰的高手，她小声说："没事，这果汁太好喝了，自己榨的吧？"

隔壁的几个学生，看到自己的计划没有得逞，不知道如何是好。

强强自告奋勇："看我的。"

他戴了个大口罩，推开包间，举起一束干枯的玫瑰花，径直来到海清清跟前。"这位女士，外边有位先生，送了玫瑰给您。"强强故作镇静地说，其实，此刻他的心早到了嗓子眼。

"有人送我玫瑰？可是，我并不认识这儿的人呀！"

冯则道："说明海小姐有人缘，要去看看吗？"

"好吧。"海清清放下酒杯，跟着强强到了外面。

花花早在外面放了一些香蕉皮，海清清走出来就踩到了，不小心就跌在地上。这时，不知道从哪儿泼来一盆水，一滴没浪费，全部泼在了海清清的身上，把她的妆容都泼乱了。

躲在暗处的几个人看到这一幕大喜过望。

海清清站了起来，按照常理，她应该报警的，可是她没有报警，而是像个疯子一样冲进洗手间，整理了妆容，然后从容地走进房间。

冯则以为此人进错了房间，忙问："您找哪位？"

海清清自觉今晚不妙，拿起自己的包与手机，也不说话，便跑了出来。

"哟，原来素颜这么丑呀？你爸啥眼力！"强强与小八不约而同地叫了起来。

知道有人算计自己，海清清觉得此地不宜久留，飞快地上了电梯。

饭店门口，车早停在那儿了，司机问："去哪儿？"

海清清说："快，去机场。"

车开走了，可是，并没有去机场，而是停在了派出所门口。海清清刚想发作，几名警察拉开了车门。

朱江波从司机位置上下来，招呼警察："几位，辛苦了，这么晚了，要不我请大家吃饭。"

一位警察道:"朱师傅,真是感谢您呀,这个女骗子已经骗了我们市好几个老板了,幸亏是您,明天来我们这儿领奖金吧。"

"协助办案是公民的基本义务。"

朱江波小跑着回到饭店,此时的冯则仍蒙在鼓里呢,他还在等待那位娇滴滴的海小姐回来呢。

九

冯则家里,冯则低着头不说话,花花则兴奋地跑来跑去,似乎她办成了一件惊天大案。朱江波也不说话,他招呼琴琴:"准备回家了。"

原凯夫妇也跑来了,当他们知道自己的儿子强强刚才参与了一起大案时,原凯的脸竟然挂满了微笑,只是秋静有些不耐烦。

冯则站了起来,不好意思地笑着说:"各位高邻,改天我请客,今天这事情闹的,赖我,瞎了眼。"

花花道:"你要感谢青菊阿姨,如果不是她,恐怕我们也不知道呢!"

"青菊?是她。"冯则坐在沙发上,半天不说话。

秋静下了楼,一边走一边数落强强:"你这孩子,这么大的事儿,怎么不告诉我们一声,你想过后果没有?一旦那些骗子有枪有刀,你们才多大呀?"

跟在后面的原凯则持相反的看法,他说:"这没什么不好的,这也是一次锻炼,学校不是有安全课吗?这是一次很好的实践课,回头可以写篇作文,肯定得大奖。"

"少贫嘴,没说你呢,你那事排上日程没有?不是让你做强强的工作吗?"

"我忙死了,这事你得自个儿跟强强说。"

强强在前面走,走着走着就跑了起来。他讨厌他们吵架的样子。

朱江波与琴琴回到家里,琴琴说:"爸,您太棒了,最后当司机简直是神来之笔,说出去大家都不会相信的。"

"我当时也是被逼到那份上了,现在想想都有些后怕,你说如果她发现了,后面捅我一刀,你就没爸了。"

"哪会,爸,不要这样说,我不会离开你的,你也不会离开我的!"琴琴伤心地掉下了眼泪。

被窝里,花花刚刚打开手机微信,青菊便蹦了出来,问她咋样。

花花说:"可惜,我爸与那个女人走了,今晚的飞机,我没拦住。"

青菊急坏了:"你太傻了,孩子,我阅人无数,那女的不是好东西。"

"这么说,你是好东西了?哎,美女,你是不是爱上我爸了,说实话,有多深?"花花故意逗她道。

"有点吧,你爸不容易,开始我是图他的名与钱。现在,我觉得不是了,时间久了,有些喜欢他了。"

"哎呀,我说美女,还是做梦去吧,我爸当时在我妈坟前说终身不娶的。他一个活人,不会对死人开玩笑的。再说了,我姥姥那关他过不了,当时,姥姥也在场的。还有我奶奶那一关,我奶奶与爷爷在乡下呢,他们认准了只有我妈妈才是他们的儿媳妇。"

正谈得高兴呢,房间门响了,冯则走了进来,吓得花花赶紧将手机塞进被窝里,装出睡熟的样子。

"别装了孩子,今天这事,爸爸感谢你。"

"光感谢有啥用?以后要听我的话,我就是咱们家的旗帜,知道吗?"花花将头猛地从被窝里探了出来,吓了冯则一跳。

"花,周六周日我们去乡下看姥姥,如何?"冯则突然间想起了乡下的孤寡老人。

"好呀,我有些想姥姥了。老爸,我有个问题想问问您,您是不是非常感谢青菊阿姨?"花花机敏地问。

"有点吧，我会奖励她的，毕竟是她先发现问题的。"

"你不会将自己奖励给她吧？我听说，你准备娶她了？"花花故意装作冷静的样子问。

"花，你有什么意见吗？"既然孩子提出这个严肃的问题，冯则认为谈谈也可以。

"你敢？你敢吗？我不同意，她也不是好鸟，爸，你图啥？图她年轻吗？我看她像条蛇，心机深着呢，不比这个海清清小。她处处藏着心机，过来找我，竟然同时说有两条消息，一条坏消息，一条好消息。"花花忽然发现自己说漏嘴了，坏消息已经发生了，好消息是偷试卷的消息，自己能说吗？

"什么消息？给爸说说看。"冯则充满了兴趣。

"爸，太晚了，睡吧，你去找青菊阿姨问吧，我要睡了，明天还要上课呢！对了，爸，后天我们要去冯薇薇饭店上实践课。您是大老板，怎么还不如朱叔主动呢，下次实践课，我挑中您的公司了，怎么样？"花花埋怨冯则说。

"这算啥？没事，到时候我安排好吃的、好玩的、好喝的。"冯则在女儿面前从来不吝啬。

花花有些瞌睡了，青菊依然不依不饶地发问。花花回了她最后一个信息："本姑娘梦游去了。"

周末早上，朱江波好好打扮了下，还梳了小分头。然后才去厨房给琴琴做饭，荷包蛋、一杯牛奶，还有煎馒头。

朱江波不爱打扮，看起来像五十岁的人，就为这张卡没少批评他，见面就说他不为自己着想，也要为女儿想下。朱江波不以为然，胡子好些天也不刮，看起来像个老头似的。男人不爱收拾自己，其实是没有遇到可心的人，如果遇到了，便认为自己也是帅哥，狠心收拾，不容忍一丝一毫的杂质出现在脸上。

朱江波不这么认为，他今天完全是为了自己的女儿朱家琴。

门岗处，八子看到朱江波，吓了一跳，大声说："哥，你怎么看着像二十多岁呀？"

八子的媳妇正准备送小八上学，看到朱江波，也说："朱哥，今天是要相亲吗？忘了告诉你一声，张卡的前夫这些天可是缠着张卡复婚呢，说是女儿想让他们复婚。明眼人都知道，他就是看中张卡的复印店了，那儿拆迁，估计要百十万吧。"

"老娘们，知道个啥！朱哥，她瞎说的！"

朱江波却在了意，他将信将疑，路过复印店时，故意停下自行车张望。复印店没有开门，上面贴了张纸，写着"停业整顿"。

朱江波拨通了张卡的电话，一个小女孩接的电话："你是谁？我妈买菜去了。"

旁边一个男人说："一一，凡是男人的电话，统统挂了，特别是那个什么朱江波打来的，一定要挂，那人想吃天鹅肉，想疯了吧！"

朱江波一想到有正事呢，便骑着自行车，飞快地驶入人流车流中。他刚到饭店门口，便发现有异样，几个平时对他不关注的家伙，此时竟然站在门口张望呢。

看到朱江波来了，有人吆喝："来了，来了。"

《好汉歌》响了起来，狐子、狗子、朋子，还有四儿抬着一个花篮，朝朱江波赶来。

朱江波瞧着瞧着，发现这个花篮熟悉，想了一会儿终于明白了，前些天有人在饭店结婚，落下的旧花篮，上面的花快死光了。

几个漂亮的服务员飞快地迎了过来，大声叫着："朱哥，朱哥，没的说；朱哥，朱哥，睡猪窝。"

四儿大声叫着："什么睡猪窝，错了，是朱哥，朱哥，没的说；朱哥，朱哥，肯定火。"

"得了得了，整这些没用的。哎，狐子，花篮别扔了，我留着有用呢！"

"这有啥用呀？"狐子满脸狐疑。

"送女朋友。"

朱江波的这句话让大家充满了兴致，狗子说："没听说师父有女朋友呀。"

"去，人家刚谈的，公园门口捡一老太太也说不定。"狗子与朋友笑了起来。

"今天除了同学们以外有多少客人？"朱江波问朋子，朋子负责与前面接应。

"听说有一个访问团，接待他们的是原凯原局。"

"是他，这家伙肯定有事，我说过他多少回了，要注意影响，就是不听，迟早得进去。"

"哎，师父，那原局吧，我看见好几回了，与一个女的来过我们饭店。"

"不能吧，原凯就喜欢钱，不喜欢女人呀。"

"有几个男人不喜欢女人的。"

"得，我就不喜欢女人，不然早结婚了。"朱江波想起了张卡，拍了拍脑袋，继续干活。

同学们在上午十点准时来了，冯薇薇举行了隆重的接待仪式，王老师没来过这种场合，有些不知所措。

琴琴对王老师说："瞧，戴大帽子那位就是俺爸，头牌大厨。"

王老师过去打招呼，朱江波有些不好意思地说："老师，没想到在这个场合和您见面，抱歉。那个什么，我去做菜了，大家一会儿可以到厨房参观。"

王老师伸出的手有些尴尬，琴琴过来，替爸爸握了握老师的手。

"我爸不喜欢与陌生人打交道，老师，您谅解他吧。"

"没事，挺好的。实在，你爸挺实在的。"

同学们准时出现在后厨，朱江波戴着高可入云的大帽子，穿着白大褂，正忙得不亦乐乎。他正在做上午原凯那些客人的菜。

强强对琴琴说："甭说，你爸挺帅的，现在看来，他们说的话全是子虚乌有，你别往心里去。"

花花也说："就是，你爸能耐着呢，车开得也一流，上次他一下子将车开到派出所里，奖了一万多元钱的奖金呢！"

琴琴也觉得挺好的，同学们路过时，朱江波玩了一个绝活——他娴熟地将菜挑起来，扔到半空中，然后用锅准准地接住了。

一位同学说："天啊！我原以为那些都是电视里的镜头，看来是真的了。大侠风范，太帅了！我长大了也要当一名厨师。"

强强小声对花花说："我爸老让我参加中考和高考，其实我还是喜欢技校，当个厨师有啥不好。我就认准了，让朱叔当我老师，最起码将来结婚后，与老婆打架了自己饿不着。"

"天啊！亏你想得出来，想那么远，谁嫁给你谁就倒霉了，随时随地准备与人家吵架啊！"花花笑着说。她一边说一边用眼睛瞟琴琴。花花知道，强强心中的偶像是琴琴，琴琴是个内向的姑娘，不爱说话。此时，琴琴也没有说话，她一边走一边往纸上记着什么。

朱江波炒菜，可以说是色香味俱全，光是路过、闻过，就有一种夫复何求之感。

花花说："如果以后有一个会做菜的老公，我就知足了！太帅了！"

一位同学说："没有想到，厨师原来也是一门高贵的职业，瞧琴琴的爸爸今天好帅，炒起菜来也是行云流水，游刃有余。"

午饭时间到了，王老师请求冯薇薇老总上台讲几句，冯薇薇说："今天的主角不是我，是朱大工程师，请吧，朱工。"

朱江波有些害羞，尤其是在公众场合，他事前想了几句，但不成熟，想推却掉。

琴琴带头喊："来一个，来一个。"

朱江波站在中间，像个孩子似的，手中挥舞着大勺，咳嗽一声后，现场立即鸦雀无声。他局促地说："怎么说呢？怎么说呢？这样说吧。"现场顿时掌声不断，笑声不断。

琴琴有点替爸爸担心，他本来就有些腼腆，别搞砸了。

"我觉得,炒菜就像学习一样。各位同学,要想炒好一盘菜,要掌握好火候、配好菜、加好佐料,所有东西准备好了,才能做出一盘色香味俱全的菜。学习呢,要掌握好基础知识,课堂上要积极努力,不懂的地方要多问,同时也要注意劳逸结合,学好实践课程。还有一个比喻,就好像在雪地里追兔子,大家都没参加过吧?兔子比你跑得快,所以,你要练习跑步,速度要超过兔子,还要练习不摔倒,否则,一旦摔倒了,兔子没抓到,裤子可能扯开,肉会露出来,不仅受冻,而且还会让你搞一个屁股蹲儿。所以说,有准备才会有希望。"

他说完了,现场爆发出雷鸣般的掌声。

有同学发言说:"老师,这堂课太好了,各行各业,只要努力,都会学有所成的。"

王老师代表学校发言:"感谢朱师傅,不仅仅感谢朱工程师的精彩发言,还感谢他刚才表演的绝技。刚才的比喻太好了,我明白琴琴的作文成绩为何那么好了,因为老爸很有生活。希望大家再接再厉,今年的期末能够考出好成绩。感谢薇薇饭店的精彩安排。"

同学们开始吃饭了,是饭店安排的盒饭,朱江波配的饭与菜,很讲究,还很有营养,同学们非常快乐。

另外几桌客人到了,朱江波赶紧跑到厨房里,他对狐子说:"狐子,你看原凯到了没有?"

琴琴吃完后去洗手间,在洗手间外面,她意外地撞见一个女人,那女人打扮得妖娆时髦,一个劲地看她,好像要吃了她似的。

琴琴赶紧跑了回去,将这个消息告诉强强,强强说:"骗子太多了吧,瞧我的。"

强强身材高大,怎么看怎么像成年人。他正准备出去时,刚才那个女人就走了进来,她走到同学们中间,一个劲地乱瞅。

强强迎上去,敬了一个少先队的礼,说:"阿姨,您找谁?"

"我,我不找谁,我去洗手间呢!"

"这儿是饭堂,洗手间在外面。"强强示意道。

那女人慌慌张张地跑了出去。

强强说:"琴琴,我怎么觉得那女人是找你的,她的样子和你有点像,难不成是你妈?"

琴琴的脸色非常难看,她从小就没见过娜娜,对她没有印象,她曾经对朱江波说过:"就是她回来,我也不认她。"

花花瞪了强强一眼:"说什么呢?见个女人就是妈呀?"

十

原凯被朱江波扯了出来,原凯说:"朱哥,我正忙着呢!"

"你小子,得注意点儿,最近有些对你不好的流言。那个女人,坐在你旁边的,叫啥?"朱江波一眼就看到了那个女人。

"我新来的同事,下属,是我的秘书。"

"又是秘书,你小子不要辜负了秋静,秋静是什么人,眼睛雪亮雪亮的,不,是贼亮贼亮的,你别身在福中不知福。"朱江波觉得男人之间的谈话就该是真诚的。

男人就是一种容易犯错的动物,看见美女就迷,看见金钱就凑,心情糟糕容易犯错,心情愉快更容易犯错。

"我说老朱,你犯过多少回错呀,这么埋汰我?我是那种人吗?孩子都多大了,还有那心思,我不会对不起秋静的。"

"得,我告诉你,女人是一回事,钱是另一回事,你现在权力在握,小心点,有些事可不能做,一旦做了那是覆水难收,想控制都控制不了,比荷尔蒙还要厉害!"朱江波今天临场发挥特别好,因为在同学们面前讲了一番话,潜力被挖了出来,所以一口气讲了许多平时不敢讲的话。

"哎,老朱,你过来,我给你引荐一下。"原凯不容分说拖着朱江波走进宴会大厅里。

"各位,我给大家隆重介绍一下,这位是薇薇饭店的首厨朱江波朱工程师,也是我的好友。你们吃的菜,都是他做的,味道咋样?"

原凯毕竟是官场中人,说出来的话一套一套的,容不得大家说不字。

只听见赞扬声此起彼伏,那个像小鸟一样的女子站了起来,她缓缓说:"要我说呀,我才知道原局为何官运亨通,原来,结交了这样一位志同道合的朋友。刘向曾说过:'与善人居,如入芷兰之室,久而不闻其香,则与之化矣。与恶人居,如入鲍鱼之肆,久而不闻其臭,亦与之化矣。'让我们为原局与朱工的友谊干杯。"

"郭子的嘴真厉害,一个友谊,居然被她说成了花。"一位客人小声地说。

另外一位客人说:"郭子,美国归来的博士,政府招收的第一批博士生,厉害着呢,出口成章,现在是原局的秘书。"

朱江波不敢看面前这个女子,她的身上有一股子洋人的味道,更有一股子深不可测的酸涩,让你不忍卒读,就如《红楼梦》,一般人理解不了,看不透。

真正有内涵的女人,是男人看不懂的,你可以拥有她,可是,你不懂她的心。

朱江波找了个机会撤了下来,他看同学们已经走了,便脱掉工作服,换上了停车场的服装,然后下了楼。

原凯下楼时,朱江波看到他马上躲开,四儿迎了上去,原凯好像看到了朱江波,想上前说话却被四儿拦住了。

"哎,我哥怎么换衣服了,是他吗?"原凯喝得有些晕。

旁边的郭子过来搀扶,说:"怎么可能是呢,不是,您喝多了吧?朱工是大工程师,怎么可能在停车场呢,您看错了!"

任务终于完成了,朱江波长出了一口气。

四儿小声说:"今天这出戏,您可是赚足了面子,充分说明,您在饭店的威望是无可比拟的。"

朱江波说:"好好干活吧,我就是不想让女儿知道这件事情,否则她该不安心学习了。"

四儿说:"你打算一直瞒下去呀?"

朱江波说:"走一步算一步吧,三月如果还不让回后厨去,我就辞职了,凭我的手艺,换一家饭店不愁没饭吃。"

"中,师父,您走了,我也走,我还看门。"

"你小子,不能有点出息吗?老看门,狗呀,你可以去看厕所,那儿有空调。"朱江波讽刺道。

"对呀,有理,看厕所也比这停车场强!哥,我明白了,我就去看厕所去。"

琴琴放学骑车回家,路过张卡复印店时,听到里面传来了打骂声,一个小女孩正躲在门后面抹眼泪。琴琴认识那个女孩子,她是张卡的女儿——,还有一个五大三粗的家伙,正在与张卡吵架。

张卡说:"杜家纯,我们已经离婚了,离了十来年了吧,孩子都这么大了,当初法院将——判给你了,现在你又来纠缠啥?"

杜家纯说:"张卡,你如果早改嫁了,我能过来吗?你现在不是没嫁吗?我想复婚,我给妈也说了,妈让我问你,——也在外面呢,——这么大了,你不想她没娘吧,——有病,你不是不知道。"

张卡继续说:"你早干吗去了?这些年,孩子判给你了,我妈少照顾了吗?——,你过来,别哭,看着妈妈的眼睛,告诉妈,你爸打你没有?"

"爸喝酒后就打人,打了好几回了。"——眼睛通红地说。

琴琴站在原地,不知道如何是好。她觉得,自己以前的做法可能错了,如果不是自己阻碍,恐怕爸与张卡阿姨早就结婚了。如果他们结婚了,就不会有现在的事了。

琴琴正在想着,强强从后面跟了上来,用胳膊捅了捅琴琴,说:"哎,看啥呢?他们家的事,难缠,最好让你爸离得远点,杜家纯不是一盏省油的灯,连人都敢杀。"

"我才不怕呢，我觉得张卡阿姨挺可怜的，还有那个——，当初怎么判给杜家纯了？"

强强说："你不知道吧，我爸告诉我的，当初如果不给男方，杜家纯不同意离婚，一直拖着，张卡阿姨没办法才同意的，知道了吧？你呀，现在有些后悔了吧，如果你爸娶了张卡，我觉得现在肯定是另外一回事，有结婚证，他敢来吗？"

琴琴晚上回到家，却一直没有见朱江波，打他电话，也一直处于无法接通状态。明天是双休日，琴琴觉得爸爸可能出事了，急忙拨通原凯的电话。

"叔，见我爸了吗？"

原凯刚下班，坐着专车准备回家呢，上午喝了酒，头有些晕，一听说朱江波丢了，瞬间酒醒了一大半。

原凯拨通了冯薇薇的电话，冯薇薇说："下班时就走了呀。"

冯薇薇不放心，急忙让人去找四儿，四儿说："师父下班就走了，还带走了那个脏兮兮的花篮，说是要用。"

琴琴急得哭了起来，原凯赶紧给家里打了电话，强强听说后，赶紧到了琴琴家里，不大会儿工夫，花花也来了。

花花急忙给冯则打电话："爸，朱叔丢了，可能被坏人抓走了。"

冯则虽然不太喜欢朱江波，至少现在不喜欢，可是毕竟欠了他一个人情，他立即报了警，不大会儿工夫，警察到了琴琴家里。

冯则说："他带着花篮，准是去送人了，应该是个女人，如果不是送给冯薇薇的，应该是送给张卡的，对！张卡。"

一句话提醒了大家，冯薇薇道："老朱这个人，做事情太死相，一定去了，那破旧的花篮能送人家吗？"

四儿说："我觉得师父会这样做，别人想不到的他敢想，他说过，花篮别扔掉，要送给女人的。"

原凯说:"冯薇薇老总,我说,你这个大老板不是嫌弃我哥们吧,那么好一个男人,你安心送给他人?"

冯薇薇道:"都啥时候了,原局别拿我开心了!"

警察小李说:"我刚接到电话,从视频上看到,在花园路口看到了朱师傅,他带着大花篮,风大,花掉了一地。"

"什么时间?"原凯问。

"半个小时以前。之后再没消息了,周围所有的路口都没有出现过,估计是在附近呢!"

琴琴又哭了起来:"爸,爸去哪儿了?"

"孩子,这样吧,我们分开找,就在花园路口附近找,我们人多,会有消息的。"大家说完便分头行动了。

琴琴、花花,还有强强一组,小八也赶了过来,四个小伙伴骑着车子,疯狂地在大街上寻找。

琴琴突然说:"我咋忘了呢,给张卡阿姨打个电话,她的店不是在花园路附近吗?"

强强说:"我记住了,电话号码就是复印店上面宣传的电话。"

花花手中握着她爸爸刚给她买的苹果6手机,拨通了电话,可是没有人接。路过了复印店,只见那儿关着门。琴琴下车,拍了拍门,里面却没人。

强强突然说:"会不会是那个神秘的女人?"

琴琴问:"哪个神秘女人?"

"你忘了吗?白天,在薇薇饭店里,那个找你的,跟踪你的神秘女人,长得像你的女人。"

"别瞎说,怎么可能长得像我呢。我觉得有理,不过,她是去找我,并没有找我爸呀。"

花花说:"你傻呀,找你就是冲着你爸来的,没有你爸哪会有你呀!"

朱江波去哪儿了?朱江波的确去找张卡了。杜纯江出现后,朱江波才开始为自己的以前而后悔!

　　杜纯江是个愣角色,见面后,朱江波肯定会挨打的,他知道,可是他认了。

　　朱江波之所以带着一个大花篮过去,一方面是想给张卡一个惊喜,另外一方面,如果杜纯江在场,便用花篮砸在他的身上。什么烂玩意儿,十来年了,又回来了,人家欠你呀?

　　他去了,但是复印店关门了,拨了张卡的电话,也没人接。

　　朱江波拐了个弯儿,结果在花园路口,一阵大风吹来,花篮碎了。他心想,没关系,花没了,还有架子呢。朱江波带着个破花架子,一路穿梭,进了小胡同。

　　许多人惊奇地看着他,议论着:"哎,啥人都有呀,这人有病呢,带个破花架子。"

　　"我觉得不像,准是拍电影的。"

　　一个孩子说:"不是,准是掏马桶的,不通了用架子通通。"

　　惹得旁边的几位大娘竖起大拇指,说:"这孩子聪明,有理,应该是这样的。"

十一

刚到张卡家门口,便听到里面传出了吵闹声,张卡指着杜纯江的鼻子说:"杜纯江,你什么意思?傍晚在店里吵,我躲了你,你现在跑到我家里吵,我母亲可有病呢!"

"有病瞧医生呀,她老人家也是我的妈。妈呀,咱们去医院。来,——,搀姥姥起来。"

——不听杜纯江的话,杜纯江有些发火了,拽了——的胳膊,——疼得大叫起来。身旁的老母亲赶紧过来扶——的胳膊,杜纯江不乐意了,大声喝道:"这就是你生的闺女,不知道孝顺父亲,整天就知道捂着肚子叫疼,有什么疼的!——,我虐待你了吗?我为了你,整天与人打架挣钱,我容易吗?我揍死你。"杜纯江火了,他感觉在家里没有地位,硬生生地扯住了——的另外一条胳膊,与老母亲形成了拉锯战。

——只是哭泣,她天生体弱,加上这些年被杜纯江欺负得毫无性格,因此,除了哭以外,这个小女孩,找不到其他任何可以抵抗疼痛的方法。

张卡没有想到,自己平淡的生活,居然被这样一场事件打破。想起过往,她有些后悔,她真后悔,当时不听母亲的话,嫁了这个白眼狼,而自己的父亲,也因为张卡与杜纯江当时私奔而跳河自杀。老母亲当时说什么也不肯原谅张卡,直到他们离婚后,老母亲的身体才略微好转。

张卡操起了一把扫帚,拍在杜纯江的身上。杜纯江正拽着——的胳膊,背上挨了一下,他怒火中烧,抬脚就踢,哪知道,正踢在——的肚子上,——疼得倒在地上,缩成一团。

朱江波刚好赶了过来,他抡起破旧的花架子,砸在杜纯江的身上。他砸得有些狠,所有人都松开了,杜纯江转身看到了一个陌生的人。朱江波身材微胖,今天打扮得有些时尚,是为了白天同学们的参观会特意打扮的。张卡也看到他了,她一脸欣喜。

一个女人,在最无助的时候,需要的不是钱,恰恰是一个男人的眷顾。

张卡明白过来,大声说:"朱,快跑,他不是人,快跑。"

杜纯江是半个江湖中人,凭着收保护费和打家劫舍生存,刚才没有真正动粗,因为周围是三个女子,一个是自己的女儿,他不可能下死手的;另一个是前妻,自己死乞白赖想复婚,不敢过分招惹;还有一个是病弱的老人,因此,他留着手劲。现在一看,好家伙,一个比自己略胖的人,正好形成对手。

杜纯江掏出怀里藏着的匕首,朝朱江波杀了过来。

朱江波看过不少电影,抡起花架子,想来个怀中抱月,哪里想到没有抱成,花架子碰在自己脑袋上。他又来了个"华山论剑",剑有些零散了,刚举起来,架子散了,手中只剩下一个烧火棍。

"朱江波,你才是罪魁祸首,这些年你占了卡子多少便宜,不要以为我们家好欺负!今天,我就收拾了你,还我们家卡子一个清白,同时讨回一个公道。"杜江纯大声地说着,看样子今天非要做一个了断。

朱江波上气不接下气,是由于刚跑的缘故,但他此时此刻也别无他法,只有硬顶着。

"杜纯江,我以前知道你不是东西,今天一看,你根本就不是东西,欺负女人、孩子,还有老人,有种冲我来,来吧。"朱江波也不客气地说。

双方对峙着。

——被张卡抱了起来,心疼地问咋样。

——说:"妈,没事,我不想跟爸爸了,我跟你和姥姥。"

"妈以后不会再和你分开了,我明天就去法院起诉,要求将你的抚养权重新判给我。"

"妈,那叔叔是谁?"

"是妈妈的朋友,过来帮忙的。"张卡没有直接说出那个想说的答案。这些年以来,由于各种原因,双方都没有吐出真情。原本想着,时间可以解决问题,可是,时间给自己开了一个无情的玩笑,新的角色不声不响地融入本来想要的幸福中,看来,这就是命呀!

张卡冲着朱江波说:"你快走吧,以后不要再来了,我们家的事我们自己解决。"

"什么你们家的事,咱们家的事,他是局外人,我是张卡现在的男朋友。杜纯江,你要想欺负她们娘俩,就从我的身上踏过去。"

"好家伙,终于承认了。张卡,你还说你们没有来往,告诉你,想要——的抚养权,门都没有。除非这个家伙死了,死了,知道吗?"

——突然在地上吐了一大摊血。张卡看到大声叫了起来:"妈,——吐血了。"

"杜纯江,你女儿吐血了,你还与外人打架,你有没有良心?那个外人,还不赶快走,与你何干?"张卡故意这样说,是为了软化他们之间的矛盾,朱江波是外人,所以,不该干涉自己的生活。

朱江波有些心灰意冷,他没有想到,千辛万苦等来的却是一个外人的称谓。

杜纯江抱了孩子,一路飞奔到胡同外面,截了一辆出租车,疯了似的去了医院。

朱江波刚到胡同外面,找他的人便蜂拥而至。

原凯说:"好家伙,老朱,你人缘够好的呀,这么多人,这么多警察找你,你却躲在这儿,为一个女人打架。"

"严格来说,没打起来,现在——有病去医院了,我得赶紧过去。哥们,开你的车,我的自行车,那个什么,琴琴,骑我的自行车回家去,爸没事。"

警察认识他,笑了起来:"老朱,你这动静忒大了吧,比你上次抓骗子动静还要大!"

"警察同志,没有啥了,现在没有了,不过,以后不会麻烦你们的。"

冯则大声说:"老朱,上我的车,我知道是哪家医院。"

朱江波上了车,司机风风火火地开车,冯则对司机道:"看见没,前面那辆出租车,跟上就行,打着应急灯呢。"

冯则拍了拍朱江波的肩膀:"哥们,够义气呀,我没有想到,你活了大半辈子,竟然有了恋爱的念头。好事,我替你感到高兴。"

"别笑话我,老冯,有吃的没有?我饿坏了!"

"有呀,面包,不过可能过期了。"

"过期没事,我的人都快过期了,过期人吃过期食品,以毒攻毒。"

"刚才那阵势我可是见了,咱们人少了不行。我也和杜纯江打过交道,他去我们工地闹过,帮助一帮人要工资,我找人揍过他,最后,赔了他一笔钱,他承诺以后再不来我的公司闹了。这可是一个硬茬,你抢他的老婆,有些困难。"

冯则一边拿着面包,一边拿出了一瓶矿泉水。

"老冯,我是路见不平,拔刀相助,别说得那么难听,就好比猫见了老鼠在打架,猫不舒服,便过来咬了老鼠一口。"

"你这比喻,猫本身就是吃老鼠的,猫还帮忙,我的天!老朱,你这才能,待在冯薇薇那边算屈才了。我女儿可说了,让你去我们公司高就呢,怎么样?我让你去当公关部经理去。"

"那是后话,我不一定愿意去呢!"

医院抢救室外,张卡坐在椅子上,满脸是泪。杜纯江低着头,一个劲地跺脚。

大约一个小时以后,抢救室的门开了,医生问:"谁是患者家属?"

杜纯江第一个蹦了起来："我是，我是孩子她爸。"

"你过来一下，孩子已经醒了，你去缴费吧。"

杜纯江本能地摸了摸口袋，什么也没有。他掏出电话，想打电话给某某，可是，又撂下电话，转身去看张卡。张卡怒气未消，将怀中的银行卡扔在地上。

"妈，他走了没有？"——小声问。

"一，不要说话，你刚醒。"

"妈，告诉你吧，我没有啥。刚才我已经与医生阿姨说了，我那血是假的，是红纸，我看你们一直吵，便想到这样一种方式，不然会打起来的。"

"一，你太傻了，妈再也不离开你了。"

——紧紧地搂着张卡，突然说："妈，你让他走吧，就说我不舒服，不想见到他，让他以后不要到医院里来。"

一个医生走了过来，跟张卡说："孩子告诉我们了，吐的血是假的，我们检查了她的呼吸器官，没有问题，可是有一个严重的问题，孩子的胃部有异样，可能是，可能是……"

张卡着急地问："是什么？"

"她说她肚子疼，疼了好长时间了，我们揉她的肚子，有一个肿块，我们怀疑是肿瘤，是不是良性的，还需要切片化验。"

"什么，肿瘤？"张卡蒙了，仿佛天塌了下来。

"您也别太着急，小姑娘刚才与我们说了一大堆话，原因可能是以前饥一顿饱一顿造成的。"

张卡看到一一睡了，愤怒地到了走廊上。她看到杜纯江，便上前抡起拳头砸了起来，狠狠地砸，也没有停下来的意思。她想将这些年的怨全部算清，此时的她后悔莫及，后悔将女儿拱手送给杜纯江。

"好了，打够了没有？"杜纯江架起了张卡的胳膊。

朱江波从身后偷袭了杜纯江，一记耳光，打在杜纯江的右半边脸上，杜纯江感到有些发晕，但他人高马大的，定了片刻后，看到了朱江波，便骂了起来：

"你敢打我!"

朱江波后面人多,原凯与冯则冲了上来,还有强强握着小拳头,花花也嚷着让爸爸派公司的人过来。

杜纯江看到他们人多,就说:"好家伙,群架呀,都是名人呀,行,我今天认输了。不过,朱江波你小心点,我不会放过你的。"

琴琴挤了过来,她刚才并没有骑她爸爸的自行车回家,而是将自行车扔在了张卡的家里。

琴琴分开人群,来到朱江波的面前问:"爸,没事吧?"

"爸没事,爸不是那种吃亏的人。"

琴琴迎着杜纯江走了过去,后面的强强大喊:"琴,你疯了?"

花花也说:"他是个魔鬼,你快闪开。"

杜纯江也吓了一跳,他打人无数,可是从不打孩子,当然,除了自己的女儿——以外,因为好男不与女斗,打女人和孩子说出去丢面子,同行会瞧不起他的。

琴琴义无反顾地走了过去,倒是面前的杜纯江有些不知所措,他不知道这个小姑娘想干什么。

"杜叔,我叫朱家琴,是朱江波的女儿,我从小就喜欢张卡阿姨,因为我的命是张卡阿姨救下的。——比我小一岁,您就放过——与张卡阿姨吧,你一个大男人,欺负谁也不能欺负自己女儿吧?我从小没妈,知道没妈的痛苦,——那么小,正是上学的年纪,你看她瘦成啥样了。如果你再欺负她,我就让我们同学组成加强团保护她和张卡阿姨,算我求您了。"

杜纯江觉得没面子,真的很没面子,让一个女娃娃这样说自己。此时他真想找个地缝钻进去,加上旁边那么多护士、医生,还有那么多家属,他们交头接耳,当知道这家伙欺负女儿与前妻后,早就按捺不住了。

一个护士说:"这还是人吗?找这样的男人,不靠谱!"

一个医生也说:"这种人呀,就该进公安局。"

一名家属带头喊："哎，那人，这儿是医院，知道吧？医院是救死扶伤的，不是打架斗殴的，你这么大个人，干点正事吧。"

杜纯江跑下了楼。

琴琴委屈地哭了起来，张卡过来，紧紧地抱着琴琴，琴琴喊了声"阿姨"，就再也不哭了。

秋静是第二天知道这件事的，她晚上加班到深夜，没有回家，住在学校的宿舍了。她惦记的仍然是强强的学习。作为一名老师，她深知，学习一旦一步跟不上，就会步步跟不上。她上午正好要去一中听课，顺道去拜访一下王老师。

王老师认识她，看到秋静，急忙让进办公室里。

"你们这儿条件就是好，比我们那所中学强多了，到底是大学校，气派，办公室也气派！"秋静夸奖道。

王老师说："哪儿呀，都是教育学生，哪儿都一样。这儿压力也大呀，你瞧，压得我都喘不过气来了！"

秋静问："我们家强强，最近学习咋样？"

"哎呀，你不来，我还想告诉你呢，我与你孩子谈过话，他透露了一个重要的信息。"王老师说。

"啥信息？这孩子有啥也不跟我和老原说，你瞧瞧这事闹的，给王老师添麻烦了。"

"麻烦倒是没有，我觉得孩子的想法是对的，学习真跟不上了，上技校也是可以考虑的，不然，哪有那么多重点高中呀？"

"什么？"秋静感觉头有些蒙，便问，"他跟你说，他想上技校？"

"是呀，孩子自己说的，他说想上厨师学校，学朱家琴的爸爸，还说要当大厨，进国务院，要给主席和总理做早餐。抱负不小呀，你知道，我只能支持。"

秋静坐不住了，她有些埋怨原凯，整天就知道开会，开会，孩子的思想一点儿也不关注，这下可好了。

"王老师，上次测验强强不是考得非常好吗？九十多分，看来是孩子的思想有问题，我回家要好好整整他。"秋静对孩子的进步充满信心。

"没有吧，秋老师，他考了七十多分，哪有九十多分呀。"王老师说着在一叠试卷里翻来翻去，最后将一张破旧的试卷递给秋静，说，"上面有你的签名呢，还有，上面脏兮兮的，问他，他说掉厕所里了，是他爸不小心掉厕所里的。"

秋静有些愤怒了，因为这张试卷根本不是强强给自己看的那张。

当着王老师的面，家丑不可外扬，何况她也是有素质的人民教师，因此，怔了片刻后，说："我还真忘了，这样吧，我们回家好好反省反省。"

"好吧，那我就不送秋老师了，该上课了。"

秋静并没有回自己的学校，她路过原凯所在的局，想到强强的欺骗，一股无名怒火蹿了上来。她走上了台阶，进了某局的办公大楼。

"您找谁？"值班的老大爷问。

"我找原凯。"秋静收敛了怒气。

"找原局，那您是？"

"我是他爱人，有事找他。"

"我打电话让原局下来接您吧。"老大爷十分客气地说。

"不用了，这地儿我熟得很。"秋静径直上了电梯。原凯的办公室在三楼。

秋静想好了，必须与孩子做一次郑重的交流。这次交流，要录音，作为证据。孩子绝不能掉队，上技校，门都没有！

十二

秋静直接到了局长的办公室,办公室的门虚掩着,旁边一个小职员急忙过来拦她:"您找谁?"

秋静进来以后,就觉得怪怪的,气氛很不正常。直觉告诉她,这是有人在防着她呢。她心想,难道是老原有事了?

秋静直接推开那个小职员:"我有事,找你们原局,一边去。"

门开了,原凯坐在大转椅上,一个穿着暴露的女孩子正坐在桌子上,正对着原凯,那女的不依不饶地说:"原局,答应我吧,我什么都答应你。"

秋静进来后便发现了端倪,女人的直觉告诉她,这里面有事。

那女的吓了一大跳,赶紧跳了下来,大声叫着:"你什么人呀,保安呢,这是局长办公室,谁都可以来呀?"

原凯一脸尴尬,急忙阻拦。秋静为孩子的事窝火呢,心中本来不悦,看到了不该看的事情,心中更是大怒。心想,好你个原凯,我为孩子的将来着急,去学校与老师周旋,你却在这儿泡妞。

"这女孩长得可以呀,这么年轻,还眉清目秀的。原凯,她是谁啊?"秋静笑着问,其实她想过去扇那女的几个耳光,但她的职业决定了她的素质,她努力压制着内心的怒火。

"她是，她是，秘书。"

郭子这才知道，此人不是善茬，根据原局的表情，她知道这肯定是原凯的媳妇了。原配有结婚证明，有法律保护，原配就是牛，可以不可一世，更可以义无反顾地打该打之人。在原配面前，所有的小三都是理亏的，再接下来，便是心中所图瞬间暴露无遗，图人家的钱，或者是图人家的权，更或者是有爱情，想越俎代庖，总要找一个可有可无的理由。

门外面，一大帮小职员议论纷纷，郭子看到，便说："滚出去，滚。"

"好你个原凯，我给你面子，不在你局里吵，家里吵去，今天这事，如果没有个说法，你死我亡，看看你儿子的分数吧。"

秋静将那张旧试卷摔在办公桌上，转身扬长而去。

秋静下午仍然要去学校，因为下午有一堂她的课。她刚刚接到校长电话，因为课讲得好，所以下午有三个学校的老师过来听课。所以秋静不敢耽搁，但心里却十分不舒服，本来强强骗人的事够窝火了，没有想到，就连自己的婚姻也出现了危机。

秋静上午没有吃饭，躲在办公室里备课，但眼前老是出现那段可怕的事情。有好几次，她愤怒得想将课本扔在地上，但她都努力压制住了。

下午最后一节是秋静的课，十几名老师坐在教室的最后面听课，大家都知道秋静是全市闻名的老师，因此，难得听她一堂课，所以大家很积极。见她走进教室，大家首先就是鼓掌欢迎。

秋静努力压制情绪，前半时讲得非常好。到最后关键时刻，她觉得有些力不从心，讲了什么自己都不记得了，然后，她摔倒在课堂上。

同学们冲了上去，校医赶紧过来检查，校长也急匆匆赶了过来。

校医检查后说："秋老师太累了，需要休息。"

校长拍了拍脑门，道："看看，是我安排不周，昨天秋老师上了六节课，今天上午去一中听了一上午的课，各位老师，不好意思。"

那些听课的老师表示理解，有一位说："海校长，您就不对了，哪能让老师上那么多节课呢！"

海校长觉得不好意思，转身对秋静说："秋老师，明天给你放一天假，你的课我来上。"

秋静的确需要休息，人最虚弱的时候，累的不是身，而是心。

秋静本是个内向之人，这些年，与一大帮学生打交道，早已将她练成了金刚不坏之身。身体累并没有什么，只是今天的两件事情，让她觉得天快要塌下来了。

休息一天也好，可以静下心来，处理家事。家丑不可外扬，恐怕家中要有战事了。秋静突然想到自己看过一本书《西线无战事》，西线无战，东线有战。

原凯一下午都坐不住，许多人找他，他统统拒绝，幸好今天下午没会，不然这个状态肯定会丢人现眼。

郭子趁午饭时机，打了两碗烩面，冲进原凯的办公室。

郭子刚想说话，原凯道："你让我静下好不好？郭子，不是说你，你大白天穿那样子，到我办公室干吗？来就来了，坐我的办公桌上干吗？没事都成有事了！"

"哎，原凯，你别没良心呀，你早干吗去了？这是第一次吗？你说我漂亮的时候，你干吗去了？你忘情的时候，干吗去了？你说你家里那位是个丑八怪的时候，干吗去了？你们男人，没一个好东西！"

原凯理亏，摆摆手，示意郭子出去。

郭子这人没心没肺的，端了一碗烩面闪了出去，走路的姿态像一条美女蛇。

原凯在想应对办法，躲是不行了，自己身在仕途，如果处理不好，一定会出乱子的，自己还想着升迁呢！

他想到了儿子，好长时间没去学校了，对，去看下他，也看看校长去。原凯拨通了一中尚校长的电话，尚校长正开会呢，王老师也在座，尚校长以前小心嘱托过王老师："照顾好强强。"

王老师已经够用心了，但她十分尊重孩子的意见。

尚校长赶紧接了电话:"原大局长,什么指示?"

"我一会儿去看下我儿子,没事,看你在不在,沟通一下。"

尚校长如临大敌,挂了电话,对王老师道:"下午有重要领导去你们班参观,你小心则是。"王老师点下头去准备了。

原凯开了车,没有叫司机,心急火燎地到了市一中。

尚校长在门口迎接,原凯下了车,说:"别这么兴师动众的。"

"最近可好?"

"托领导的福,挺好的,教育是一片净土,与学生们打交道,叫返璞归真。"

原凯与尚校长聊了几句,打发他走了,转身便到了王老师所在的班级的窗前。他看到自己的儿子强强,正转过身去与花花说悄悄话。

强强看到了老爸,王老师示意他可以先出去。

原凯扯了强强,到了操场上。

"爸,您不是有事吧?您可是无事不登三宝殿呀,来学校审查,还是指导工作?"强强身受影响,一嘴官腔。

"那什么,儿子,爸有事,今晚回家你妈肯定要治我,怎么办?给爸出个主意。"原凯很少求儿子,但今天,他有些豁出去了。

"不会是作风问题吧?作风问题就是癌症,书上说的。这事儿,我管不了!"强强一语中的。

原凯很尴尬,跟未成年的儿子谈男女问题,他于心不忍。

"没啥可隐瞒的,上次在薇薇饭店,我就看你们关系不正常。爸,您有这么好的老婆,这么帅的儿子,您干吗还在外面拈花惹草啊,不累吗?得,我妈今天也来学校了,我听说,我上次的事件东窗事发了。我今天晚上还不知道如何应对呢?"强强也是一脸无奈。

"你,啥事?你有啥事?与同学恋爱了,还是考砸了?"原凯对自己的儿子还是非常关心的,他剑眉倒竖,严肃地问。

"甭拿您那个年代的事来衡量我们,我不会早恋的,不还是试卷的事吗?我自己打印了一份,给你们看的是假的,真的在老师那儿呢?"

"我说原子强,你胆子忒大了吧?欺骗家长,欺骗老师,你罪该万死,你,你!"原凯气得脸铁青,他真想揍强强一顿。

"得了吧,有意思吗?你现在自己的问题都处理不好呢?你的问题比我大,老爸,你的问题是家破人亡。我的问题顶多挨顿揍,顶多明天不上课了,去医院里睡大觉去。"原子强的嘴也够厉害的,将原凯损得无地自容。

"你说怎么办?强强,你妈从学校出来估计就去我的单位了,当时,一个女秘书,就那郭子,她坐在我面前,我们说事呢,她穿着暴露了些,怨我吗?政府单位又没规定不准穿着暴露。"

"爸,就这点事吗?干脆你们离婚得了,趁早离,整天吵,十几年的夫妻了,审美疲劳了吧!"

原凯没有想到,现在的少年竟然成熟得这么早。强强的话惊得他半天没有回过味儿,他此时此刻才明白,孩子长大了,难管了,这就是自己平时对他缺少管束的结果。

"胡说八道,你这孩子,我与你妈十几年的感情了,当时我啥也不是,她跟了我,哪能说离就离。"

"哎,老爸,我有办法了,只有用苦肉计了。你就说,你们领导发现此事了,下了通报,将那女的撵走了,怎么样?断了根,妈就不会怪罪你了。"

原凯觉得这个办法好,他摇了摇头,只好如此了。

强强说:"等下,老爸,我的事呢,如何处理?"

"你那事情更好处理了,就说你考砸了,不是想故意瞒大人的,就说告诉我了,我让你这么做的,将责任推我身上就行了。"

"老爸,你太伟大了,你不应该只当一个局长呀,应该上联合国难民署管难民去。"

秋静并无大碍,休息了一会儿后,便骑自行车回家了。她走得很慢,她知道，自己是因为心里有事，才导致心力交瘁。她觉得活着不易，生活更不易，教育孩子的事情没有解决，婚姻又出现了危机。

秋静想好了，晚上回家，直接摊牌，离了算了。半路上，竟然遇到去医院打饭的张卡。张卡认识秋静，急忙与她打招呼。

秋静说："张卡妹妹，你没事吧？"

张卡一听有人问候自己，便回答："没事，死不了，勉强活着吧。"

秋静觉得，自己应该去医院看下——，便在路边买了一箱牛奶，对张卡说："我去看看——吧！"

张卡说："姐，不好意思，你们家老原也去帮忙了，还有强强，我都不知道怎么感谢你们呢，怎么还让你破费呢！"

"嗨，我们家与朱家很早便在一起住着，搬家后又搬到一起，老朱的事情，我们也知晓，就是可怜了——这孩子。"

两人说着，进了医院。

秋静觉得不回家正好，整天给他们爷俩做饭吃，到头来，一个骗自己，一个哄自己。

当秋静得知昨天晚上是——故意吐的血，才扭转僵局后，便眉开眼笑起来。

"你说这么小的孩子，咋那么鬼机灵呢？我说张卡，你别犹豫了，孩子要回来吧，我支持你，有啥困难与姐说声，缺钱了姐帮你。"

女人与女人，总是站在同一条战线上，女人不用为难女人，女人与女人交流，渴望的都是理解与被理解。

秋静故意逗——，——说："阿姨，我也想上学，杜纯江不让我上，我只上了幼儿园，你们学校收我吗？"

"当然收，阿姨替你想办法。"秋静的眼泪在眼眶里打转，——比强强小一岁，可身子骨弱，怎么看都像一个五六岁的孩子。这么小的孩子，遭这么大的罪，你说老天爷是怎么安排的？

张卡的母亲过来照顾——，秋静说："张卡，走，咱们吃饭去，我请客。"

张卡看着一一，有些犹豫，母亲说："去吧，遇到一个好姐妹，去放松下。"

张卡这些天也忙坏了，心中憋着一股气，勉强笑着，拉了秋静："走，姐，我请客。"

一一在旁边说："妈妈，你笑起来真好看。"

张卡急忙说："一一，那以后我就一直笑，怎么样？"

原凯与强强到小区门口时，意外地发现自家的窗户并没有亮灯。原凯长出了一口气，强强也直拍胸脯。

"爸，老妈没回来，不会离家出走了吧？"

"不会，你妈是有仇必报的人，不会就这么走的。我猜，她不会去奶奶家了吧，爷爷奶奶可是最向着她。"

原凯想到这儿，有些晕了，他从小就害怕父亲，如今二老年迈了，躲在郊区的老房子享清福。

强强说："不会的，妈妈不会把事情搞大的，她是老师，知道维护您的面子，不会让您的身份掉地上的。爸，通过这次，咱俩都长点心吧，以后不要再欺骗妈妈了。"

"是呀，你妈要说够好的，哎呀，我是鬼迷心窍了。"

八子正在门口呢，看到了原凯与强强，急忙敬礼。

八子本来不喜欢敬礼，可是，小区里大人物太多了，他原来唯一不敬礼的人物便是朱江波，因为觉得他没出息，可八子的媳妇说："不看僧面看佛面，人家琴琴学习这么好，没准儿长大了，可以给小八当媳妇，你这家伙，眼光不长远。"

八子服气得要死，以后，见谁都敬礼，礼多人不怪吗。

"可吓死我了，哎，八子，你嫂子在这儿没？"

"嫂子，几嫂子呀？三嫂，还是四嫂？"八子故意使坏。

"一个就搂不住了，还三嫂四嫂。"

"没呢，秋老师没回来呢？怎么着，出事了，天大的事？"八子试探地问。

"我能有啥事？八子，我告诉你，谁有事，我也不会有事，我什么人呀！"

原凯还想说，强强拽了拽他："爸，回家再说。"

十三

原凯与强强回到家中,冷锅冷灶的,秋静并没有回家,所以没有一点烟火气息。

原凯头一次觉得,自己以前做错了,是自己身在福中不知福。以前一回到家,秋静准会在厨房里忙碌,不大会儿工夫,鱼香肉丝、红烧茄子等都会端上桌子,那荤素搭配好着呢,什么该吃,什么不该吃,菜谱扔了一大堆,自己一个大老爷们,从来没有下过厨房。

"爸,我饿了。"强强放下书包说,说完就回房写作业去了。

原凯觉得自己应该下一回厨房,给儿子做一碗面去。他也是不服输的人,心想不就做个饭吗,有什么了不起的!

原凯不知道怎么打开煤气灶,费了半天劲,满屋子煤气,幸亏强强去打开了窗户与抽油烟机。

原凯不知道醋在哪儿,炒一个土豆,炒焦了。也不知道佐料在什么地方,费了半天劲,一无所获。

原凯对强强说:"我觉得不能吃,认输。咱爷俩下馆子吧。"

"爸,是不是给妈打个电话,我有些想她了。"

"你想她了?想了还犯错误?欺骗她?"原凯说着说着,泪如雨下。

一个家中，一旦没有女人，不仅仅是没有烟火气息，更是没有温暖，没有笑，只剩下泪与愁。

原凯拨通了秋静的手机，手机一直响，但没有人接。用家里的座机拨过去，开始是通的，后来对方就挂了电话。

原凯对强强说："走，下楼去，吃饭，是死是活再说吧。"

两个大男人，活脱脱两个失去主心骨的主儿，一前一后下了楼。

秋静与张卡找了家大饭店，张卡对服务员说："点红酒，要好的。"

秋静附和道："对，要好的。"

张卡先给秋静倒了酒，又给自己倒了一杯，秋静拿起酒杯来，一饮而尽。

张卡说："姐，你是咋了？遇到烦心事了，怎么喝这么快？"说着又给秋静倒了半杯，秋静拿起来，又是一饮而尽。

酒入愁肠，秋静骂了起来："浑蛋男人，给我找小的，离婚，明天就离婚。"

张卡这才明白过来，她自己也端起酒杯一饮而尽，搂着秋静说："姐，你说这男人，怎么都那么坏呢？"

秋静回答："你算好的了，才半生受罪，后半生起码还能享福，好歹过去了。朱江波，多好的男人呀。"

张卡说："他是好男人，可惜，我命不好，好男人不属于我，他心中只有自己的女儿。"

秋静说："朱江波太傻了，那女儿又不是他亲生的，替另外一个男人养的，何苦呢？"

张卡是头一次听到这个说法，她一惊，喝到嘴里的酒还没来得及咽下去，继而大声咳嗽起来。

"妹子，你喝慢点，瞧你，一说到男人就动了心。我现在是万念俱灰，我们家那位，那原凯，在单位里弄个小秘，我弄死他们。"

张卡万万没有想到，十几年前，朱江波上吊时，自己救下的那小女孩琴琴，竟然不是朱江波的亲生女儿，这怎么可能？不是娜娜与朱江波结婚以后生的吗？果真如此，娜娜可太不是东西了，让一个无辜的男人照顾自己和另外一个男人生的孩子，这算什么呀？

张卡端起酒杯，故作镇静地问："姐，能说明白点吗？琴琴怎么就不是朱江波的亲生女儿了？"

"妹子，你傻呀，他们俩长得像吗？你瞅瞅，像吗？一点儿都不像，琴琴长得像谁？"

张卡有些迷糊了，长得像谁呢，当然像娜娜了。张卡不说话了，又是一阵狂饮，过了一会儿叫秋静时，秋静已经不省人事了。

张卡拖着秋静，到饭店外面叫出租车。

出租车一见两个喝醉的女人，都不愿意拉。女人是非多，指不定你拉了，还说你占她便宜，或者是丢了钱、讹她了等等。

秋静看到出租车司机不配合，过来就踢人家的车。

张卡没法子，掏出秋静的手机，瞅到好几个未接来电，是同一个号码，便回了过去。

两个男人正准备吃饭呢，才点好的麦当劳，强强刚吃了一口，原凯吃不下去，喝了杯可乐，电话就响了。

张卡在那头大声叫着："快过来，二七广场，你媳妇喝多了。"

秋静上车时，依然大声叫着："妹子，那，那酒呢，咋没了，再要呀？我埋单。"

张卡说："原凯，姐喝多了，别怪我，我心里有点烦，便与她一起吃饭，没想到成这样了。"

原凯说："怎么会呢，还要谢谢你呢！"

强强搂着妈妈的腰，大声说："爸，快回去吧，改日再还人情。"

"妈妈，你喝这么多酒干吗呀？我考砸了，我承认，我以后努力还不成吗？"

强强刚说完，猛然抬头看到张卡："怎么是您？"

张卡也看到强强，忽然想起了那天下午，帮着打印试卷的事情，忙问："你是，秋静的儿子？"

"是，阿姨，没事了，改日让我爸请您吃饭，我们走了。"

张卡明白秋静之所以喝醉的原因了，她刚才除了骂男人外，还骂了儿子，说儿子欺骗自己，改分数，编造试卷。

张卡觉得脸在发烧，如果让秋静知道，自己帮强强改的试卷，唉，秋静一定会大怒的。

半道上，秋静便吐了，无奈，原凯在路边停了车，照顾秋静吐完了，才又继续开车往家里走。

原凯问："强强，你认识张卡阿姨吗？"

"不认识，不，不认识，见过一面，老从她家门前过，她可是琴琴的救命恩人。"

几乎整个夜晚，秋静都紧紧地搂着原凯。原凯有些伤感，也紧紧地搂着秋静，强强过来几次，都被原凯轰走了。

强强最后一次来时说："爸，好自为之吧，妈没醒呢，醒了，就有好日子过了。"

原凯想好了，无所谓，她打也好，骂也好，认了。

强强心中还想着呢，我的事，是小事，无伤大雅；爸的事，可是大事，在爸的大事面前，我的事情估计会不了了之，也说不定。

秋静早上醒得早，感觉口渴，准备坐起来才发现自己被原凯紧紧地拥在怀中。她挣扎着站了起来，才感觉头痛得厉害。一看表，已经早上六点了，该去学校了。又忽然想起昨天校长放自己假了，但还是挣扎着站了起来。她觉得，今天应该处理下强强的事情，毕竟孩子是自己的，老公有可能是别人的。

秋静并不傻，她没有哭，也没有上吊，其实她的态度在酒后已经暴露无遗，她仍然爱着原凯，她是不会与原凯离婚的，但教训是一定要给他的。

今儿没有工夫说这件事情，秋静进了强强的房间里，看到强强睡得正香，她没好气地走了过去。

强强醒了，他揉揉眼睛问："妈，咋了？早着呢，再睡会儿。"

"睡什么睡，起来，你的事没说呢！"

强强没有想到，爸的事情没有解决，自己的事情先排上了日程，赶紧说："妈，妈，我说谎了，我承认错误。"

"承认错误就行了？告诉我前因后果，那假试卷在哪儿弄的？谁给你的？你那能力，打印不出来！"

原凯也醒了，感觉事态有点大，他不敢过来，进了厨房，准备早餐去了。

"妈，这事不能赖人家，是我要求人家做的，我的主意，我害怕你和爸生气，更害怕挨打。"

秋静终于有些沉不住气了，一系列的事情让她有些失去理智，她拿着笤帚，对着强强就打了两下。

强强大声地叫了起来，原凯赶紧冲了进来。

"不能打孩子，秋静，你还是人民教师呢！"

"有你什么事？什么事呀？你教育得好，孩子快废了，要去上技校，你知道吗？你光知道搂小秘书，滚一边去，你的事情没完呢？告诉你吧，做恶事迟早要还的，你做吧，原凯！"一席话，直接捅了伤疤。

原凯不敢吭声了，转过身去，说："行，你打吧，打废了自己养吧，反正是你儿子。"

父母打孩子，其实都不是出于真心，有人在场，有时候反而增加了一种尊严与面子，所以要打打出气，一旦人走了，气也消了一半。

"你告诉我，谁帮你打的试卷，你胆子太大了吧，敢这样做，不怕我剥了你的皮？"

"张卡阿姨也不是故意的，是我央求她的。"强强不敢大声说话。

"谁？张卡？我昨天晚上还和她喝酒呢！我的天，张卡帮你的忙，她没孩子吗？我说她怎么管不好——，怎么可能帮你做这事呢，她没脑子吗？"

秋静刚想起来，昨天晚上吃饭的钱好像是一千多，是张卡付的款。张卡家里没有钱，一个孩子正住院呢，但这件事情她做得不对。

"妈，我实话告诉你吧，我就是想考技校，上厨师班，我喜欢那玩意儿。妈，你不信我进厨房给你炒几个菜，你尝尝就知道了。"

"臭孩子，我告诉你，我秋静就是死了，也不允许你上什么技校。"

正训话呢，有人敲门。开门后，竟然是原凯的父母。原凯赶紧请二老进门："爸、妈，你们怎么来了？"

"怎么来了，家都不过了，还不能来吗？"原母气冲冲地说，她的脾气一向不好。原母在前，原父在后，进了家门。

原凯这才想起来，昨天晚上与母亲通了电话，问秋静有没有去他们二老那儿。

原母进了屋，就听见了秋静训孙子的声音，她三步并作两步，闯进强强的屋里。

"秋静，教育孩子的方法有许多种，别总是打呀骂呀，瞧瞧，这气氛，将我孙子真打成孙子了。过来奶奶这边，我看谁敢打我孙子！"

原父一向稳重，坐下后，问："怎么回事呀？你们大半夜不回家，又吵架了？"

秋静本来就不太喜欢这个婆婆，一听她说话就头晕，一进门，便兴师问罪，替强强说话，气便不打一处来。

"爸、妈，我教育自己的孩子呢，您二老还是教育好自己的孩子吧。"

原母听这话带火药味，一边搂着强强，一边回道："我们孩子，我们教育的孩子，个个有才，女儿定居美国，大商人，儿子是局级领导，我们这辈子，其他的不敢说，没多少钱，但是，我们的教育却是成功的。"

"成什么功？整天在外面勾引小女孩，当然成功了。"秋静终于受不了了，一下子捅了马蜂窝。

原凯从厨房里听到了，冲了出来："秋静，不想就离，没什么了不起的，当着我爸妈的面，说这些，有意思吗？"

秋静歇斯底里地说："我是一个女人，亲眼看自己的老公与其他女人在一起，还在单位，什么感受？"

原母的脸上挂不住了，她可是出了名的火暴脾气，年轻的时候，为了维护原家的尊严，没有在别人的面前输过。今天一听自己教育的儿子竟然在外面拈花惹草，立马急了。

"原凯，这怎么回事？说。"

"妈，没事，别听秋静瞎说，她成心让事情闹大！"

秋静拖着强强夺门而出，一边走一边骂："原子强，你要是再不争气，我打断你的腿。今天我不上课，你给我去学校，我不信，你的学习成绩提不上去，晚上，给我上补习班。"

原凯手里端着煎好的鸡蛋，却不知道该送给谁。

原父说："放那儿吧，过来。"

现场十分安静，谁也不说话。原父说："那什么，他妈，别生气了，男人都爱犯这点事。"

"原桐柏，你年轻时犯的事遗传给你儿子了，这件事情上，我认为秋静做的是对的。我也是女人，原凯，你给我讲清楚，怎么回事？那女的是谁？进展到哪一步了？"

原母看到原凯递过来一份煎鸡蛋，夺过来，直接倒进旁边的垃圾筒里。

"不就是那郭子吗，您二老见过一次，也没啥？"原凯想解释，但不好解释，哪个男人愿意在自己的父母面前说自己的情事，尤其是第三者。

十四

"我问你进展到哪一步了?上没上床?别藏着掖着!"原母十分气愤,她觉得自己坚守多年的道德底线被自己最亲近的人打破了,她想维护却无力回天!原父刚想插嘴,原母又骂了起来:"原桐柏,我告诉你,这件事情,你没有发言权,一边去。"

"妈,您有心脏病,您别生气,就一次。"

原母捂着胸口,感觉胸口疼得厉害,她大声说:"你真不是人,秋静就该和你离婚,活该。男人,都不是好东西,给原霞打电话,召开家庭会议。"

原父这次真忍不住了,他说:"原霞在美国呢,你说,你给她打电话干吗?内部矛盾自己解决不就是了?"

原凯直挠头,他真没有想到,自己的母亲会伤心到这种地步。

原凯的电话响了,是郭子打来的,因为已经过了上班时间,郭子便问他今天来上班吗,不上就帮他请个假。

原母眼睛尖,看到手机屏幕上一个大大的"郭子",便将他手机夺了过去。

那边一个娇滴滴的声音说:"局长,您还来上班吗?不如我给您请个假吧?"

"你个狐狸精,身上有多大的骚劲,竟然迷惑了我儿子!我告诉你,赶快离开我儿子,否则,老娘不是吃素的。"

那个叫郭子的女子是个训练有素的人,她本来想发火,可是却按捺住了。她说:"是伯母吧?我与原局什么也没有发生过,我对谁都那样,是嫂子多心了。"

原母愤怒地挂了电话。

秋静上午带强强去了学校,见了王老师后,便去学校附近的辅导班转了一圈。

"有没有那种速成班?我儿子英语和数学都不好。"秋静迫切地问。

"说句实话,秋老师,您也是老师,这哪有速成班呀,都是骗人的,得靠自己努力。我们能做到的,就是晚上两个小时,保证孩子处于高度的兴奋状态,让他们做题,提高准确率,如此而已。"

秋静点了下头,缴了学费,她下定决心每天晚上必须让强强过来补课,少招惹东家西家的是与非。

下午,秋静去银行取了一千块钱,她要去医院,还张卡昨晚上吃饭的钱。

医院门口,秋静竟然遇到了朱江波,秋静看到朱江波打扮得非常时尚,便主动打招呼:"朱哥,来看——吧?"

朱江波叹了口气:"来也是白来,张卡已经说了,不让我来了!"

秋静安慰说:"我去找张卡有事,要不,我替你说说看。"

"不用了,没用了,张卡也是为了孩子。这是两不得罪,她前夫那边,她也得罪不起,她跟我说过,今生不再嫁人了。"朱江波骑着自行车往饭店去了。

秋静感到有些伤感,身在城外的人,渴望城内的安宁与幸福;城内的人,渴望城外的自由与潇洒。还有一些城内的人,隔着城墙,探听外面的虚与实,一旦某朵花不小心探进城里,他们便睁大眼睛,在荷尔蒙的掩护下为所欲为。

张卡在医院里陪护——,——刚做了检查,医生说——的体质太弱,等过段时间再做手术。

秋静本来是来兴师问罪的,可张卡一见到她,便赶紧说:"姐,真对不起了，昨晚看到强强了，才知道我做了一件错事。那什么，我帮他打印了试卷，还替你签了名。这事情闹的，孩子可怜，一个劲求我，你说，我怎么这么没有原则呢！"

秋静半天没有回话，怔了一会儿后，将钱塞进张卡的包里，说："没事，孩子淘气着呢，——的病咋样了？"

"是癌，不知道是良性还是恶性的，你说我这命。"

秋静有些无语了，她现在觉得自己拥有人世间大部分的幸福，至少身体无恙，没有经历这么多的悲欢离合。有些无奈，是自己找的，比如昨天的事，如果不是自己去找，恐怕一直蒙在鼓里。不知道也好，省得心烦意乱。

幸福是什么？顺其自然，自然而然，不苛责，不强求。

秋静没有回家，就是陪张卡坐着，偶尔会与——打闹一番。有一个人默默地陪你坐着，也是一种福。

秋静想到了一种方法，可以处理她与原凯之间的波折，却不是哭闹。这是一种过去形态，现在的女人聪慧，再哭再闹，会让人觉得你这个人不通事理，不是一个高智商的女人。

秋静是老师，老师自有处理学生的好方法。原凯是一名学生，他不明事理，因为在婚姻上面，每个人都是学生，都要摸索。

秋静觉得自己平时对原凯的关心太少了，朱江波曾经提醒过秋静，让她好好关注下原凯，别让他走向不归路。秋静明白，朱江波所说的不归路是经济问题。她知道自己家里有多少钱，有多少是来路不明的钱。其实她心有余悸，曾经好几次从梦中惊醒。

原凯是身在权中，不知后患。秋静是个女人，女人心细，知道有些事情，你想挡也挡不住。

秋静一直在学校门口等着，她看到了强强，强强当时心中不是滋味，正想着回家怎么跟妈妈解释呢！

看到秋静，强强立即对身后的琴琴说："我妈来了，世界末日到了。"

琴琴说:"强强,你妈吃不了你,记住,要勇敢面对,错了就是错了,不要掩盖。"

琴琴与秋静打招呼:"阿姨好,接强强呀?"

秋静十分喜欢琴琴,尤其是那个晚上她听到张卡酒醉后的话以后,更是十分怜爱这个可怜的孩子。

秋静脸上绽放着微笑:"琴琴,要不坐我的车回家吧?"

琴琴说:"不了,阿姨,我骑着车呢。我还要去饭店接我爸,他最近老上火,脸都肿了,我一会儿陪他去看医生。"

"多么听话的孩子!"秋静突然相信了那句真理——穷人的孩子早当家。

从小生活在荫庇下的孩子不敢飞翔,当有一天,父母的保护伞撤走后,孩子无法自立,更无法自强。悲哀,这也许就是每个家长最大的悲哀。

满大街的孩子,有几个孩子吃过苦,大人们宁愿自己吃苦,也不愿意让自己的孩子吃一点苦。

秋静忽然间明白了许多道理,她甚至有些理解强强的想法了,做一个职校生,自由自在,有什么不好,掌握一门手艺,一辈子饿不着,不用挤独木桥,更不用在大都市里与白领一起挤个你死我活。不经一事,不长一智。秋静有一种如释重负的感觉。

问题看开了,有些事情,便自然而然,行云流水一般。

"强强,走,我送你去补习班。"

强强本来不想去,其实,他有自己的安排,他想与琴琴一起去饭店,他对朱江波崇拜至极。他今生最大的梦想,就是当一名优秀的厨师。

强强曾经一个人在家时炒过几回菜,当时,奶奶过来了,看到强强动手能力这么强,奶奶非常高兴。

强强一口气给奶奶说了自己的想法,奶奶有些不高兴,她没有想到,自己的孙子思想会如此另类。一个不想参考中考和高考的孩子,是否已经站在了这个社会的对立面。

"妈，要补多长时间？不会是半年吧？"

"你学习成绩上去了就停止补课，看成绩。强强，以前妈妈态度不好，对你也管理不够。妈妈想通了，回头与校长协商下，不当班主任了，只当一名普通的老师，专门腾出时间负责你的学习。我不相信，你的学习成绩提不上去，你要相信自己，你爸是大学生，我也是大学生，你一定会成为一名大学生的，还是名牌大学的大学生。"

强强心中不愿意，可是，他不敢表露出来。

他冲着拐角处正要离开的琴琴打了个招呼。

到了补习班时，那位女老师说："秋老师，你不必每天都来，孩子过来认个门就行了，以后让他自己来。"

秋静说："我还是带一段时间吧。"

两个小时的课程，秋静一直在外面等着。原凯打来电话，秋静没有接。她想通了，冷处理兴许是最好的方式。

原凯发来了短信，说做好了饭菜，等秋静和强强回家。

秋静并没有回短信，你这时候回，只会滋长男人的自大情绪，既然要冷，就冷彻底。

她想好了，回到家里，晚上自己与强强一起睡。秋静够聪慧了，如果换作他人，一定是破罐破摔，满大街唾骂，或者找到公婆处，骂个体无完肤，更有甚者，跑到单位里写检举信，撵那个女人走。

秋静生在秋天，安静应该是她的品性，她不会伤害任何一个人，哪怕是伤害过自己的人。婚姻有许多处理方法，并非打架争吵这一种方式。

婚姻太热了，就需要冷水浇浇，风儿吹吹，若即若离有什么不好，分开了，也许双方都会静下来，好好思索自己的是与非。

秋静正在外面等待时，电话又响了，却是原母打来的。

原母与原父白天回到家里，两位老人一天都没有吃饭。原母虽然脾气不好，却不糊涂，她绝非普通的妇人之仁。她年轻时高小毕业，是远近闻名的才女，凭着一手的好关系，将女儿送到美国，让儿女一路走来都顺风顺水的。

原母对原父说："这件事情，无论如何，都怨凯子，这个不争气的东西，婚姻最怕什么，最怕不忠。你说吵架、摔东西，那都无足轻重，是小伤，不忠是硬伤，会要命的。"

原父不敢说话，毕竟年轻时候，男人都容易犯这样那样的错误。好半天，原父道："你说怎么办？总不能到他单位去闹吧？"

"你糊涂呀，这么好的儿媳妇，你没看出来呀？"

原父有些糊涂，他是一辈子糊涂，他情愿这样糊涂。有一个能管事的女人，对男人来说，糊涂也是一种福气。就像王熙凤这样的女人，其实是大多数男人心中的最爱。

"要闹不是我们闹，如果秋静去闹，现在早已经满城风雨了，可是，她没有去，否则原凯的工作还能保住吗？这就是她的高明之处，说明她不想拆散这个家庭。"

原父点头，他原本不太看重秋静，觉得她不过是个老师，现在看来，当初的选择是正确的。

"你说凯子，咋想的，唉，男人有时候，真是难以控制的动物。"原父叹了口气。

"我的态度是冷处理，支持秋静，原凯无论怎么求我们，我们的态度要一致，不表态，不表态就是对秋静的支持。"

原父站了起来，又坐下，他有些于心不忍，毕竟是自己的亲生儿子。

"这样做，对原凯是不是太残酷了？"原父说。

"我是女人，直觉是不会错的，再相信我一次。如果这次，我的选择是错误的，我让贤，这个家我不当了，存款归你管，行吗？"

原父说："得，我可不愿意理财，听你的吧。"

原母说："秋静肯定非常难过，毕竟这种事情受伤的是她，我打一个电话，表一个态。"

秋静不想接，但想了想，毕竟是老人，即使不说原凯，也是强强的爷爷和奶奶。

秋静接了电话："妈。"她叫得十分微弱，有些颤音，接了电话就想哭。

"静子，在哪儿呢？"从秋静进家的那一天起，原母就喜欢叫她静子。秋静开始时觉得奇怪，但婆婆愿意叫就叫吧，因此，她一叫，秋静就觉得有些亲切感。

"我在补习班呢，强强的成绩太差了，以前是我疏忽了，以后我要看紧些。"秋静偷偷走到走廊尽头，那儿人少。

"静子，难为你了。我与你爸表个态，我们支持你采取的任何态度与方式。但我只想说一点，你是一个聪明的孩子，不要采取极端的方式，对原凯也不好，毕竟，他奋斗了二十多年，从一个小科员做起，不看僧面看佛面，你想惩罚他，我们无二话，我与你爸，完全站在你这边。"

秋静有些意外，通常情况下，男方的父母是不可能为女方着想的，这种事情出现后，一般是帮男方说话，她没有想到婆婆会向着自己说话。

秋静有些感动："妈，你说我咋办？我死的心都有了。"

"孩子，你要想开些，这种事情，死不值得，你爸妈都不在世了，我们就是你的爸妈，自己的女儿有困难了，当然要帮助你。不管你采取什么方式，我们都支持，就是打原凯一顿，我们也毫无怨言，因为他该打。只是，你要爱惜自己的身体，日子还长着呢。"

挂了电话，秋静的心中略有所安。不管婆婆是出于什么想法，至少她有了一种莫名的温暖。人在落难的时候，一句话、一杯茶，就是一盏灯，也能慰藉那枯干的心灵。

秋静看强强出来了，问老师："这孩子功底咋样？"

"功底不错，只是有些贪玩，我布置了一些题，让他睡觉前再做一些。"

强强对秋静说："妈，我饿了，爸是不是在家做饭呢？"

秋静说："我们下馆子去。"

秋静与强强回到家时，已经快十点了，强强与秋静直接回了强强的房间，原凯听到动静，从厨房跑了出来，可是，房门已经关上了。

原凯有些无奈，这可怎么办呀？他正无奈的时候，微信响个不停，他看到一只小狐狸疯狂地在自己面前蹦着。

郭子问："嫂子咋样了？不行就离了吧，我嫁给你。"

"你是不是疯了？疯了吧？"原凯愤怒地把手机扔在沙发上。

郭子是江湖老手，一点儿也不觉得难为情，继续发威："原凯，你那么大个人了，现在局里谁不知道咱们的事情。你老婆早该知道了，知道了也好，长痛不如短痛。我郭子海归博士，图你啥了？你能给我啥？我图的不就是你这个人吗？"

"你让我想想，好好想想。"原凯关了微信，后来觉得不妥，赶紧重新上微信，删除与郭子对话的全部内容。

原凯想到了母亲，母亲讲话，秋静一向言听计从，早上，原母已经知晓了整个事件。

原凯一晚上睡不着，早上早早起来去厨房做饭，强强悄悄跑进厨房，说："爸，妈一晚上都在掉眼泪。"

原凯说："强强，咱们是一根绳上的蚂蚱，知道吗？你得帮我，你要啥我给你啥？"

"我要苹果6，你给买吗？"

"买，当然要买，不仅苹果6，苹果三件套全买，只要你可以帮助我过了这一关。"

"爸，您是真糊涂还是假糊涂？症结在哪儿？在那个狐狸精身上，撵她走不就行了吗？"

对呀，原凯觉得儿子好聪明。"儿子，你真聪明！"原凯找到了一线生机。

"爸，我的办法可是多多的，就看您的表现了。还有，我现在每天晚上去补习，妈妈要等我，多辛苦呀，您去如何？立功的机会啊。"

"对呀，对呀，我可真傻，让你妈妈好休息一下。我去，我放下工作，每天下班准时去接你。"

"我说老原，我不会为难你的，你坚持一周左右我就自己去，你不能把我看得太紧了。"

十五

　　原凯第二天一早便去了母亲家里。二老早起床了，刚刚晨练回来，满面红光的样子。

　　原凯觉得奇怪，出这么大的事情，二老怎么像没事人一样，不对，他们是不是有病了？按照以前的习惯，原母肯定会大吵大闹，或者强烈要求原凯按照她的想法去做什么。可是，他们的日子非常正常，早餐母亲竟然一连吃了两个荷包蛋。

　　"我说妈，您怎么了？没事吧？"

　　"有啥事，事是人找出来的，没听说过吗？天下本无事，庸人自扰之。"原母一边刷碗，一边说。

　　原父说："我去找老张头下棋去了。"

　　"哎，爸，您着什么急呢？您的脾气好我知道，妈可是猴脾气，怎么今天这事儿您二老没一点反应？"原凯有些不解地问。

　　"怎么，让我去死呀，一哭二闹三上吊？我说原凯，我强忍的怒火是你先点着了，我恨不得抽你。"原母刚才还好好的，一下子火了，抬起手就是一记耳光，打得原凯晕头转向，找不着北。

　　原父赶紧说："老伴，你心脏不好。哎呀，原凯呀原凯，我们好歹不想说这件事情了，我们吵了一夜了，你呀。"

原凯赶紧过来扶原母，原父掏出药，塞进原母的嘴里。

"妈，不是我说，您二老那天的态度太向着秋静了，她不就是个老师吗，有什么了不起的，到我们局里大呼小叫的。"原凯觉得自己的母亲态度有问题。

"你，你还这样说，原凯，她没功劳？她给你生个大胖小子，就这一条功劳，就不能抹掉，你不认。我认，我怎么生下你这人，你是想气死我吗？"原母一边说，手一边发抖。

原父安慰好原母后，扯了原凯的手，便下了楼。父子二人已经好长时间没有并肩走路了，两人，一高一矮。

小时候，原凯就喜欢与父亲拼速度，父亲老赢；现在，父亲无论如何也跟不上他的步伐了。在岁月面前，天下所有的父亲只能认输。

原父说："还记得以前吗？那时候，你与我一起去卖山货。那个山货不好卖呀，烂在山脚下了，我哭你也哭，真穷呀。那时候，咱不怕，咱知道努力，知道珍惜。凯子，人最怕的不是穷，而是富贵以后胡思乱想，胡作非为。天下所有的父母，没有不向着儿女的，可是，不能光向呀，你做错了事，还向吗？你杀了人，还向吗？"原父再也不说话了，将原凯送到门口，摆摆手，头也没回，回家去了。

原凯待在原地，站了半个小时。这条路，他十分熟悉，这小院，他也十分熟悉，这是父亲奋斗了半辈子才买的小院，如今虽然已经斑驳，但父母喜欢。

朱江波这些天一下班，便往医院跑。张卡不让他来，每次见他来，便像防贼一样提防杜纯江。

杜纯江就是个痞子，对女儿没有多少感情，因此也就很少来，有时候喝多了过来，病房里只剩下他们爷俩。张卡讨厌他，便躲了出去，老母亲也是如此。

杜纯江对女儿说："你爸现在是一个特殊人物，谁见了谁躲，说明俺有个性。"

——不想与他说话，故意将胳膊挽起来，露出他打的伤疤，让他看，试图将他撵走。

杜纯江却说:"女儿,这谁打的,告诉我,我废了他。"

"老杜,我是病人,如果不是病人,早跑了。"

父女天性,杜纯江再不是东西,在女儿面前,多少还有点人情味。因此,——的话刺激了他,他想了想,对——说:"告诉你妈,我会混成个人样,你的医药费,我包了,我去打工。"好不容易走了,朱江波又混了进来。

之所以说朱江波混了进来,是因为他不敢让张卡知道,他是尾随着杜纯江进来的,怕尴尬,杜纯江走的是电梯,朱江波走的是步行梯。

朱江波爬了十三层大楼,气喘吁吁的。朱江波认为自己是一个天生惹小孩喜欢的人,因为自己就童心未泯。他找了个没人的地方换衣服。

——正一个人发闷呢,门开了,熊大走了进来。

"熊出没?熊大,天呀,太好了!你好呀,熊大。"

朱江波学着熊大的声音:"你好呀,小朋友,喜欢我吗?喜欢我就要为我点赞哟。"

正说话呢,张卡推门进来了,她的手中还提着午饭。看到熊大,张卡吓了一跳,以为女儿出事了,看着熊大的眼睛,似乎熟悉,却不知道是谁。

朱江波故意捏着嗓子,张卡猜了半天也没有猜出是谁来。

"我知道,是朱叔叔。"——这句话让张卡也恍然大悟。

"哎,你多大了,还这样,让人看到笑话。"邻床的一个小朋友刚刚睡醒,看到真的熊大来了,大哭起来。

朱江波急忙脱了衣服,露出收拾一新的脸。他将刚买的玩具放到——的面前,逗了一会儿,然后与张卡来到走廊上。

"你不要再来了,让杜纯江看到不好,毕竟他是——的爸爸。"

朱江波怔了会儿,说:"那什么,结果出来了没?良性的吗?"

张卡说:"刚取了样,医生说到月底才知道结果。"

"这是一万块钱,刚取的工资,那什么,你先拿着。"朱江波将钱掏出来,硬生生塞进张卡的口袋里。

张卡说什么也不愿意要这钱,她往外推,两个人的手在口袋里打起了小架,这一幕,被刚刚从外面回来的老母亲看到了。

朱江波赶紧将手缩了回来,他羞得满脸通红。老母亲有些尴尬,也没说啥,转身进了病房。

"日子长着呢,这病,你要有心理准备,再说了,我工资高,大厨师,知道吗?"

张卡有些不相信:"郑州的工资水平,我不知道吗,你一大厨,工资能开到一万?"

"我能力强,工资八千,还有奖金呢,还有各种收入,红色的、灰色的、白色的。"

张卡愣住了:"你一个做饭的,收入有这么多吗?"

"你看,别小看人呀,红色的是工资收入,灰色的是我倒垃圾的收入,业余时间,倒下公司的垃圾什么的,垃圾不是灰色的吗?白色收入是遇到休息日,我去工地上搬会儿砖,就是白色收入……"朱江波没有说完,就看到张卡想哭了,便笑着说,"你看看你,这没啥!你这感动的,我都被自己感动了。"

"江波,咱俩成不了,你别等了,追冯薇薇吧,她有钱,还有前途。我有个女儿,还有老母亲。我人老珠黄了,快四十岁的女人,哪还有春天!"

朱江波掏出卫生纸,替张卡揩眼角的泪花,然后说:"那什么,我走了,我还有事,我女儿一会儿要找我了,我先走了。"朱江波转身进了病房,摸了摸——的小脸,然后与老母亲打了个招呼。

张卡急着用钱,她开的复印店虽然没多少收入,但她人缘好,收费也低,所以复印店养活她是没问题,只是——的手术费用估计得五万块钱,凑不齐,医生是没法做手术的。

张卡掏出一个小本子来,用半截铅笔规规矩矩地写下了"借朱江波一万块钱"。

朱江波的钱是借来的，借冯薇薇的钱。朱江波去找了冯薇薇，说急用钱，冯薇薇知道他家里困难，平时也照顾他，没问原因，便给了一万块钱。

朱江波是个爱面子的男人，怕在女人面前失了尊严，因此，他说是自己的工资，还美其名曰加了一大堆点缀。其实他的工资并没有多高。

朱江波现有些迷茫了，说对张卡没有感情是假的，十几年时间，就差将窗户纸捅破了。朱江波在饭店停车场旁边的台阶上坐着出神。

朱江波用手机的屏幕看自己的脸，才发现，有老态龙钟的迹象。看了半天，觉得自己的确不行，不配张卡，人家张卡最起码比自己小五六岁呢。

琴琴与强强从后面"包抄"过来，他们刚才去厨房了，师傅说朱江波不在，俩人正郁闷呢，一眼看到在停车场旁边坐着的朱江波。

"爸，您不坚守工作岗位，跑这儿干什么？"

朱家琴一下子蒙住了朱江波的眼睛，朱江波吓坏了，生怕自己被撤职的事情让女儿知道了。他并没有急切地去掰开女儿的手，而是大声喊："四儿，你跑哪儿去了，让我替你值班。"四儿根本就不在这个班，朱江波这样说是为了替自己开脱。

琴琴明白了，爸是替四叔呢。

"这个年轻人呀，就是爱跑，你说我下班了，碰见四儿，四儿说替我看会儿，他去趟厕所，掉厕所了吧。"朱江波在女儿面前，养成了一种冷幽默的习惯。

强强说："估计是掉厕所了，要不，我去捞出来？好歹可以卖俩钱花花。"

"你小子也会埋汰大人了，怎么样？听说你补习了，效果咋样？"

"没啥效果，我妈逼着我，我爸从明天开始就要晚上过来接我了。朱叔，我想去你那儿学大厨，上次您说我有前途，怎么样？成交吧？"

"你真想学大厨？这个工作你爸妈不会同意的，卑贱，让人瞧不起。你呀，得上北大清华，或者去哈什么大学深造去。家里条件好，是吧？"

"我不爱去，我想上技校，我妈不让，说再提打断我的腿。"

"求您了，朱叔，去厨房看看，如何？我觉得那儿非常温馨。做饭时，穿着白大褂先跳一次舞，或者一边跳一边做，肯定舒服。"

"有前途，的确有。我跟你说，在人类没有语言以前，就是用肢体来表达感情和交流的。知道吧，什么叫肢体语言，说白了就是非专业的舞蹈。跳舞、唱歌是人类的原始生存状态。我以前做饭，不舒服了，就一边跳一边做，但也不好，有时候一不留神，口水会溅到人家的菜里面，会挨骂的！"朱江波与两个孩子开起了玩笑。

朱江波见强强当真了，便想了个办法："强强，你要是真想当我的徒弟，那就先要接受考验。这样吧，周日咱们去野营如何？就告诉你妈，我带你去的，她会答应的。野营时，由你来做饭，野炊，看看你有没有潜力。"

"太好了，没问题，我太想野营了。"

"哎，琴琴，你去推我的自行车，在车棚呢，咱爷俩再说会儿话。"

强强见琴琴走了，小声说："叔，我发现您的秘密了，您不收我做徒弟，我可以泄密了。"

"秘密，啥秘密？我能有秘密吗？我的秘密全是公开的。"

"叔，上次我路过这里，看到您与四儿一起指挥车辆呢。"强强说话时，将声音压得非常低。

"你这孩子，咋让你发现了？不敢高声语，恐惊天上人。"朱江波赶紧捂住了强强的嘴。

"叔，你图啥？不行了，就去花花爸爸的公司吧，那儿找个工作很简单，我替你跟花花说去，在这儿，是埋没您的才能。"

"强强，我告诉你，工作不分三六九等，在哪儿都一样，我是习惯了，被这儿的人统治习惯了，一时半会儿不想走。习惯有时候真不是个好东西！"

"得，算我没说。"

"强强，哎，我告诉你，不能给琴琴说，否则她会分心的，知道吗？"

强强郑重地点点头。

"再说了,我算是借调,过几天就回去了。我桃李满天下,比你大的徒弟多着呢。"

"我可是真佩服您,那烧菜的功夫,怎一个帅字了得。"

正说着呢,琴琴推着车出来了,朱江波用手指头摆了摆,强强立即不说话了。

十六

朱江波决定去找一趟杜纯江。他这样做，是想彻底做个了断，不想藏着掖着，问题摆开了，就会有解决的办法。

朱江波的工作并不忙，因此，利用休息时间，他骑着破旧的自行车，在工地上逛。

杜纯江真的去过工地，可是，他出不了那份力，他去工地，是想在农民工身上下功夫。

他混江湖时，学过骗术，因此，知道农民工的防范能力差，杜纯江在西郊的一个工地上刚刚得手，他利用江湖骗术，成功地从两个农民工身上骗走了几百块钱。

他吃了午饭，下午时分，又去了另外一个工地。他的摊子刚摆开，便被朱江波撞见了。

杜纯江其实就是掷骰子玩，输了便要掏钱，而他呢，在骰子上做了文章。一个农民工模样的汉子，连掷了两次，全是输。

朱江波分开人群，到了杜纯江面前。

杜纯江没有想到，朱江波敢找自己，他一愣，继而大声说："今天到此为止，明天继续，大家散了吧。"

杜纯江一边收拾东西，一边说："小子，找死吧，竟然敢过来！"

"怕死不叫朱江波，我来了，就不怕死。我说你这么大个人了，骗人钱，你于心何忍？"

"怎么说话呢，我是合法致富，不信，你来掷，能赢你是爷爷。"

"甭骗我，我玩的时候，你可能还在厕所里掏大粪呢，用我的骰子，你敢吗？"一句话，朱江波便道出了真情，杜纯江觉得脸上十分难堪。

"你想咋的，说，别耽误我挣钱。"杜纯江将骰子扔到地上，那骰子团团转。

"做个了断，不要再骚扰张卡母子，还有，同意将抚养权转给张卡。否则，你看到没有？"朱江波手中拿着一块大石头。

"否则咋样？威胁我？没用，我不吃这一套，你敢砸我吗？来呀？"

"我不砸你，我砸我自己脑袋，你不同意就来。"硬的怕不要命的。

杜纯江说啥也没有想到，朱江波会来这一手。

朱江波将石头对准自己的脑袋，砸了一下，血流了出来，朱江波并没有倒下，继续砸，血流如注。

杜纯江不知道如何是好，他怕出人命，背起自己的东西来，疯狂地跑了，一边跑一边叫："这儿有人自杀了，快来人呀……"

朱江波不傻，他这样做，是想彻底扭转这种局面："我并不怕你，知道吗？我连命都不要了，还怕你啥？"

旁边几个农民工见他走远了，便过来说："老弟，我打120吧？"

"没事，兄弟，是假的，你们瞧，是猪尿泡，假的。"

那几个农民工兄弟乐了："真有你的，厉害。"

琴琴与花花相约去医院看一一，强强本来想去的，可是晚上要补课，所以让琴琴帮忙带上问候。

琴琴想找张卡好好谈谈，可是，她又不敢，生怕自己说错了话，惹张卡不高兴。

医院的电梯出了故障，花花与琴琴只好爬楼梯。爬了三四层，花花就受不了了，琴琴说："你呀，缺乏锻炼，每天该去操场跑两千米。"

花花上气不接下气地问："琴琴，你说，你爸与张卡阿姨能成吗？"

"我不知道，我只是觉得他们太可怜了，以前是我太自私了，我爸曾经与我谈过一次，我当时直接拒绝了。现在想想，如果当时他们成了，也不会发生这么多的事，我估计张卡阿姨已经灰心了。"

"不会的，不会的，我们就该帮助他们，老师说，君子有成人之美，古人说，宁拆三座塔，不毁一门亲。我们会有办法的。"

琴琴说："花花，这些事情，不该是我们想的，我们没有办法，走吧，快到了。"

远远地，她们就听到了张卡的哭声，琴琴大叫着："不好，快。"

跑到楼梯口，张卡正一个人在哭泣，旁边没有人。

下午，检查结果出来了，医生告诉张卡："可能是恶性的，要送往北京，做进一步鉴定。"

如果是恶性的，——在世上的时间就不多了。

琴琴是第一次见张卡哭，以前，她曾经多次去过张卡的复印店，张卡都是非常善良、快乐的样子。

花花悄悄问："阿姨，您怎么了？"

张卡没有想到，傍晚时分，这两个孩子会过来看望她和——，她搂着两个孩子大哭。

琴琴也哭了，想起自己可怜的爸爸，还有可怜的张卡阿姨，上天为什么会如此不公？已经离婚了，为何让唯一的孩子还遭受此磨难？

张卡不哭了，对琴琴说："琴琴，你不要将这个消息告诉你爸，知道吗？"

花花说："为什么呀？您现在需要帮助，朱叔最热心了，况且，况且……"

"我与你朱叔，没有任何关系了，只是普通朋友，我们已经谈过话了，为了——，我可以考虑与杜纯江复婚，孩子不能没有爸爸。"

张卡说话时，眼睛不敢看俩孩子，她一个劲地看地板，眼泪汪汪的。花花有些蒙，琴琴的头有些晕，她们都没有想到，张卡竟然有了这样的想法。

琴琴不知道自己是如何走进病房的，与——说了啥，她都忘了，忘得一干二净。

琴琴一路上不说话，花花也不敢说，她们快到小区门口时，琴琴突然下了车，倚着电线杆边哭边说："我就是一个浑蛋，我算什么好孩子，考那么好的成绩有什么用？连我爸的幸福都给不了，我以前怎么那么傻？"

花花不知道如何安慰琴琴，只知道一个劲地陪着她哭。这可吓坏了门岗保安八子。

八子刚喝了瓶啤酒，感觉肚子不舒服，猛然听到有女孩子的哭声，本能地拿起了警棍，跑了过来。

"这是怎么了？我的祖奶奶，谁欺负你们了，谁？出来！"八子四下寻找，啥也没有。

劝不过来，正好，冯则下班回家，一看这儿拥了好些人，还看到琴琴与花花正在那儿哭呢。冯则的心咯噔一下子。他十分溺爱花花，花花的母亲死得早，他答应过她，一定要照顾好花花。所以十来年了，他没有考虑过再婚的事情。

就是现在青菊一个劲地死缠烂打，他依然没有下定决心。所有的所有，全是为了孩子。

冯则一看，怎么回事？出事了？他感到心口猛然一疼，且疼得厉害。随便停了车，挤进人群，搂着两孩子，问："这是咋了？八子，谁欺负孩子了？"

"我的冯总呀，不知道呀，就是一个劲哭，吓死我了。我跟你说，如果让我碰见欺负俩孩子的坏蛋，我抽死他。"八子摇晃着手中的警棍说。

八子媳妇也来了，小八也来了。

冯则搂着两孩子，检查是否有伤口，看了半天，啥也没有！

冯则家里。冯则从冰箱里拿了几瓶酸奶，每人一瓶，小八想喝，刚伸出手去，八子的媳妇打了他一下。

花花不哭了，说："爸，张卡阿姨要与杜纯江复婚了。"

八子听了："就为这？人家复婚不复婚与你们俩毛丫头有啥关系？"

八子媳妇说："就你话多，张卡是谁？你不知道？"

"张卡，复印店的女老板呀，与谁？杜纯江？怎么可能。"八子这才听清楚，一个劲地搓手。

冯则明白了事情的原委，他一跺脚："这个朱江波，早干吗去了，他就是太老实了，死要面子，早跟人求婚，不就成了吗？"

琴琴仍然在哭，冯则问花花，花花将事情所有的经过讲了一遍后，冯则一拍巴掌，说："孩子们，你们上当了。"冯则拿起酸奶，自己先打开一瓶。

琴琴不哭了，忙问："什么，冯叔，怎么上当了？"

"这是一种温柔的当，知道吗？张卡怎么可能与杜纯江复婚，她恨死他了，如果不是他虐待——，——不会得癌，是吧？你们想想，张卡完全是为了让朱江波解脱才这样说的。孩子们，你们想想，是不是这个理？"冯则分析得恰到好处。

琴琴一怔，抓起一瓶酸奶，转身就下了楼。

花花跑到门口问："琴，你去哪儿？"

"我回家，谢谢冯叔。"

八子道："这孩子，晴一阵阴一阵的。"

八子媳妇道："我觉得孩子挺可怜的，这么可怜，学习竟然这么好，老天爷总是公平的。"

大家都走了，花花也拿起了酸奶。冯则说："花花，我听说强强开始补习了，不如你们一起吧？"

"我可不爱补习，爸，我已经很用功了，老师都夸我了。您放心，不会耽误我去美国的。到了美国，我给您找一个外国女婿，咋样？"

琴琴回到家时，朱江波也刚到家，琴琴跑到厨房里忙碌，朱江波哪会让女儿做饭，他赶紧说："琴琴，去写作业去，爸做饭，想吃啥，我给你做。"

"爸，我想和你一起做，行吗？"

"当然可以，别耽误了学习就行，马上月考了。哎，琴琴，告诉你呀，我的工资涨了，只是我将钱借给张卡阿姨了，你不会有意见吧？"

琴琴想将知道的一切都说出来，但一想到张卡的嘱托，话到嘴边又咽下了，只说："没意见，帮助张阿姨，就是帮助我们自己。"

"这话我爱听，琴琴果然懂事，是爸的好孩子。"

琴琴想了想，说："爸，你对那个杜纯江有什么印象。"

"他，不够一盘菜，充其量是半盘。我告诉你，爸想收拾他，将他收拾得服服帖帖的；爸是不想，怕张卡有意见。"

"爸，——的病，会加重吗？"

"哎，女儿，我告诉你，刚才路过一个算卦摊，我卜了一卦，我没问自己，问的就是——。那算卦先生说，——没事，肯定能逃过此劫，逢凶化吉，遇难呈祥。"

"算卦是迷信，这您也信呀？我可记得您一向反对这个。"

"这不是心灵有个寄托吗！说句实话，这件事情让我十分痛心，我的心都快碎了，那孩子，可怜死了。"朱江波炒了一盘黄瓜，又煎了两个鸡蛋，算是他们爷俩的晚餐。

朱江波的手机响了，手机就放在餐桌上，琴琴扫了一眼，见上面显示"杜纯江"三个字。

朱江波看了电话，躲进了卧室里。琴琴到卧室门口，听见她爸爸正歇斯底里地说："杜纯江，你不怕死吧，我告诉你，你说咋办？我继续砸头，直到砸死我自己为止。"

杜纯江说："你骗小孩呢，我早该看出来，你是猪尿泡。我告诉你，朱江波，再见面我弄死你，不用你动手，趁早离开她们娘俩。"

"我们决一雌雄吧，打一架。如果我输了，我离开她们娘俩；如果你输了，你离开，咋样？"朱江波边说边敲床头，敲得床头"咚咚"响。

杜纯江说:"明天下午四点,碧沙岗公园,敢去吗?"

"明天下午四点,去就去,谁怕你不成。"

对于那个时间,琴琴听得十分清楚。

朱江波从卧室出来时,脸上仍然带着怒色,琴琴装作不知,问:"谁的电话呀?"

"冯薇薇老总的,说我涨工资的事儿,我着急了,说不能涨,不是刚涨过吗?要考虑其他员工的感受。所以,动静大了一点。"

"我说呢,你对冯薇薇阿姨要温柔一点,人家是一个大老板。"

"在我的眼中,谁都一样。"

琴琴笑了,手中的筷子却不听使唤了。

十七

琴琴趁朱江波去洗碗的时候，拿起了他的手机，给杜纯江发了一条短信："时间改动，明天下午两点钟，碧沙岗公园见。"

对方很快回了一条短信："没问题。"

琴琴将这两条短信删掉了，然后进了自己的卧室。她无心写作业，一直想着该怎么办。琴琴之所以改动时间，是她想替朱江波去会下杜纯江。

结果会怎样？肯定是凶多吉少——被杀，还是被卖？琴琴睡不着觉，掏出了手机，在微信同学群里问："你们说，人什么时候会死呀？"

强强补完课，正在家里做作业，看到消息，便回："大美女，想太多了吧，世道好着呢，干吗想死？"

花花也回了一条："琴琴，你别胡思乱想呀，赶紧睡觉，扔掉一切包袱。"

小八也没睡，看见偶像发消息，也回了一条："我爸说，人固有一死。要么死得像驴，要么死得像猫。死得像驴，可以吼叫；死得像猫，可以"解放"一只老鼠。"

什么乱七八糟的，琴琴大笑起来。

花花说："小八，你死去吧。"

琴琴没有写作业，一晚上没有睡觉，上午去学校时，也是无精打采的。老师检查琴琴的作业，竟然发现什么也没写。

这是一个反常现象。王老师问琴琴："琴琴，你怎么没有做作业？"

"老、老师，我昨天确实忘写作业了，对不起。"王老师并没有责备她，琴琴可是班里成绩数一数二的学生，算是一枚"绩优股"。

午后的第一堂课是英语课。英语老师看到了琴琴的座位上没有人，班主任王老师并没有告诉他有人请假的消息，英语老师并没有在意，只是强强与花花觉得奇怪。

花花传了一张纸条给强强，问："琴琴呢？"

"琴琴没请假吗？她好像下午没有来。"

他们的午饭全部在学校解决，花花记得琴琴并没有吃午饭，强强也觉得奇怪，因为吃午饭时，没有看到琴琴。

强强也传了一张纸条给花花，问："是不是生病了？"

英语老师在上面讲课，下面进行着纸条大战。花花与强强中间隔着一位同学，那位同学乐此不疲地帮忙传递纸条。这位同学平日就不喜欢英语课，这样子最好，可以调剂自己的学习。

英语老师扭过头，感觉身后有异样。她看着大家，却什么也没有发现。她扭过头去，继续在黑板上书写。

黑板是反光的，英语老师隔着反光的黑板，看到三个孩子，正在那儿疯狂地传递纸条。

英语老师并没有回头，而是一边书写，一边观察他们的动作。然后英语老师慢慢地来到课堂下面，一边走着，一边朗诵英语单词，装出若无其事的样子。

走到三位同学中间，猛然伸出手去，问中间那位同学要东西。

中间那个同学刚刚拿到一张纸条，上面写着："琴琴丢了吗？"

他的脸瞬间通红通红的，右手握着纸条，不知该不该上交。英语老师继续朗诵单词，手却继续微张着，你不给，我就不走。

英语老师并没有破坏课堂秩序，她拿了纸条，继续朗诵，当她看到那句话时，突然想到了什么，告诉大家先看单词，然后出了教室。

花花也愣了，中间那位叫小伟的同学不干了，小声说："你们两个，下次再传纸条，一张收费一块钱。"

王老师正在办公室里批改试卷，是昨天下午的月考试卷，她看到琴琴的考试成绩竟然只有七十分。她眉头一皱，觉得这是不可思议的成绩，琴琴的成绩一向稳定，曾经代表学校参加过市里的比赛，还拿过一等奖。

英语老师闯了进来，上气不接下气："王老师，琴琴请假了吗？"

"没有呀，怎么，她没上课？"

"是的，还有，几个同学在传纸条，他们也不知道琴琴去哪儿了。"

王老师坐不住了，扔下试卷，便将电话打给了朱江波。

朱江波在干吗呢，下午没去上班，正在准备决战的道具呢。他甚至写好一封遗书，财产怎么分配，对张卡究竟是什么样的感情，上面都写着。

电话来了，老师说："琴琴不见了。"

朱江波疯了似的往学校跑去，中途闯了六七个红绿灯。那个交警执着地要求朱江波停下反省，朱江波解释："警察叔叔，我闺女丢了。"

交警听闻此言后，对他道："报警呀，不如我帮你报吧？"朱江波说我先到学校看看，交警放他走了，朱江波心中想，郑州的交警还是不错。

同学们都知道消息了，有的说："昨天晚上，琴琴在群里说了许多莫名其妙的话，看来她遇到难题了。"

校长也急坏了，看到朱江波便问："你女儿回家了吗？"

朱江波才意识到问题的严重性。打电话到家里，没有人接；问八子，八子说："她不上学了吗？没有见她回家呀。"

学校门口的视频调了出来，中午十二点十二分，琴琴骑着自行车出了校门，往西去了。

花花心细，不停地翻着琴琴的日记本，最新的笔迹，她看到上面写着：碧沙岗公园，下午两点。

朱江波一看就傻眼了。他一想坏了，琴琴昨天晚上准是听到了自己与杜纯江的电话，她替自己去了。

朱江波不顾一切地骑着自行车便向碧沙岗公园而去。校长报了案，警察尾随着朱江波，不大一会儿工夫便包围了碧沙岗公园。

现在是下午三点五分，由于不是周末，碧沙岗公园里并没有多少人。朱江波到了广场西侧，这是他们约定的地点，可是，没有杜纯江的影子。

向周围的老太太打听，一个老太太说："一点的时候，我看到一个闺女到这儿，挺年轻的，白白净净，非常漂亮。不大一会儿工夫，又来一个大高个子男人，人高马大的，也挺壮实。两人说了几句话，便都离开了。"

花花觉得这事太大了，便给冯则去了电话。冯则正在开会，公司的扩大会议，分析最近郑州的房地产市场形势。听闻琴琴丢了，挂了电话让副总主持会议，开了车便赶了过来。

原凯也在单位，郭子这两天消停多了。原凯的几个副手和有些与他要好的，偷偷告诉他收敛些，小心纪委的眼睛盯着。

原凯接了强强的电话，请了半天假，也赶了过来。

冯则说："别着急，我觉得，杜纯江就是再浑蛋，也不敢对一个小姑娘下手。"

原凯说："这个浑蛋，又想进去了。"

大伙开始在公园里寻找，但是没有发现他们二人的踪迹。朱江波打杜纯江的手机，竟然是关机。

"早晚我废了他。"

警察调了附近路口的视频，然后惊讶地发现，琴琴骑着自行车，杜纯江骑着电动车，过了十字路口。

警察说："这不像是劫持呀，他们认识吗？"

朱江波也傻眼了，他们这是搞什么鬼？他们正寻找呢，一个女人从一辆出租车上滚了下来，大叫着："抓人呀。"

警察蜂拥而至，将那个司机擒了下来，司机也懵圈了。

下来的女人，散着头发，脸上的妆也花了，难看的红与艳。仔细一看，这人竟然是青菊。

冯则气不打一处来，青菊下午就没去上班，开会让她做笔记，结果不见了人影。

"冯总，警察，我、我、不是这个司机，我是逃出来的。"

青菊吃完午饭，来碧沙岗公园见自己的大学同学。那同学堵车了，她等了一会儿，竟然发现了一个小女孩骑着自行车尾随着一个家伙准备离开。

她好奇，觉得这俩人都挺眼熟的，在哪儿见过。于是她便悄悄地跟踪，哪想到，那个男的在胡同口发现了她，将她捆了扔在电动车后面，驮进了一家破旧的仓库里。

仓库十分脏，青菊听到那女孩说："放了她，与她没关系，是我们之间的事，你不想再进警察局吧。"

"我没钱，绑了她，要点钱也行，这么漂亮，一定很有钱。"

青菊觉得冤枉："大神，大神，我没有钱。"

杜纯江乐了："好呀，那你当我是大款，跟我，咋样？"

青菊颤抖着说："我是名花有主的人，不行不行。"

琴琴走了过来，将口袋口解开，命令道："赶紧走，快点。"

杜纯江介于同意与不同意之间，琴琴跺着脚，青菊赶紧跑了。

杜纯江不傻："你、你还是要报警，她要是跑了，非报警不可。"

"我说过，我不会报警的，而且我们可以换个地方。"

杜纯江推了电动车，在前面引路，又去了另外一家仓库。

琴琴说："杜叔叔，我找您的原因非常简单，就是想告诉你，放过我爸吧！我爸十分可怜，我妈不要我们了，他一个人拉扯我长大不容易，当女儿的，没有其他可以报答的。当我偷听到你与他的谈话后，我便决定来见你，那个改时间的短信是我发的。"

"你为什么不能在公园说，非要找个没人的地方？你就不怕我对你不利。"

"无所谓，如果你对我不利，我就掏出匕首自杀，我想，你也不想看到。如果我死了，警察怀疑的肯定是你，因为我们路过了三个十字路口，都有你我的视频录像。"琴琴开始有些害怕，现在却已经无所谓了。

"你这小妞，我被你耍了，我说你为什么非要我离开公园，原来你是想留下证据。"

"我说过，杜叔，我是不会报警的。就是警察来了，我也会解释说我们就是普通谈话，你没有伤害过我，我不会对你不利的。杜叔，我是真心来找您的，放过我爸，放过张卡阿姨吧。她等了我爸十几年，我爸也等了她十几年，如果不是我，他们恐怕早已儿女成群了。我这人，有时候太固执、太自私，不好，但现在我懂了，我要成全他们。咋样，杜叔，您也是有尊严的人，不会没有成人之美的气度吧？"

杜纯江以前见过琴琴，知道这丫头学习好，但十分内向不爱说话，今天见了才发现，的确后生可畏，她的勇气与胆识非常人可比。

杜纯江以前就觉得这个女孩子像自己的一位故人，可是无论如何，都想不起来了。

杜纯江问："你的爸爸是朱江波，你的妈妈呢？"

朱家琴不想提那女人，一摆手："不提也罢，杜叔，您对死去的人也充满兴趣吗？"

"你妈死了？"杜纯江十分好奇。

"与死差不多，跑了，傍了大款。你要真问也没关系，我不知道她姓啥，反正叫娜娜。瞧这名字吧，不是什么好人。"

"娜娜，娜娜。"杜纯江突然间觉得头有些晕。他怔了片刻后对琴琴说，"你走吧，你说的话我会听进去的。我这大半辈子算白活了，竟然没有你活得明白。"

琴琴却一本正经："杜叔，说话要算话，不要再找他们麻烦了，不然不是男人。如果你再纠缠，我还会来的。我到时带着匕首，直接插进自己的心脏里，看你咋办？"琴琴说完头也不回地走了。

杜纯江感觉腹痛得难受，他认识娜娜。

琴琴走在大街上，感觉心情十分愉快，刚才心脏还"突突"地跳得厉害，现在却觉得神清气爽的。自己太厉害了，几句话便镇住了那个可恶的家伙。

十八

琴琴骑着自行车回了家,心里想着指不定这时候家中乱成什么样了。八子发现了她,大声叫她的名字,琴琴不理他,她有些饿了,心里想着冰箱里的食物。

八子拨通了朱江波的手机,大声叫着:"哥,琴琴,琴琴到家了。"

"什么,到家了?"朱江波如释重负。

原凯与冯则也说:"这孩子,做事神神秘秘的。"

朱江波气呼呼地打开了家门,看到琴琴毫发无损,正在狼吞虎咽地吃方便面。朱江波不说话,他心中全是怒气。

花花与强强上前,叫着琴琴的名字,说:"你上哪儿了,校长、老师、同学们、家长们,还有我的爸爸,都慌得像驴子一样找你。"强强的一句话,将大伙全逗乐了。

原凯的电话响了,是警察打来的。

原凯说:"毛局,孩子找到了,真是感谢你们,给你们添麻烦了。"

毛局说:"问问孩子受啥伤害没有?如果受伤了,我们就出警抓那个家伙。"

琴琴听到了手机里的声音,大声叫着:"警察叔叔,我就是心烦,出去找了个熟人说会儿话,没事,感谢警察叔叔。"

原凯无奈，说了几句便挂了电话。朱江波仍然不说话，他心中如打翻了五味瓶，女儿一定是替自己见杜纯江了。可是她为何如此轻描淡写，如果说得严重些，警察直接抓走他，不是正好吗？

冯则问："琴琴，你去见杜纯江，为什么说是去见个熟人，他算熟人吗？你说你这孩子，这'00'后真是让人闹不懂了，杜纯江早该'二进宫了'。"

"叔，我约了他去谈事，我就告诉他，以后不要烦我爸与张卡阿姨了，他答应了。"

"什么？你说他就答应了，不可能吧？"朱江波终于说话了，"你的勇气爸爸叹服，可这是玩命，你还小，一个女孩子，要有个三长两短，让我咋活呀。你妈不管你了，扔下我们爷俩，你说……"朱江波有些喘不过气来，身旁的八子赶紧扶他坐下。

"爸，我就告诉您一个结果，中间过程再精彩也是过去时了，他以后不会再烦你与张卡阿姨了。等——好起来，然后你们就结婚，再生个二胎，如何？不是，应该是三胎了。"琴琴说话时的神态一点儿也不像受了伤害的样子，反而像是刚刚从影院里出来，看了一场精彩无比的打斗电影。

第二天一早，朱江波要送琴琴去学校，琴琴说："爸，您多忙呀，别去了。"

"那怎么行，你现在成学校典型了，反面教育典型，私自离校不请假，差点出了事。我不向老师解释行吗？还有，校长对你够客气了，如果是我小时候，早开除了。"

朱江波到了学校，先去见了王老师，王老师也急坏了。听说孩子没事，便说："琴琴最近有心事，你这当爸的，要掌握孩子的动态呀。我们老师有时候不能问家里的事情，可是，私事也会影响学习的，我们要配合好工作。你看，琴琴这次的考试成绩，头一次这么差。"

朱江波只能道歉："老师，我会努力查找原因的，可能是……不说了，家丑不便外扬。"

琴琴到了班里,一帮少年便冷嘲热讽。

"琴琴,大本事呀,听说你被当成人质了。怎么样,没受伤吧?"

"不是,我听说是她妈妈的好朋友绑的她,怎么会出事呢!"

强强受不了了,拿书本砸书桌,吼他们。花花也大声吵着:"你们有什么本事呀,有能耐你们也旷课、逃学,没本事就闭嘴。"

经历了这么多事情,琴琴坚强多了,抿嘴一笑,不予点评。

强强一直在想着野营的事情,今天琴琴的事情一出,他怕泡汤了。他快步走出教室门,便碰见了朱江波,赶紧拉到一边去,先安慰,然后问:"叔,周日还野营吗?"

"当然要去呀,我请假,没事,我准备相关野营用具。另外,强强,你帮我观察琴琴的动态,有啥不妙给我电话,用学校的插卡电话,费用由我来报销。"

"不用你报销,我自费,够义气吧。您那烧菜的绝活一定要传给我呀,有一天,我要成世界名厨。"

上课了,强强赶紧钻进教室里。

强强下课的时候,又想起一件事情,他想起了小八。

他找到小八,买了一根冰激凌,先塞住了小八的嘴巴。小八为人仗义,一拍胸脯道:"说吧,打谁?"

"你咋光知道打架呢?你爸是保安,你想当流氓呀!整天打架,你以为学校是你们家开的,老师不让打架知道吗?这儿不是幼儿园,更不是别动队,这家伙。"

"那什么,哥,我以为你找我准没啥好事。我妈早上听到乌鸦叫了,让我小心点,我心想一天快过去了,结果看到了你来找我,还以为应验了。"小八说。

"你妈的话你也听呀,好事。我告诉你,我有个补习班,不想去了,你去,但要报我的名字。不花钱提高你的成绩,咋样?"

小八有些不信,歪着脑袋想了半天时间。

"这样吧,再加一个冰激凌。我是有事,我要去干大事,知道不?给你说了你也不懂！"

"我咋不懂呢！"强强笑着说。说罢两人拍了手，算是成交。

强强叫了花花与琴琴，说了让小八替自己补课的事情。

"你想死呀，你妈知道了，非杀了你不可。"

强强说："保密，今晚我请客，吃牛排去。"

"说好了，一言为定，说话不算话，就送伊拉克去。"

三人下午放了学，强强先领着小八去了补习班。补习班的老师常换人，可能是工资太低了，留不住好老师，流动率高。之后三人去吃牛排，强强非常高兴，终于解脱了。

花花却有些担心："你这样骗大人，不好吧，我都不敢。"

"你不敢，是因为你的志向没有找到。我想好了，就是技校学厨师去。"强强态度十分坚决地说。

花花说："我爸让我中考后就去美国读书，他有个哥儿们，是投资商，在美国呢，说拿一百万就可以去。"

琴琴说："得，我只有眼红的份儿。我们家穷，我就努力参加中考，然后高考，考个好大学，毕业后，回到郑州，找个工作，照顾我爸。"

花花说："谁想去呀，语言不通，没有好朋友，还没有中餐，我老爸一直说我，还有那个可恶的青菊阿姨。"

强强说："琴琴，我可是听说，你昨天救了青菊，是吗？"

"我开始不知道是她。她可真傻，跟着我们后面跑，我当时也没有办法，幸亏当时杜纯江没有反悔。"

花花说："回头让她请我们吃饭。这个女人可不简单，这下好了，在我爸前面丢了面子，我爸不要她了也说不定。"

琴琴说："这事情赖我，她肯定发现是我，想伺机救我，因为这让你爸不信任她，那可不行，回头我找冯叔说说去。"

"算了吧，她是典型的狐狸精，不会走的，放心吧，我爸也不会炒她的鱿鱼。"花花敲着筷子说。

　　强强说："花，有件事情没告诉你，周日我们野营去，你去吗？"

　　"当然要去的。周日去，为什么现在才告诉我？"

　　"你小点声，非得让地球人都知道吗？"强强示意花花要稳重些。

　　花花有些生气地说："你们以后有好事情，一定要想着我，否则我们就不是好朋友了。"

　　琴琴说："早该告诉你的，还没有谢谢你们呢，我失踪那天，让你们焦急地找我。"

　　花花正想回答琴琴，猛然看到了窗外有个人影闪过。

　　"张卡阿姨，刚才她过去了。"花花站起来说。

　　强强说："怎么可能？眼花了吧？她怎么会在这儿。"

　　朱家琴觉得可疑，便跟了出去，果然是张卡的背影。在广场上，杜纯江走近张卡。

　　琴琴觉得这个男人卑鄙极了，居然说话不算说话，仍然纠缠张卡。

　　"这个男人真下流。"琴琴回到座位上，满脸不高兴。

　　强强也跑了出去，果然是两个人在那儿说话。

　　"琴琴，你已经努力了，这不是我们能够管的事。你想想，他就是个骗子，连大人都骗，何况是小孩子，你甭往心里去。"花花安慰琴琴道。

　　"我要问问张卡是怎么想的，杜纯江是个可以依靠的男人吗？张卡太傻了！"

　　"上次她已经给过你答案了，她说要与杜纯江复婚，让你爸死心！你忘了，这就是答案。"

　　"可是他答应我要离开张卡的，怎么可以出尔反尔，他是个男人！"琴琴万分恶心地说。

　　琴琴隔着窗户，看到杜纯江走了，剩下张卡坐在广场的长椅上出神。琴琴愤怒地跑了出去。张卡正想离开，琴琴拦住了她。

张卡有些局促不安地说:"琴琴,怎么是你?这么晚了,该回家了。"

"张阿姨,我已经找过杜纯江了,他答应我与你分手,您是怎么想的?"琴琴单刀直入,脸上没有一点笑容。

"孩子,那天在医院,我说过了,我想复婚,为了——,——不想看到我们分开。虽然她也恨杜纯江,但毕竟血脉相连。转告你爸,我对不起他!来世若有机会,我一定嫁给他。"张卡有些哽咽地说。

"没有来世,哪有来世,今生今世不在一起,我爸会后悔的,你也会后悔的!你告诉我,你是一时糊涂吧?"

"不,孩子,你错了,是我想通了。他刚才找我了,你应该看到了,他不想复婚,想离开我,我要求他复婚。"

琴琴没有想到,才几天工夫,人的思想便会发生如此大的变化。她没心思吃饭了,看到花花和强强吃完了,她打了包。

琴琴说:"我一会儿回家便告诉我爸去,让我爸想想办法。"

"你不能告诉你爸。你爸现在没有失望,仍在等待,如果告诉了他,他会失望,那就没有希望了。"强强说。

"我不能骗他,如果他早知道,就还会有补救的办法,毕竟他们还没有复婚,还有时间。"琴琴有些着急地说。

"不,你不能告诉他,他刚刚调到下面,本来就不太高兴……"强强失口说出了秘密,他赶紧捂着嘴,花花也惊呆了。

"什么?你说什么?原子强,你到底知道我爸多少秘密?你为什么不告诉我?我爸下岗了?我爸没工作了?"朱家琴沮丧到了极点。

"是叔不让我告诉你的,怕你伤心,不好好学习。琴琴,是我不对,可是……"强强有些语噎。

花花说:"其实,我也早知道了,那个四儿告诉我的,我不敢说。我爸也知道了,要不这样吧,让叔别在停车场工作了,去我爸那儿,当他们公司的大厨。"

"我爸不会去的，我爸在哪儿跌倒了，会在哪儿爬起来，我了解他！"

琴琴回过头来说："张卡想复婚的事情，不要告诉我爸。"

琴琴回家时，朱江波刚刚下班，他其实是去工地上干了点零工，工资少，但也算收入。他为了不让琴琴发现秘密，便备了一身干净的衣服，脏衣服一回家就藏了起来。

"爸，我做好饭了，您吃吧，我做作业去了。"朱家琴知道爸爸加班了。

"那什么，闺女，告诉你个好消息，野营的工具我都买好了，周日上午去野营。"

"好，我知道了，爸。"琴琴转身进了卧室。

朱江波有些累，今天没有去医院看望——，也不知道病情咋样了。他拨通了张卡的电话，响了半天，张卡才接了。

"张卡，——咋样了？"朱江波问。

"还那样，我们准备下周出院治疗，这儿的费用太高了。"张卡回答。

"那怎么行？钱不够了吗？我去筹钱。"朱江波从椅子上站了起来。

"在这儿住着也是等消息，先吃药吧。"张卡挂了电话。

朱江波有些惆怅，他想好了，明天抽空去趟医院，看下——。他又想了想，还是要见一下杜纯江。

朱江波刚想吃饭，电话响了，竟然杜纯江打来的。他害怕女儿听到，转身进了自己的卧室。

"怎么着？祸害完我女儿，还想祸害我呀？"朱江波一点儿也不客气地说。

"你与我的见面还没见呢，那天是琴琴替你，可是你我的事情还没有完。明天下午两点，碧沙岗见。"

朱江波刚想继续说，杜纯江已经挂了电话。朱江波小心翼翼地打开了房门，没有见琴琴的身影，他放心了。

一件陈年旧案，放久了，会发臭，早点结束最好。是鱼死，还是网破，去了就知。

十九

琴琴做完了作业，不想睡，便开始玩微信。

她问花花："你有什么对策吗？我想帮助我爸，让他与张阿姨和好。"

花花说："总不能将杜纯江吓走吧？他可是个超级大坏蛋，我们能有啥好办法！"

强强说："我觉得，可以智取，让警察抓走他。琴琴，那天那么好的机会，你没把握好，如果你告他，他肯定进去了。"

琴琴说："我答应他了就不能食言，我不是个小人！我不想让我爸知道张卡主动要与杜纯江复婚的事情，可是纸是包不住火的。我爸天天加班挣钱，我看着心急，等下去恐怕就没有机会了。"琴琴还想说，突然间门开了，朱江波愤怒地站在门口。

"爸，您怎么了？我都要睡了！"琴琴快速关了微信。

"你刚才说的话我都听到了，我不是故意的，就是想来看看你睡了没有。你不该隐瞒这件事。告诉爸，是张卡的本意吗？"

"她说的，爸，我本来想告诉您的，可是他们不让，说怕您伤心。"

"算了，知道了。"朱江波关了门。

朱江波将头埋进被窝哭了起来，他没有想到，张卡会这样做。他在心里想，我明天见杜纯江说啥，丢了底气呀。自己一头热，结果人家不乐意，我与杜纯江斗了半天，却是人家玩我，我算啥？狗屁不是！大萝卜呀！

琴琴不放心，过来敲门，朱江波打起了呼噜，装作若无其事。

第二天一早，朱江波做好了饭。经过一晚上的思考，他想好了，成人之美，有些事情，该放要放。你看中的，不一定是你的，世上有些事情是不能强求的。与其纠缠，不如理清，仍做朋友。

朱江波觉得委屈，这些年的付出，怎一个"断"字了得。

不断又如何？难不成让时间停止，让岁月变卦，或者让时光回溯，你我再回到充满诗意的青葱年华？爱对了，不错爱，再用一辈子时间相爱、相知、相伴，多么美好的愿望！可惜世上本没有美梦成真，梦，永远是一个梦。

最伟大的男人，就是知道哪些该放弃，何时会从容，忍一念之间，跨一世尊严。

朱江波没有勇气去找张卡，他现在一心想找杜纯江做个了断。他想好了，让他们复婚。他知道，自己能做的也就这些了。

有时候，看着喜欢的人能够获得幸福，那也是一种至高无上的幸福。相守又如何，相离也罢，不过是精神与肉体的双重感染罢了。远远地望着，就像蓝天望着秋水，大地凝望上苍，谁能说这不是大自然馈赠世间最伟大的爱情！

朱江波上午依旧在停车场，心不在焉的样子，四儿一个人跑前跑后的，他不敢得罪这位师傅。在他看来，这位可是个通天的人物，动不动就推开了老总的办公室大门，别人进去了，老总会发火的，可是这位进去，每次都是自己含泪进去，然后带笑走出，反而是老总哭笑不得。

朱江波与四儿道："四儿，下午有点事情我要处理下，家事。"

"没事，我一个人应付得了，只要不被老总发现了就好。"

"如果发现了，就说我去学校了，琴琴的学校。"

"哎，师傅，您与那个张卡的事情还没有结呢？时间处得不短了，我等着喝喜酒呢。"四儿一边指挥着车辆，一边说。

"喜酒估计不行了，喝西北风倒是可以。"朱江波自言自语。

午饭时间到了，朱江波离开了停车场。他无暇吃饭，早早地到了碧沙岗公园，他要找个地方眯一会儿，养一下精神。

一个年迈的老太太看到朱江波一直笑，朱江波不解，便小声问："大姨，我有这么帅吗？"

老太太说："我有那么老吗？人家都叫我猫咪，我小着呢，经常与孙女一起跳舞，街舞知道吗，《小苹果》。"

"我说大姐，我有事呢。"朱江波有些不爱理她，便说。

老太太继续笑。

"咋了，我说，我有那么好笑吗？"

"太好笑了，你是来相亲的吧？"

"你咋知道呢？"朱江波纳闷了，刚才自己骑车时，就有人笑自己。

"哎，我给你相个面吧，不收费，这个可是我家祖传的。"老太太十分悠闲地说。

"好呀，老大姐，您如果相准了，我重谢，看着没，我给你买只小狗，陪你养老。"朱江波看到老太太旁边的小狗六神无主，四目无光，病恹恹的，便说。

"你呀，今天的事成不了，想要的不会给你，不想要的说不定哪天就来了。"老太太说完转身就走了。

"看来每个算命先生都要精通哲学和心理学。这倒像一句哲理。"朱江波刚想继续追问，老太太走远了，那狗却不走，朱江波说，"走，找你的主人去。"

老太太回头说："那不是我家的狗，我家的狗比你精神。"

朱江波躺到草地上，那小狗一直跟着他，不远不近。朱江波心想，这是咋了？

约定的时间很快到了，朱江波躲到了巨石后面，他看到杜纯江像个幽灵一样，东张西望，见没有人观察自己，才来到巨石前。

朱江波并没有出来，只是先观察一下，看他有没有准备什么。但是他发现那家伙啥也没带，就是装了一盒烟，可朱江波猜测，这个家伙今天也是有备而来。

他心想，我要先用语言撂倒他，再跟他提条件。朱江波从巨石后面蹿了出来，杜纯江嘴里吸的烟都被他吓掉了。

"你，你这是干啥？"杜纯江刚想发火，一看朱江波就乐了。

今天这是怎么了，陌生人看自己乐，仇人看自己也乐，难道是我长得特别好看不成？

杜纯江捂着肚子笑，边笑边说："你，你小子，装个女的，像傻子。"

女的，怎么会像个女的？朱江波这才发觉今天自己忘了照镜子了，手机屏幕就是一个天然的镜子。朱江波掏出手机看，照后才发现，自己的嘴唇血红血红的，眉毛也是黑的，脸上有粉底，活脱脱一个女子。

"伪娘吗？看来你是有诚意的，有备而来。我服了，你闺女厉害，你更厉害。"杜纯江不想与朱江波为仇了，他觉得这个人好玩极了。

"这谁干的，我咋不知道呢？我上午眯了一觉，准是四儿干的！这个家伙，回头我非收拾他不可。"

"好了，我来就一个目的，借我点儿钱，如何？你当作交易费也行，五万块钱，我将来一定还，给我钱后我就走，再也不打扰你们了。"

朱江波没有想到杜纯江会这样说，他觉得这是一个契机，抓住了更好，五万块买断幸福，值。便想了想说："感情是能买来的吗？张卡是能用钱做交易的吗？"

"别别，别那么高深，我理解不了！我告诉你，我要做生意，但是没钱。我去外地，去南方，不在郑州了。告诉你吧，我马上要走了，三天以后的火车，我票都买好了。"杜纯江说完，将火车票交给朱江波。朱江波接过来，这是一张郑州到广州的火车票。

"本来我也想告诉你，我不想与张卡处了，成全你，知道吗？我觉得你这人没有坏到骨头里，——以前对我恨，现在好多了，本来我就是个外人。"朱江波与杜纯江坐在草地上，朱江波缓缓地说。

杜纯江没有想到朱江波会这样说，便惊讶地问："你，真这样想的？"

"当然，大丈夫岂能胡言。"

"哥，张卡交你，我就放心了，通过和你们家人的接触，我发现你们是性情中人，豪爽，可以交！哥，钱借给我，我一定还。"杜纯江感激地说。

"好吧，我可以给你钱，可是，你要对天发誓，不再为难张卡。"

杜纯江对天举起了手掌，口中念念有词。

"哥，给我钱时，我给你借据，只是——的病非常严重，拜托你了。"杜纯江郑重地给朱江波鞠了一躬。

"放心，我会再找张卡说明白的，我会让她扔掉一切包袱与你好。我年龄也不小了，现在才发现，做一件好事比做一件坏事要舒心得多，我后半辈子不想打打杀杀了！你女儿真好，那天，如果她跟警察说我难为她，我只有进去，但她没有。你很幸福，我这人作孽多了，迟早要还，现在还比将来还要好，比下辈子还要好。"

杜纯江走了，朱江波坐在草地上看着那只流浪狗出神，那只狗，一直看着朱江波。朱江波觉得今天心情好，从那个老太太开始，不是，应该是从四儿无意中的恶作剧开始。是四儿的恶作剧化解了尴尬的气氛。四儿，是个聪明人。

这条狗被朱江波领回家了。朱江波跟小狗说："以后，家里就是三口人了，只是派出所的同志不会给你上户口。"

朱江波开始为钱发愁，上次他从冯薇薇那儿借的一万块给张卡了。

朱江波想到了存款，他翻箱倒柜地找，竟然发现了五年前娜娜从南方邮来的一张银行卡。当时，朱江波觉得别扭，自己不缺钱，要这女人的钱做什么。因此，便把卡锁进了抽屉里，并且发誓永远不用这女人的钱。这是一张中国银行的卡，密码是琴琴的生日。

娜娜还是心疼琴琴的。朱江波想了想，又将银行卡塞进抽屉里。还有一张存款不到期，有一万多块钱。朱江波去了银行，将钱取了出来。还差将近四万，怎么办呢？

有了，朱江波想到了四儿。四儿一听，一拍大腿："师傅，我是月光族呀，挣三千多哪够花呀，我虽没有对象，可是妈一直有病呢。真没钱，师傅，要不这样，我替你张罗张罗。"

朱江波没法子，又想到了原凯，便骑着车子去找原凯。

原凯这些天仍在冷战，秋静爱理不理的，原凯主动打招呼，但是秋静都躲了出去。

原凯只能死盯着强强的学习，有机会便给王老师打电话，问强强在课堂上的表现。

朱江波刚想推门进去，却意外地发现那个叫郭子的女子现在正在原凯的办公室。原凯似乎十分讨厌他，推她离开，她不肯，二人纠缠不休。

朱江波犹豫了，万事只要一沾女人便会有麻烦，自己不是也这样吗？如果这时候进去，原凯肯定尴尬，那么他与秋静的关系也不会改善的。

原凯这个人哪儿都好，就是在女人这事上处理得不好。看来，这家伙以前看《鹿鼎记》算是白看了，有人家韦小宝一半功夫就好了。

朱江波无法，又想了冯则，这可是个大款，有心打个电话，又觉得不妥。于是，朱江波第二次踏进了冯则公司的大楼。

第一次是在三年前了，因为琴琴在那儿参加聚会，朱江波也去了。那时候的冯则眼中根本没人，与朱江波握手生硬，朱江波觉得看低了自己，便不爱理冯则了。

朱江波一辈子很少求人，这次是真没有办法了！

冯则的办公室在三楼最西边，朱江波刚到门口，便听见里面一个女人的声音："你到底是咋想的，一直拖着我，我都三十多了，再拖我就是大龄剩女了，连孩子都生不了！冯则，冯总，我与花花的关系已经很铁了，你要给自己一个机会，你说你这么大的公司，有几个人与你一条心，哪个人不是冲你的钱来的？"

冯则不说话，任凭青菊死乞白赖。

朱江波又犹豫了，不行，不能进去，我进去了，将来他们的事传出去了，冯则与青菊会以为是我说的。朱江波转身想走，一个女孩子过来问他："找冯总吗？有约吗？"

"不，我找厕所，走错地方了。"

"三楼没有修厕所，原来有个厕所，改办公室了。"那女孩子倒是十分殷勤。

"这什么破办公楼，连厕所也不建，我去下面解决吧。"朱江波沿着步行梯往下走，他不爱坐电梯。

朱江波又想到了冯薇薇，但觉得不妥，刚借人家一万元。再说了，她不是老板，只是一个股东而已。便又回到家里。

朱江波掏出了那张娜娜寄来的卡，想着看看有多少钱再说。

他到了银行准备排队，一名银行的人员问他："先生，您是什么业务？"

"我查一下这卡里多少钱？"

"您不用排队，可以去自动取款机上查询。"工作人员示意他去旁边的小屋里。

朱江波从来没用过这个，有些犹豫。那位工作人员看他不懂，便领着他进了那小屋。

朱江波觉得自己不能在一个陌生人前丢面子，便装作懂的样子说："这个呀，俺懂，俺家也有。我们家孩子，没事就在这儿玩，放进去一张钱，吐出来，再装进去，好玩极了。"

那女孩笑了，但马上觉得这人真可疑。

一脸的肉，两种笑容，三分警惕，四下查看。那女孩觉得有事要发生了，便叫了保安。

保安没有动手，远远地看着朱江波。

朱江波抬头看到了一个摄像头，便挥挥手，还扭动了一下腰部。

将卡掏出，看到上面有好几个孔，终于找了一个孔，塞了进去，不大会儿吐了出来，有声音说："卡放反了。"

朱江波觉得这东西不好，太复杂了，复杂的东西就不是好东西。

卡放了进去，仍然不可以，朱江波冒了汗，惹得后面排队的一个女子小声说："这人有病呀？"

朱江波觉得自己不能无动于衷，便回头说："是有病，您有药吗？"

那女子一听，带着孩子气冲冲地冲进银行排队去了。

保安受不了，觉得这人有问题就冲了进去，掏出了警棍，示意朱江波趴下。

"这东西，俺也有，不就是警棍吗。趴下，趴下可以查钱吗？"朱江波觉得可能是，于是便趴在地上，那人上前将他抓了。

"我是良民，我查个卡，怎么了？不能查吗？"

保安查看了朱江波的身份证，发现自己果然错了，那保安不好意思地笑笑，直挠头。

保安帮助朱江波操作，朱江波想了想，输了密码，可是不对。这时朱江波才想到，自己输的是女儿阳历生日，娜娜只记得女儿阴历的生日。

重新输入，果然对了，朱江波点了余额查询，一看，前面一个"2"，后面许多零，这是多少呀？

朱江波自言自语地说："两万，才两万，这个女人够抠的！"

保安在旁边提醒："先生，您少算了个零，是二十万元。"

朱江波吓傻了，他没有想到，娜娜会给自己这么多钱，怎么会这么多呢？

朱江波转身就走，那保安提醒："先生您的卡，拿好了，小心出意外。"

"行，你们中国银行的态度贼好，我点赞。"

朱江波将银行卡装好，生怕丢了，这么多钱，咋办？他跑到银行门口的公厕里，关了门，将卡塞进内裤口袋里，以前他在内裤上偷偷缝了一个小口袋。

骑着车子还能感觉到，只要硬硬的还在，就是了。

二十

　　朱江波回头继续找,他想找到当时给自己邮寄的那快递清单,可是无论如何也找不到了。他想看看娜娜是在哪儿邮来的,记得好像是广州,但地方真忘了。

　　朱江波又找到娜娜以前的号码。有三四个,一个一个地拨,前三个不通,第四个通了,竟然是广州的号码。对方接了电话,说:"您好,我们是清雅厕所服务有限公司。"

　　"什么?什么?厕所公司。"朱江波有些晕了,难道娜娜工作的公司是搞环保的,这是个好行业呀。

　　"先生,您好,我向您推荐我们的马桶,有标准型的、服务型的、豪华型的。"

　　"怎么?娜娜,你的普通话这么标准吗?"

　　"大哥,您咋知道我叫娜娜呢?我就是娜娜。大哥,买马桶吧,我介绍下豪华型的,坐在上面,保证您舒服,可以吃饭,可以写作业,更可以唱歌,就是不能拉屎。"

　　"等会儿,豪华型的厕所,不能拉屎,拉啥?"

　　"大哥,就是厨房餐厅吗,说成豪华厕所,不是好卖吗?"

　　"你是娜娜吧,知道我是谁吗?"

"您是顾客，真诚的顾客。"娜娜在那边一点儿也不着急。

"我是朱江波，你认识琴琴吗？"

"琴琴呀，我们这儿也卖钢琴，你要啥型号的，豪华型的、标准型的、服务型的，可以拉屎，也可以吃饭。"

朱江波彻底崩溃了，便挂了电话。不行先取出来一部分吧，这么多钱，怎么忘了存个定期呢，自己真粗心！

朱江波又去了银行，那保安见他又来了，急忙迎接。

"我想取六万块钱，其余的存起来。"

"当然可以了，欢迎欢迎。"

叫了号，朱江波便在那儿等，轮到自己了，他站在窗口给里面的美女打招呼。

朱江波终于取出了钱，仍然是老样子，存折与钱塞进内裤口袋里，已经开始鼓了。有些行人不知所措地议论着："哎，爸，您可要注意了，老了要注意保护前列腺，您看见没？那人，肥大成啥样了！"那大爷看了看，吓了一跳，捂着胸口，急匆匆离开了。

朱江波懒得理他们，回到家中，将存折放好，将钱用一个大信封装了，又拿了一万块钱准备还给冯薇薇。

朱江波推开冯薇薇办公室的门，发现一个男人正坐在冯薇薇的对面，那男人高大威猛，但是看上去很绅士。

朱江波刚想退出去，冯薇薇叫他："朱师傅，有事吗？"

"那什么，我是来还钱的。有客人呀，这人咋面生呢？"

"噢，这是咱们公司的大股东，蔡总。"

那人站起身来，礼貌地伸出了手，朱江波也赶紧伸出手，说："蔡总，您好，我是这儿的资深大厨朱江波，您忙，我还完钱就走。"

朱江波将钱规规矩矩地放在冯薇薇面前。冯薇薇说："不是说好了吗，等你有钱了再还。"

"我这不是有钱了吗，有钱了就要还，再借不难。您数数。"

"不用了，放这儿吧。"

朱江波闪了出去，听到那男的小声说："你怎么还单身，快找个吧，快四十岁的人了。"

朱江波刚出去，门口就碰到小狐子，小狐子拉着朱江波说："师傅，看没看到那男的？"

"看到了，咋的？那男人够帅的，至少比我帅！"

"师傅，您遇到对手了，那男的是新加坡过来的，听说一直在追冯总，家里面有钱，刚刚投资了咱们饭店。"

"那又如何？我明媚，我阳光，他们管不了。"

朱江波一路上都听着这个蔡总的消息，听说与妻子刚刚离了婚，便跑到郑州来了。

"这种人，就是花花公子哥，能做啥事呀！"

朱江波在三天后准时到了碧沙岗巨石前，杜纯江这次比他来早，一见面就问："哥，钱带来了吗？我借条都写好了。"

"还真写借条呀，你小子够仗义的，看不出来！"

"那是当然，我以后要好好做人了，人这一辈子不容易，做恶事比好事容易吧，可是做恶事会做噩梦的。"

朱江波将钱给了他，杜纯江也不点，直接塞进自己破旧的包里。

"你这人，也不点点，我骗你呢？"

杜纯江将借条塞进朱江波的手里，说："不能，我信你的人品，免检。"

朱江波看了看那张纸条，龙飞凤舞地写着："今杜纯江欠朱江波人民币五万元整，择期偿还。杜纯江。"

看不出来，这家伙字写得挺好，真是白瞎了这个人。

朱江波安生了，便回到饭店准备上班。

四儿悄悄告诉他："听说刚来那位正清查咱们的人口呢，说要辞去不该用的人。我可听说了，咱们停车场，以后白天一人，晚上一人，后夜不设人。"

"那我就下岗呗。四儿，我理解，你放心，我不会难为你的。"

四儿道："说啥话呢？我早不想干了，三千块钱的工资，这儿是郑州，不是乡下。我想出去自己干。"

"实体经济不行，挣不到钱，你难道想炒房卖房去？"朱江波对经济形势非常了解。

"我可不做那事，房子是用来住的，不是炒的，将来有一天，一下子连命都赔里面了。"

青菊一心想嫁给冯则，她觉得自己白跟了他三年，该做的事都做了，就差生个孩子了。她想到了花花，这女孩子心肠软，正好请她与琴琴吃饭，感谢上次琴琴的救命之恩。

青菊想了想，便趁下班的时候到学校门口守株待兔。

强强、花花、琴琴走了出来，小八紧跟后面说："哥，今天可不行了，家里有亲戚，我得回家，不然妈会怀疑我的。"

强强拍了拍脑袋，说："我去应付一下，后天周日，要野营去。"

青菊开着跑车，摁着喇叭。花花看到了，一撇嘴，故意从她车旁走了过去。

琴琴说："你小妈找你有事。"

"谁小妈？我可不认她，妖里妖气的，活脱脱一个旧社会的青楼女子，是我爸看走眼了！"

青菊下了车，三步并作两步，但是高跟鞋太高了，差点摔倒，但还是稳住了。她一边快步走，一边说："琴琴，阿姨过来请你吃饭。花花公主，一起吧？"

"阿姨，您有那么老吗？叫姐还差不多。"琴琴故意说。

"你有诚意吗？请吃一顿饭怎么行，琴琴可是救了你的命。"花花叉着腰说。

"去一次世纪欢乐园，再去一次少林寺，如何？"青菊有些为难地说。

青菊一个劲地给两女孩子夹菜，琴琴小声跟花花说："你要注意，她必有求于你。"

"她那点心思，谁不懂？看我的。"花花一边喝着果汁，一边问，"美女，请我们吃饭，不是有事吧？"

"哪能有事呢！不过，真有件事情，我想与你爸还有你一起去郊游，周日，如何？"

"周日不行，我有约了，我要与琴琴、强强去野营。改天吧，你与我爸出去的机会不是很多吗？干吗要拉着我当电灯泡呢？"花花故意不解地问。

"你有趣、漂亮，是个小天使，你爸老吵我。"

"我妈在世的时候也是这样，他们老吵架，我不喜欢和稀泥，就任凭他们吵。现在我爸后悔死了，后悔当初老和妈吵架。美女，你跟了我爸，可是吃亏了。我爸毕竟结过婚，还有一个孩子，二婚，知道吗？你得承认，他虽然有钱，可是钱又不是万能的，阳光、空气、亲情、爱情用钱可是买不来。"

青菊有些不好意思，觉得这个孩子好难对付，便说："实话说了吧，你看，我怎样才可以嫁入你家？"

"终于说实话了，老羞呀美女，啧啧啧。我告诉你吧，要想嫁到我家里，我这关不重要，我们家的奶奶、姥姥是最难缠的，知道吗？尤其是姥姥，她可掌握着我爸的'生死符'，我爸这些年不敢再娶，就是因为她老人家。"

琴琴听着捂着嘴笑了。

窗外，强强跑了进来，说："有人请客，也不叫我。"

"你咋跑出来了，老师不管你吗？"

"我说肚子不舒服便请假了。他们懒得理我，那么多孩子，一个老师管得过来吗！"

强强点了一份牛排，看着气氛有些尴尬，就对青菊说："大姐，我可不是蹭饭的，我是她俩同学，你这算正常花费。"

花花继续说："美女，我刚才已经告诉你了，怎么样？各个击破吧，我告诉你，先去破我姥姥那一关。她喜欢打牌，你如果牌技好呢，说不定就可以瓦解她的防线，让她陪着你去找我奶奶，就一定可以的。"

强强这两天一直在准备野营的东西，原凯听他谈及此事，便没有反对。秋静那天早上听强强与原凯在那儿说这个事情，便叫："强强，过来。马上要月考了，你准备得咋样了？"

"妈，我一直在补习呢，老师说我进步挺大的。妈，我要跟您说件事情，周日朱叔带我们仨去野营，就去郊区。"

秋静并不反对，自己忙，让朱江波帮忙已经过意不去了，逢周末去外面陶冶一下情操也是件好事情。便从钱包里掏出五百块钱，对强强说："强强，与琴琴、花花去超市买些东西带上，另外，租辆车去吧。"

"不用，妈，您太小看朱叔了，他借了饭店的商务车。"

"到了外面，一定要注意安全，听朱叔的话，别乱跑。对了，回来给我写篇作文。"秋静一边说，一边往外面走。

强强心里面抱怨："又写作文！"

原凯走了过来，对秋静说："我送你吧。"

秋静没理他，打开门，开车走了。

强强在门后面说："爸，您混得可是忒差了，一个错误，可以说延伸到一生了呀。"

"少说风凉话，如果不是照顾你的情绪，我恐怕早就，早就……"剩下的原凯没敢说出来。

"哟，原大局长，早就啥？离婚是吧？无所谓，对于我来说，只要您过了奶奶与爷爷那关。还有我妈可有一哥哥，在北京呢，大官，你小心吧。"强强拍着原凯的肩膀说。

"我还有一妹妹在加拿大呢，有什么了不起的。你那破舅舅成天不见一面，过春节打个电话就算是拜年了，就他忙。"

原凯的电话响了，是国际长途。他看了看，最近骗子太多，他想挂了。

强强道:"我知道是谁打的,是您那妹妹我的姑姑原霞小姐吧。"

"哟,肯定是。"原凯赶紧接了电话。

"哥,我是霞,在哪儿呢?又在与哪个狐狸精畅谈人生呢?"原霞从小与他打闹惯了。

"这什么话呀,妹子,我在家呢,与强强在一块儿呢。来强强,咳嗽两声,给姑姑听听。"

强强故意清了清嗓子,对着手机说:"你好呀,大洋彼岸的女人。"

原霞受不了了,在电话中说:"小家伙,看我回去怎么收拾你!"

"哥,我下周回国,到时候去机场接我。"

"下周就回来?你太突然了吧,没事吧,美女?"

原霞道:"咋了,不想让我回家?我想爸妈了!哎,我可告诉你呀,告诉嫂子,我有事找她呢!"

"好吧,欢迎欢迎。"挂了电话,强强在前,原凯在后,两人下了楼。

送强强到了学校,原凯便给母亲打电话。原母一听,高兴坏了:"太好了,我真想原霞呀!老头子,准备东西吧!"

女儿都是与爸亲,原父坐不住了,又絮絮叨叨地说:"你说,当初我就不同意,跑那么远,现在谁提让孩子去美国、加拿大,我都与谁急,不容易呀!"

原母说:"是呀,没办法,嫁了个老外,生了俩孩子,外孙和外孙女我一次也没见过,这次希望她能带回来。"

"没那么容易的,毕竟文化差异大。不求大富大贵,平安就好。"原父凑过来说,"我说,有个事呀,秋静闹得这么厉害,如果原霞回来,让她发现了可不好,她又该不安心了。"

原母说:"今天没事,咱俩去找一下秋静吧,她是个识大体的女人。"

原父说:"我觉得可以,千难万阻也要说服她。如果让原霞知道了,我真怕影响她,她太容易被他人的感情左右了。"

"这一点随我,但没办法,性格也遗传。"原母继续说,"儿子也遗传了你的某些性格，不好的，比如说拈花惹草。"

原父不乐意了："过去四十多年的事了，你还记得，嘴都磨碎了。你不去我走了。"

"老东西，还怕揭伤疤。"原母一边走一边继续说，"趁没死呢，有些事情你还是交代清楚。有空了，等原霞走后，给我讲讲那女人后来去哪儿了。"

秋静正在上课，当副校长知道秋静的公婆来了，赶紧让进办公室，给二老每人倒了一杯水，又问："要不我去叫她？"

"不用，马上就下课了，我们就在这儿等她，您忙去。"副校长答应了一声，忙去了。

秋静的办公桌上摆着一张全家福，原母说："瞧瞧，多漂亮的媳妇，孙子也帅。"

原父说："我看呀，秋静也够忙，瞧瞧桌上的作业这么多。"

"是，原凯原来让她辞职当全职太太，她不肯，说女人得有事业，得有自己的事业。"

下课铃声响了，秋静手中拿着教案，走进办公室。一看二老来了，赶紧问："爸、妈，您二老怎么来了？瞧我这儿脏的，见笑。"

"自己家人，见笑啥？我与你爸一直说想看看你工作的地方，刚才听到你讲课了，普通话越来越好了。"

"哪有呀，妈，有事了？咋亲自跑一趟呢？"

"是这样的，静子，你妹下周要回来，我们想吃顿团圆饭，到时候你得配合呀。"原母是个直爽人，从来说话不拖泥带水。

"妹子要回来了？好事，行呀，没问题，需要我做什么吗？对了，她喜欢吃中国的小食品，到时候我去超市多买点吧，强强也爱吃，给她两个孩子也捎点。"

原母啧啧点头："老头子，我说过，秋静是顾大局的人，不会让我们难堪的。"

"妈,你给原霞再打个电话,让她带俩孩子回来。咱们国家现在这么富,啥都有,加拿大有的,郑州都有,是不?"

"考虑问题相当周全。"原父一拍巴掌。

原母说:"多好的媳妇呀,你说原凯是咋想的,先晾着他,我支持。"

二十一

张卡接——回家里住，她的家就在复印店后面，虽然只有五十多平方米，但布置得很温馨。

——很少在这儿住，以前与杜纯江在一起时，杜纯江没少虐待女儿，经常不给饭吃，饥一顿饱一顿的。——有很好的耐力，但现在遇到有人欺负她，她也会反抗了。

母亲早已经回了家，给——腾了一张床，这张床就在张卡的房间里。张卡十分高兴，她觉得这些年亏欠了女儿，所以很想补偿。但是出院她没有通知任何人，包括朱江波。

朱江波曾经问过——何时出院，张卡骗了他，说下周才出院。张卡安顿好女儿，将医药费清单掏了出来，躲到外间小心谨慎地对着。才半个月工夫，医药费便花了三万多元钱。

想着这是个无底洞，张卡的心里非常难过。她下午便告诉——与母亲："我要到复印店去，店总要开。"

母亲表示理解，示意她走吧。——非常心疼人，小声说："妈，注意身体。"

张卡跑到——身边，搂住了她。

"妈，我这病自己也知道，要不不治了吧，花了那么多钱。"

"不行，花再多钱妈也认了，病必须治！放心，妈有办法，妈有那么多朋友呢！"

——点头，主动拿起药，端了开水，喝了下去。

好歹女儿听话懂事，如果是个不明是非的孩子，整天只知道哭闹，那么大人会更伤心的。

张卡是骗琴琴与花花的，她从来没有对杜纯江说过复婚的事情。她不傻，如果不是为了女儿，她早决心与杜纯江一刀两断，但没法子，——的身上流着他的血。

杜纯江找过两次张卡，张卡都对他咬牙切齿，连医院的护士们看到他来，也提醒他赶紧走，医院不欢迎他。

杜纯江最后一次找张卡时说："放心，——的病我也会掏钱的。"

张卡笑了，很勉强的笑："你有钱吗？你挣的钱，这些年花天酒地了吧？都扔给岁月了吧？"

杜纯江有些不好意思地说："张卡，我再浑蛋，也是——的爸爸，嘴下留德。我之所以过来纠缠你，就是觉得自己不是个好爸爸，养不了——，所以……"

"你够聪明了，小聪明。我说过，你如果不同意，我会起诉将——的抚养权要过来。但现在孩子有病，等病好了，我们再打官司。"

杜纯江更尴尬了，他说："我不是那意思。我想好了，我去广州打工，放心，每月我都会给你们娘儿俩汇钱，医药费我包了。"

张卡一直摇头，在她看来，他已是个无药可救之人。

杜纯江最后一次见老母亲，是——出院前的一天。老母亲回家收拾东西，因为——要出院了，杜纯江刚刚从朱江波那儿得到一大笔钱，他买了许多东西。

张母看到他，十分吃惊，也不说话。

"妈，我来看您了。"杜纯江放下东西，帮忙打扫屋内。

"放这儿吧,你这个人我用不起,用坏了我们还要赔呢!"张母年轻时候,嘴皮子也相当利索。

"妈,我是来谢谢您的,要不是当年有您,我与张卡也成不了。"

"甭提过去的事,说这些有意思吗?我不就是贪财了吗?收了你家的钱,才将张卡嫁给你。现在我后悔了,反悔了,你不是东西,害了我们一家人,害了张卡,还有可怜的——!我后悔呀,当初不该将张卡嫁给你。我真傻,当时你已经有小情人了,我明知道,还做了错事,一提这事,我头就疼。"张母说完又狠狠地说,"这话当着张卡的面可别说,我提醒你,如果说,我就死给你看。"

"妈,您后悔了我不后悔,张卡人好心也好,可惜我无福享受,那个,我要走了,去南方打工,有空了,我会看您的。"

"赶紧走吧,挣钱了,好给——治病,张卡一个女人家,容易吗?你这么个大男人,整天就知道打打杀杀的,有意思吗?"张母其实希望他早走,走得越远越好,去外国才好呢。

"那什么,妈,我这儿有五万块钱,我不敢给张卡,您就说是借朋友的,给孩子治病吧。等恰当的时机再告诉张卡是我给的。"杜纯江说着将钱放在桌上,张母有些傻眼。

"这钱我们不能要,你别又是抢来的,一会儿公安就上门了,赃款,用着心不安生。"

"哪会呢,是我临走前跟别人借的,一点儿也不脏,新的呢。"杜纯江说完出了门,头也不回地走了。

张母觉得不用白不用,——也是他的女儿,凭什么光让张卡掏医药费呀。她将钱收了起来,锁进小抽屉里,等到必要的时候再拿出来。

琴琴为朱江波工作的事情发愁,她知道她爸死要面子,非得等老总给他说好话。琴琴劝朱江波,朱江波也不听,让我去说好话,不行!

琴琴与冯薇薇有过一面之缘,周六在家没事,她便跑到花花家里。她问花花:"你说,我爸为啥非要炒一辈子菜呢?你看那么多老爸,做生意的都发家了。"

花花说："每个人的兴趣不一样，你说强强吧，他偏爱学你爸，没法说。"

"得了吧，我得趁早劝强强放弃，我爸走的路在那儿摆着呢，没前途不说，挣不着钱，连女朋友也混丢了。"琴琴也为朱江波的婚事发愁。又说，"你说以前我从没有为我爸愁过，现在我一想到他，便觉得他可怜，全天下最可怜的爸爸。"

花花说："我爸也是，不过我不喜欢青菊。她太妖了，如果进了我们家，我们家就变成妖窟了！不行，绝对不行！换作一个朴实的大妈，我还可以考虑。"

琴琴道："各有各的难处吧，不过我想去找薇薇阿姨，先解决我爸的工作。"

花花说："我跟你一起去吧，有个帮手。"

琴琴说："好，我们放学就去。争取今天有结果，明天野营前，告诉爸这个好消息。"

琴琴与花花骑了车子，刚出门岗，小八就从后面屁颠屁颠地跑了过来。

"死孩子，一边儿去，鼻涕流得到处都是。"

"两位姐姐，你们去哪儿？我也去。"小八问。

"我们是女孩子，知道吗？女孩子去的地方男孩子是不能去的。男女有别，知道吧？"

花花骑着车子在前面跑，琴琴在后面跟，小八也推了车子，趁她们不注意跟在后面。

琴琴与花花下了车，远远地看到朱江波在停车场上班。

今天四儿没来上班，家里有事请假了，又是周末，车子特别多，所以朱江波十分忙碌。

开始时，朱江波还跑来跑去，后来跑不动了，他便找了个扩音器，在那儿吆喝："左边那辆尼桑，说你呢，那位美女，右排第一号停车位，哎呀，停哪儿了，这科目二咋考的？掏钱买的吧？"

"那辆大奔,说你呢,别以为豪车就乱停,压着线了,你让邻居咋停车?"

整得饭店门口像开大会似的,有个小报记者正没新闻可报呢,以为这儿打架了,便跑了过来,急着拍照。

朱江波一看,以为是媒体采访,赶紧正了正衣服,示意记者:"慢点拍,我的衣服没整好呢。"

这声音通过话筒传了出去,两个姑娘乐坏了,花花笑着说:"朱叔太逗了。"

"我爸这性格也当不了什么大官,有时候真拿他没办法。"说完一路飞奔,没有乘电梯,沿着步行梯上了楼。

冯薇薇这两天也烦着呢,新来的股东蔡总,三天两头往她这儿跑,不是追她就是请她吃饭。冯薇薇拿他没办法,人家是投资人,自己不过是一个小小的总经理罢了,惹恼了,人家通过董事会可以免了自己的职位。

这不,下午刚刚上班,蔡总的电话便过来了,说晚上想约她跳舞。

冯薇薇平日爱静不爱动,因此她想拒绝,正在找理由呢,有人敲门,她赶紧说:"一会儿再说吧,我来客人了。"

门开了,两个小女孩背着书包走了进来。

"你们找谁呀?这么乖巧的小女生。"冯薇薇站了起来,觉得两个女孩子有些面熟。

花花蹦了起来:"阿姨,你不认识我了,我是冯则的女儿冯花。"

"哟,冯总的女儿,欢迎欢迎,你爸让你来的吗?这位是?"

"我是琴琴,朱家琴,朱江波的女儿。"琴琴有些自卑,因为她没法像花花那样报出自己的大名。

"哟,太好了,两个大千金聚齐了。快坐,阿姨给你们倒水去。"冯薇薇说着叫秘书倒水。

"找我有事吧?说吧,看我能帮啥忙。不过,学习的事情我可不行,我虽然上了大学,可是学习一直不好。"

琴琴不知道如何开口，花花胆子大，直接说："阿姨，您有对象吗？"

花花一说出口，连自己也吓一跳，琴琴更是吓傻了，生怕她胡说八道。

"啊，对象，哪有呀！阿姨可是想好了，做一个单身贵族，不出嫁了。"冯薇薇一直是这么想的，这也是这么年以来，许多人撺掇她与朱江波，她一直闪烁其词的原因。

"您太时髦了，在国外就是贵族，老有钱了。"

"与有钱没钱没多大关系，我就是不喜欢结婚，一个人自由惯了，静些好，闹了不舒服。"冯薇薇觉得十分好玩，这么大的饭店，其实缺少的就是天真与烂漫。

琴琴小声说："阿姨，我是为我爸的事来的，他要面子，所以我请您高抬贵手，饶了他吧。"

冯薇薇笑了起来，说："原来是这回事呀！我从来不敢难为他，当初让他从大厨的位置上下来是临时决定，也没有想过不让他回去。可是你们想，我好歹也是总经理，不能给他说好话吧，你们说是吧？"

花花明白了，原来大人们都会动心思，本来就是一句话的事，绕来绕去的，全是面子。

琴琴说："那我回家说说他，让他主动过来向您赔礼道歉。"

"不是向我道歉，是向大家道歉，在中层会上。只要大家没意见，我会将他重新调回去的。"

冯薇薇表了态，两个女孩子高兴坏了。

她们想走了，冯薇薇却说："今天下午不是没课吗？走，陪阿姨健身去，我们十六楼有健身场所。"

两女孩子一听，马上说："好呀！"说着跟在冯薇薇后面上了楼。

朱江波明天要请假，他要安排一辆车，好带大家野营去。他本来计划好了，用小狐子家的私车，可是他家的车太小了，坐着挤得慌。

又想到了小狗家的车，可是那车小狗说了不算，听说是结婚时老婆从家里带过来的。平日里都是他媳妇开，他摸都不让摸，摸坏了就要揍他一顿。

朱江波叹了口气："谁让你吃软饭呢！"

朱江波看到了小朋子，想到后厨的拉菜车，那车宽敞有力，爬坡能力强。正常情况下，这车周日是不出去的，因为周六会将周日的菜全买齐了。

朱江波打电话找小朋子，小朋友一听，小声说："师傅，您是知道的，现在管得严，又听说蔡总这两天正审查呢，如果让他发现了，我们就完了。"

"你这胆子，师傅顶着呢，师傅脸皮厚，明儿一早我开走，下午四点前还给你们，不就完了吗？"

小朋子拿他师傅没办法，他们几个的手艺全是师傅教会的，只能同意了。

事情办成了。

朱江波想着下班后到超市买一大堆东西。今天这个班上得让朱江波感慨万千，毕竟年纪大了，站上一天，吆喝一天，身体吃不消，但朱江波还不敢在女儿在面前表现出来。下班后，他感到浑身无力，双手冰凉。他勉强支撑着去了超市，买了些明天用的物品。

回到家里时，琴琴早已经做好了饭。

朱江波感到十分欣慰，对琴琴说："明天的东西都准备了吗？"

"爸，早准备好了，明儿一早我们就出发。"

"好呀，车我也准备好了，明天一早我便去开车，今天早点休息吧。"

朱江波喝了些粥，便扎到床上睡了。他确实有些累了。

琴琴看天还早，便下了楼，到了强强家里，她想问问东西准备得咋样了。

强强正接电话呢，原来是原霞打来的。原霞在电话中问："小东西，想姑姑没有？"

"我说姑姑，那么大的人了，叫我小东西，还不如叫我小名呢！"强强有些不乐意地说。

旁边正在吃饭的原凯接过话："就是，老叫我们小东西，这要是长大了，娶了媳妇，还改不过来，那可就丢强强的面子了。"

秋静并没有在家,她今天晚上要加班补课。

原霞在电话中继续说:"哎,小名不是叫小东西吗?不是,小名叫狗子,狗子对吧?"

"我的天啊!原霞大人,您饶了我吧,狗子是一岁的时候奶奶起的,早不叫了!从两岁时,就叫我原子强了,这才是小名,是我现在的官名。"

强强不喜欢有些唠叨的姑姑,想挂电话,原凯示意他不要挂。

原霞继续说:"哎,原子强,长途费可贵着呢,挑重要的说,学习咋样?交女朋友没有?马上中考了,准备得咋样了?"

强强说:"姑姑大人,您若是回来的话,我当面向您汇报,成吗?"

琴琴躲在身后,捂着嘴笑。原凯一看琴琴来了,赶紧让座,问她吃饭没有。

琴琴说:"叔,我早吃过了,您忙。走,强强,去你屋。"

强强关了门,小声说:"等会儿,我怕我爸过来偷听。你不知道,现在我爸神经得很,我妈与他赌气后他老找我的麻烦。"

强强躲在门后,果然听到外面有轻微的脚步声。原凯过来想偷听一下,两孩子在说什么。强强猛然打开了门,故意装作吓倒的姿态。

原凯被他吓了一跳。

强强道:"您想吓死我呀,年轻人的事儿,您一个老头子,瞎掺和啥?"

原凯有些理亏,其实他过来是想起一个事儿,他想让强强帮助他要秋静的QQ号。

原凯最近老实多了,郭子再去找他,他总是爱理不理的。

二十二

第二天一早，朱江波便爬了起来，悄悄开了门，走进无边的黑暗里。

朱江波要去饭店开那辆拉菜的商务车，说是商务车，其实就是一辆敞篷车而已，后面装货，前面可以挤四五个人。

在小区门口，朱江波便撞见了八子。

八子说："哥，这不今天要去郊游吗，小八也去，我准备了东西。您的车呢？"

朱江波这才知道小八也要去，以为是琴琴她们答应的，便说："等会儿吧，我去开车。"他并没有反对，因为他没有想到自己居然有如此强大的号召力，尤其是在孩子们中间。要知道，孩子可是祖国的未来，是花骨朵儿，能够号召孩子的人，绝非凡人。

朱江波骑车到了饭店，太早了，饭店还没有人。

朱江波到了一楼的储藏室前，小声地学了一声猫叫。他最擅长的不是猫叫，是狗叫。小时候，琴琴老不睡觉，朱江波开始时学猫叫，琴琴根本不理会，偶尔有一次学狗叫，吓坏了琴琴，她便乖巧地睡着了。

朱江波便觉得艺多不压身，他还想着要学鸟语，因为听说这是世上非常厉害的一种语言，所以想着有空了一定要学习。

四儿曾经问他:"鸟语又不是通用语言,你以为是英语呢?"

朱江波回了他一句,让四儿哑口无言,唯有佩服。朱江波说:"你看,所谓鸟语花香,就是指一说鸟语,全世界的花都香了,作用多大!"

朱江波学猫叫,没有人理他。他急了,学了一声鼠叫,依然没有人理他。他在心里说,小朋子说好了,今天四点在这儿等我,人呢?

朱江波想打电话,可又一想,太早了,再等等吧,说不定四儿正睡。接着又学了一声鸟叫,黄莺的叫声,接下来,驴叫声、狗叫声此起彼伏的。

小朋子从黑暗处冲了出来,大笑:"师傅,终于知道您的技能有多么强大了!"

"怎么,小朋子,你是想气死师傅吗?"

"不是,我早就听说您有多种技能,其实您叫第一声我就知道了,我故意没出来,您刚才一叫,屋里有几只老鼠吓得乱跑,以为猫来了。"

"甭废话,车呢?"

"师傅,可说准了,下午四点以前一准儿给我弄回来。否则一旦被领导发现了,我死定了。"

"没事,你死了,我买花篮送你去。"

朱江波拿了钥匙开了车,这辆车他开了一年多,所以非常熟。

朱江波到了幸福小区门口,把车停到自家的楼下。他搬了两趟东西琴琴才醒了,赶紧起床过来帮忙。

强强也搬东西,花花也搬东西,八子也招呼,场景好热闹!

强强一挑大拇指,说:"真佩服俺师傅,这车气派,比花花爸爸的奔驰还大呢!"

八子也跟着说:"有理,英雄所见略同,的确是大,后面还可以拉五十个人。"

朱江波说:"甭废话,不愿意拉倒,我就这能力了。"

说说笑笑,等一切准备妥当了,天都亮了。

朱江波开着车，浩浩荡荡出了城，直奔郊区。他瞅准了一个地儿，接近邙山山区，那儿没有人，是一片小树林，有干柴，还可以欣赏漫山的冬景。

琴琴一直想把见冯薇薇的事跟朱江波讲，可是想了想，等有结果了再说也不迟。

小八偷偷对琴琴说："姐，我看到你们昨天下午去饭店了。我还听见朱叔拿着大喇叭在那儿喊呢，场面十分壮观，是不是朱叔？"

花花捅了小八一把，捅得有点疼，小八哭了起来。

花花不想让小八乱说，这个家伙，昨天下午真跟着他们到了饭店。

朱江波一边开着车，一边说："保持和谐，保持镇静！小八，有话告诉朱叔，你去饭店干啥？另外告诉你们，不止一个人说我的发明厉害，你说像四儿他们，每天忙死了。我现在在每一个车位设置了坐标，大喇叭一吆喝，什么品牌的车，去几号位置，气派死了！"朱江波说完就不说了，等他们说。

小八赶紧说："朱叔，你真的是最棒的。"

大伙儿全笑了，小八笑得前仰后合的。

"哎，小八，你这名字不好，与你爹多一个名儿，差一个字，老念错。说，继续说，昨天去干啥了？是不是专门欣赏我的大嗓门去了。"

"那肯定不是。那是不可能的。"小八刚想说实话，琴琴瞪他，他赶紧改了口。

"怎么，二位美女，我听说你们也去了，也听到了吧，啥感受？"

"您，您真厉害，要我说，这家饭店就该让我爸当总经理，冯总管着不行，太传统了。"

花花也接过话茬儿："对，我爸也说过，说您负责任，绝对不只是中层材料，可以到上层，比如可以爬到埃菲尔铁塔上面。"

俩闺女一唱一和的，朱江波心花怒放，心里想着，知道我为啥喜欢与学生们一起玩了吧。

"只是可惜，如果——病好了，应该也带她来。"朱江波有些遗憾地说。

琴琴小声说:"您还惦记着张卡阿姨呢?开好您的车吧。"

朱江波不说话了,一提到张卡,他便无话可说。眼看就要到了,却堵了车,强强有些着急了,不停地看着前方。

朱江波说:"堵车现在是城市病,堵车时大家该干啥?"

"等着通行呗!"花花首先抢答。

"再想想,想些有趣的事情。"

"想以前的事,想人。"琴琴一边说,一边用手指捅朱江波。

"你这孩子,现在咋这么调皮呢?想事都可以,不敢想人,一想就走不出来了。"

强强说:"我知道,如果是学生,就想以前的成绩;如果不是学生,就想自己的工作。"

"嗯,有进步,不过没趣儿。"

小八说:"如果真堵车里,我在车里就念阿拉伯数字,数到一万时,就通车了。"

"这什么破逻辑,念到一万,累死了。"花花表示反对。

"我告诉你们吧,如果堵车了,在车里干啥?打扑克、下棋、喝水、玩电脑呀。"

"对,玩电脑,可是车里哪有电脑呀?"几个孩子异口同声地说。

"当然有了,是饭店配的一台电脑,就在后面呢,密码是'我是老鼠'的第一个英文字母。"

"朱叔,您太厉害了,这密码谁起的,这么好玩。"

"他们不会设置密码,两年前我让张卡设的,他们不会改,一直在用这个密码。"

强强搬出了电脑,琴琴小声在他爸耳边说:"爸,您又提张卡阿姨了。"

朱江波拍了拍脑门,心里面想着,自然而然,我也没办法。

朱江波其实一直挂念张卡,心里面老想着她们娘儿俩。杜纯江虽然是那样讲，但那个人一向说话不算话，说不定回头缺钱了，还会过来闹。

朱江波心里想通了，准备放下面子，下周再去看看——，顺便与张卡说清楚。有些事情说明了好，不同意就拉倒，但以后他还会关心她们的。

路通了，朱江波一口气将车开到目的地，一看表，七点多一点。

朱江波说："大家饿了吧，开始制作早餐。"

大家开始忙活，准备干柴，支起了锅。朱江波带了三大桶的矿泉水，足够他们今天做饭用。

"早餐吃羊肉泡馍。馍是新买来的，热乎着呢；羊肉是我昨天炖好的，简单方便有营养。"

小八一边准备着，一边哭了起来。

琴琴一拍他，问："你咋哭了呢？"

小八说："我爸从来没有给我做过饭，我妈也不会做羊肉泡馍，我今天太幸福了，所以才哭。"

花花道："看来朱叔真可以当孩子王了，返璞归真。"

朱江波听到这话，一边支着锅，一边说："哎，我情愿当孩子王。这有啥不好的，与孩子们在一起长知识，显年轻，还有免疫力。"

大家听到哈哈大笑起来。

炊烟四起，有一股世外桃源的气息。朱江波小的时候家在农村，一到傍晚，炊烟袅袅，小巷中准会响起母唤儿归的声音。

小巷早没了，现在全是钢筋水泥。欲望盛行，所有人都有一种病，叫匆忙。

肉炖了大约半个时辰，肉烂汤肥，一股羊肉味道迎面扑来，小八早馋得不行了，强强也觉得这样的感觉真好。

吃完早餐，朱江波说："我们接下来分头行动，看谁有收获，如何？中午十一点钟在这儿集合。孩子们，你们带好手机，保持联系，不准走远了。"

强强与朱江波一组，琴琴与花花一组，落下一个小八。

小八说："我一个人一组，看我的。"说完就想跑。

朱江波说:"别不合群呀,男人一组,你是男人,过来吧。"

强强说:"这家伙,就想单独行动,是不是带了好吃的不敢拿出来?"说完大家分头行动了。

单说琴琴与花花这一组,两人一边走一边说话。

花花说:"你啥时候才对朱叔说那事,就是薇薇阿姨说的话。"

琴琴说:"我也不知道,等有结果了再说吧,我想好了,两周以后如果她还不让爸回去,我们继续找她去。"

"我的傻姑娘,你没听懂薇薇阿姨的意思吗?她等着朱叔叔给她说好话呢,人家是老总,知道吗?"

"可是我爸的脾气虽然好,性格却有些轻微分裂,让他去说好话,我看难。"

"不过我觉得他们离不开朱叔的,一旦有大客户来访,凭几个徒弟的水平,做的菜上不了台面。"

琴琴说:"爸的心思没在这上面,如果在早去找薇薇阿姨了,我觉得他的心思仍在张卡阿姨的身上。你说,杜纯江咋那么浑蛋呢,不行,我回家还得找他去,说话不算话。"

花花说:"得,大人的事你还是少掺和吧,上次把你爸吓得差点背过气去,你可不能再这样玩了。"

"上次的事情是我闹大了,不过我觉得奇怪,杜纯江一听我提到我的妈妈娜娜,就好像很敏感似的,我觉得这里面有事。"

"琴琴,你不提你妈妈我倒想不起来。我记得上次在饭店见过那个女人,长得还真像你。"花花想起了吃饭时遇到的那个女人,便说。

"什么像不像的,天下之大,无奇不有,长得一样的多了。花花你想说啥?不会说是我妈回来找我们了吧?"

"说不准,不过你要小心点,我觉得她还会找你的,说不定是你美国的亲戚,功成名就带着钱回来了,你们一下子就发了。"

"我倒不太喜欢钱,为了钱,我妈跟有钱人跑了,我爸一个人受罪。"

两个人一边走着,一边寻找,远远地就听见了水声。

"有小溪。"她们二人加快了步伐。

平日里在学校,思想被学习禁锢了,琴琴有一阵子想离家出走,花花也觉得郊游对自己非常有益处。花花想到了死去的妈妈,又想到了一心想挣钱的爸爸,她觉得有些悲惨。

看到了小溪,潺潺的流水,她们非常高兴,脱了鞋踩进水里,这儿的水竟然不凉,有点温暖。

琴琴说:"住在这儿我觉得真的挺好,回头说服老爸,搬这儿得了。"

"你是新鲜感作祟罢了,时间久了也会烦的,你想想看,买不到商品,没有信号,没有网络。"花花一语中的。

"你说得有道理,鬼机灵,看水。"

两个女孩子打起了水仗,不大会儿工夫,浑身湿透了。

琴琴想起了什么,对花花说:"一会儿我爸高兴了,咱们就撺掇他去找薇薇阿姨,如何?只要去了,薇薇阿姨就知道啥意思了。"

花花回答:"没问题,不过琴琴,我现在问你一件事情,隔壁班的一个男生,为啥总去找你呀?"

琴琴不知所云,问:"哪个呀?找我的帅哥可多了。"

"姓马,马梦想,大个子,牛奶小生,弹得一手好吉他,对吧。"

"甭胡说八道,我以为谁呢。他是找我了,还找强强了,说想举办一个画展,让我参加。他知道我会画画,还得过奖。"

"你瞧你瞧,脸红了不是,他找强强干吗?强强除了渴望烧菜,可不会画画呀。"

"找强强是因为他们家不是有一个旧仓库吗?那个地方接近闹市,马梦想想将其当成展厅,如此而已。"

"你别说,这个马梦想挺不简单的,做的都是不赔本的买卖。他是组织者,组织一大群绘画爱好者画画，他坐收渔翁之利。"花花越说越觉得这个人不简单。

"都是同学，我已经答应他了，不过不能影响学习。我的学习成绩最近不稳定，我爸已经不满意了，我正不知道咋办呢！"

二十三

再说强强、小八和朱江波，三人一边向山里面走，一边唱着歌。

小八听不下去了，大声吼了起来："强强，你的嗓子太不好听了，别唱了，我听着浑身不舒服。"

强强哪会听他，一边唱一边蹦着，小八离他远远的。

强强看没人理他，便不唱了，对小八说："我比你爸唱得好多了，你爸每天零点一过便在门岗唱歌，真难听，半夜醒来还以为闹鬼了。"

小八说："我也提醒我爸了，有许多人都知道我爸唱歌的事情。我妈也烦他。有一天晚上不值班，他在家里半夜零点也唱了起来，我妈以为闹鬼了，将我爸踹到床底下去了，我爸呢，在床底下也唱。"

朱江波说："我倒是欣赏八子的生活态度，没啥烦恼，不愉快了就唱唱歌，这便是生活。"

强强一本正经地说："朱叔，我可是求您多次了，教我烧菜，咋样？"

"好，我答应了，等我调回厨房后，你每天傍晚便去找我，看我如何烧菜。我们安排个学制吧，半年时间，如果你有这方面的天赋，我便正式收你为徒；如果没有，你除了努力学习外，别无他法。"

强强看有门儿便点头。

小八则说:"其实,我爸说的是对的,行行出状元,我也不喜欢考大学,那么多大学生,毕业后找不到工作的多着呢。我也想说服我爸妈,我不爱学习,次次不及格,我想去学理发。咱们小区门口就差一个平民理发店,有一家,就是太贵了。"

朱江波没有想到现在的年轻人竟然有这样的思想,他拍了拍两个孩子的肩膀,说:"你们首先要过大人这一关,其实我十分尊重孩子本人的意见,孩子有兴趣了才有可能学好,大人逼着他学,他就是学了,也学一身臭毛病。"

强强与小八高兴坏了,大声说:"朱叔太伟大了,琴琴好福气。你们家琴琴,绝对能考上北大、清华的,每次考试都那么好。"

"近来是我不好,让她分心了。上次考试老师已经与我打了电话,成绩非常不好,我也说过她了,就看这次月考能否恢复到好的状态。我看好她,不会数落她的。因为我的性格原因,我虽然倔,但是绝对不会难为孩子。"朱江波忽然想起了一件事情,悄悄问强强,"我听说,你妈想给你生个弟弟或者妹妹,现在有戏没?"

"他们倒是征求我的意见了,我与网上说的那些孩子不一样,我没有意见。倒是原凯先生有异议,他一个大局长,你说老婆生二胎,好说不好听呀。所以关键不在我这儿,我不会离家出走,也不会觉得弟弟妹妹会分走我的玩具或财富,有本事就自己挣去,只要他们尊重我的爱好就行。"

"真是好孩子,你妈也不容易呀,爸妈早死了,她家人少,所以才想多生一个。但我听说了,老师生孩子可不容易,需要排队请假的。"

"嗨,甭提了,我爸妈一直冷战呢!我妈根本就不理我爸,她是一个有策略的女人,不简单!"

小八听不懂,一个劲地向前面跑,累得两人有些跟不上。

朱江波微胖,跑不快;强强吃得太多了,本身体重就不小,因此也落在后面。

强强在后面数落小八:"小家伙,你慢点行吗?前面可是万丈悬崖。"

他们走错路了，前面果然是万丈悬崖。

三个人走累了，席地而坐，就坐在崖边，看前面雾气茫茫的，空气倒是十分好。

强强说："我们家下周要热闹了，原霞姑姑要回来了。我听说，原霞姑姑以前居然与花花的爸爸谈过恋爱。听说她要回来，冯则叔叔与我爸打了电话，说想见一下姑姑，问一下花花出国的事。"

朱江波说："我知道花花出国的事儿，冯则有钱，不在乎这些，他一心想让花花出人头地。不过我觉得现在太早了，等到大学毕业，考研去美国，绝对是个好主意。现在去孩子自理能力太差了，不放心！"

不知不觉已经晌午了，朱江波不放心，赶紧拨通了琴琴的电话，琴琴接了，说："我们已经回来了，正准备午餐呢！爸，你们可是输了。"

朱江波挂了电话，招呼两个小家伙赶紧回。可是，他们却迷路了，走了两圈，依然找不到放车的地方。

小八胆小，有些害怕，一看周围全是衰草，偶尔有几只乌鸦盘旋着飞过去，禁不住有些颤抖。

强强年纪虽小，可是胆儿贼大，在前面开路，转来转去的。

朱江波看着太阳，计算着方位，后来终于看到了一大片倒下的草，朱江波一指："就那儿了。"那草是朱江波故意摁倒的，他就怕回来的时候摸不清路。

远远地，看到了有烟雾，朱江波说："快到了。"

强强说："朱叔，不对吧，路不对。"

朱江波说："看到前面的烟没，一定是琴琴放的，或者是做饭的烟，这是她们的信号。"

小八说："我看电视了，看来野外生存真的需要许多常识，包括信号的标记，都是一门学问。"

果然是琴琴他们，琴琴满脸是烟灰，花花的衣服上也脏兮兮的，抱着干柴，锅里的水已经开了。

"爸,你们终于来了,急死我们了。"

"有爸在,没事,中午饭咱们吃煮挂面,行吗?我带了火腿肠、青菜,还有鸡蛋。"

"行,说实话,真饿了,这体力劳动与脑力劳动就是不一样。"

大家一起动手,面下进去了,一会儿便飘来饭香。

朱江波带了一大堆青菜,又将鸡蛋打进去,青菜全部加进锅里,味精、茴香、鸡精都撒了进去,面条稠稠的,非常好看。

强强一口气吃了两碗,小八也不甘示弱,不大会儿工夫,饭便吃完了。

"孩子们,怎么样?这饭不好吃吧?"

"不,朱叔,您能将面煮成这种水平,着实是高。没有加油,全是清淡的,居然这么香。"强强赞叹道。

花花也说:"我从来没有吃过这么香的面条,比饭店做得还香呢!"

小八也说:"有理,我回头让我爸去请教朱叔,这饭做得真有水平。琴琴姐,你好福气呀。"

朱江波有些不好意思了,说:"我是厨师,这是基本工作。不过实话告诉你们,之所以香,是因为你们付出了劳动,累了才会觉得香,劳动是最光荣的。"

朱江波一看表,已经快两点了,四点前这车得送回去呢。于是,他小声说:"孩子们,我知道大家还有作业,怎么样?今天就到这吧?我们打道回府。"

几个孩子都是意犹未尽,朱江波拍了拍车门,说:"下次有机会咱们再来,下次玩一天。"

朱江波临走时,叮嘱孩子们将火灭掉,不能留下任何隐患。

车开了出来,孩子们一路唱着歌,小八迷迷糊糊睡着了。

到了幸福小区门口已经是下午三点多了,大家下了车,收了东西,朱江波风风火火地开了车,回饭店。

还没到呢,电话便响了,小朋子小声说:"坏了,那个姓蔡的查岗呢,问车哪儿去了。"

朱江波多聪明呀，想了想，说："朋子，你们差啥菜，我去买些菜送回去不就完了吗？"

"买白菜吧，买多点。"

朱江波开着车拐进了菜市场。

等他回到饭店时已经下午四点多了。刚开进院子里，朱江波便看见许多人站成一排，一个大个子正在训他们。

朱江波跳下车，一看四儿也在内，他心里想，我今天是请假呢，只要将钥匙扔给小朋子就可以走了。

他将钥匙掏了出来，远远地向小朋子招手，示意他过去。

小朋子刚刚挨训了，正为车发愁呢，眼看着朱江波走了过去，便示意他赶紧走，小心挨骂。

蔡总也看到他了，那天在冯薇薇的办公室里见过他，所以还记得是停车场的员工。

蔡总说："你，过来，站进队伍中，我有事情要进行调查。"

朱江波听话地站到队伍的第一个，人家是新领导，新官上任总要给面子，再说了，也要支持冯薇薇的工作。

蔡总手中拿着本子，大声念："今天查了下饭店的纪律情况，糟糕透了。五个人打扑克，一个服务员竟然在上班期间吃东西，还有厨房的拉菜车竟然不见了。据有关人员揭发，说车被人开走了，直到现在才送回来，这是什么情况？这样下去，我们投资人的利益会毁于一旦。"

蔡总说："四儿，谁叫四儿？"

四儿听到了，赶紧站了出来。

"你上班期间睡觉，怎么解释？"

"我晚上没睡好，这两天闹肚子，老放屁，臭得不行！"

他还没说完，大伙儿就笑了，小狐子笑得花枝乱颤，小狗子笑得不停地咳嗽，小朋子也直拍四儿的后背。

蔡总受不了了，大声斥责四儿。

"谁叫小狐子？"

小狐子站了出来。

"刚才检查，你上班期间，玩扑克，打扑克的人里竟然有三个客人，你能解释一下吗？"

"是这样的，我正准备上厕所呢，肚子也不舒服，估计是四儿传染的。出来后三个客人说想打牌，差一个人，硬拉我进去了。我输了，他们还将两个小王八贴我脸上了，不信你们看，我嫌丢人，便将小王八塞脖子里了。"小狐子说着将小王八扯了出来，重新贴在脸上，那王八太大了，盖住了半张脸。

一时间，又是哄堂大笑，蔡总也笑了，他捂了捂肚子，觉得肚子也难受了。

小狐子说："蔡总，我觉得您可能也被传染了，要不您先去厕所吧。"

"谁是小狗子，在上班期间，找女服务员谈话，这又怎么说？"

小狗子没对象呢，一直想找一个，因此便有事没事去找女服务员聊天。旁边与小狗子说话的女服务员脸红红的，不知所措。

"蔡总，您冤枉我了，我是去找我妹，她是我妹妹。我跟她说，爸今天晚上不回家了，我们只好泡方便面了。"

"是这样吗？如果真的这样，那还有情可原。"蔡总最后将目标对准了小朋子。

"你说说，车哪儿去了？这可是发现的最大问题，如果查实，将会被辞退的。"

小朋子不知道如何解释，用眼睛看朱江波。朱江波向前迈了一步，规规矩矩地敬了一个礼。

"报告首长，俺是老兵朱江波，报到了。"听到他的话大家都笑了，朱江波习惯冷幽默，他不笑，继续说，"我今天开车是去买菜了，因为他们几个都生病了，拉稀的拉稀，冒肚的冒肚，还有一个找妹妹去了，所以我便主动请缨，替他们买菜。再说了，我今天是请假，不在班上，不算违规吧？"

"朱师傅，我如果没记错的话你现在不是大厨了，在停车场工作，你今天算工作还是算请假呢？买菜要买一天吗？视频显示你早上五点多开走的车，你如何解释？"蔡总对朱江波的表现有些怀疑。

朱江波说："我将时间跟您捋一下，因为今天我请假，可是呢，小朋说今天要买菜，他肚子不舒服，生怕在车上如果跑厕所咋办。郑州的厕所不好找呀，我就说我替你买菜吧。我开着车去菜市场，结果呢，堵了车，堵了好几个小时，我这个难受呀，我就在车上想，如果饭店买个飞机买菜多好呀，飞过去就可以了。堵到十点过，我去买菜，菜市场人多，将我的钥匙都挤丢了。我这个找呀，菜市场有大喇叭，一广播，我才找到了，原来是一位阿姨捡到了。我为了感谢人家，便请她吃了个饭，吃到十二点过。买菜，我要挑呀，挑来挑去，结果挑到了两点多。这不，紧赶慢赶就成这样了。"

朱江波一边说，下面一边笑，蔡总不知道如何应对，脸上的肉突突地跳个不停。"我就问你，谁让你去买菜的，这不是你的职责。"蔡总最后死盯住这个问题。

朱江波这下子有些傻了，不知道如何回答。

恰在此时，有一个甜甜的声音传了过来："是我让他去的。"大家一看，竟然是冯薇薇。冯薇薇很生气，她刚从外面回来，听说蔡总在这儿视察，便赶紧赶了过来。

"蔡总，我现在是总经理，你检查工作要经过我同意吧？如果你觉得不合适，可以请董事会罢免我的职务。朱江波是我让他去的。"

朱江波没有想到冯薇薇会在这个时候站出来替自己讲话，他非常感激。

蔡总无话可说了，他摊摊手，示意大家解散。

没有人了，冯薇薇走过来对朱江波说："你自己做的好事，本来我还计划让你回去呢，看来又要延期了。"

朱江波一跺脚，他的心中也非常不愉快。

回到家里时，朱江波听到琴琴的房间里有动静，他悄悄地到了门口，听见琴琴正在用微信通话。

她说:"我看还是等等吧,我的学习成绩我爸急着呢。"

琴琴是在与马梦想聊天,他提出来在月底前他们集中一次,先将作品的内容给大家进行分工。

朱江波并没有推门进去,他回到了自己的房间。

琴琴翻箱倒柜地寻找,终于在一个角落里找到了自己以前的画作,摊在桌子上,屋里立即飘出一股油墨的芳香。

二十四

朱江波回到房间里,忽然想起了什么,便拿起了电话拨给张卡。

那边接通了,朱江波问:"哎,那什么,张卡,——咋样了?"

"——出院了,接到家里了,你别担心。那个你那一万块钱,回头有钱了就还你。"张卡说话十分客气。

"你太小心眼了,还记着一万块的事,我这两天再送些钱过去。再说了,你是我们家救命恩人呀,当初我自杀,如果不是你我早死了。还有琴琴,如果没有你的照顾,恐怕……唉,不说了。"

张卡说:"别翻往事了,没事我挂了。"

两个人都不说话了,沉默了一分多钟,最终张卡先挂了电话。

朱江波坐不住了,心想回家也不告诉我。他很想告诉张卡:"杜纯江已经与我沟通过了,他答应不再干涉我们。"可是这话咋说?朱江波觉得头有些晕。

他准备出去一趟,呼吸一下郑州的新鲜空气。出了卧室门,却发现琴琴正站在客厅里。

"爸,有件事情,今天郊游时我就想说,可是没说,现在我郑重提醒您下。"朱家琴说话时态度十分严肃。

"说吧,啥事?爸听着呢!"

"您的工作，停车场有啥好的，您嗓子都哑了，找一下薇薇阿姨，给人家说句好话。实话告诉你吧，我与花花去找过她了，她同意调你回去，只是你必须亲自去找她说明。"

朱江波回答："你呀，大人的事情少掺和，你去找她干啥？她不用我拉倒。"朱江波有些发怒，但他在孩子面前控制力极强。

"爸，您是咋想的？厨师工资高，有钱了不是可以资助——吗？还有张阿姨，她们家多需要钱呀，看个停车场，工资下调了一半，甭以为我不知道。"

朱江波想将今天下午发生的事情讲出来，可是他没有讲，与一个孩子讲，会让孩子分心。他只好说："好吧，我答应你，我回头找一下她。"

"这才是我的好爸爸。您要出去呀？"

"是，出去走走，有些烦，你累了一天了，赶紧休息吧。别分心啊，目前最重要的是学习，马上要月考了，知道吧？"

"知道了。"琴琴感觉爸爸好像发现了自己的秘密，脸有些红，心也跳个不停。

朱江波出了门，径直到了复印店门口，那儿开着一盏灯，张卡正坐在电脑前紧张地打着什么。

朱江波到了门口，隔着玻璃门，看到张卡旁边放着一碗刚刚泡好的方便面。朱江波想推门进去，可又想想，刚打过电话，还是别进去了。

朱江波现在觉得，人与人之间最大的冷漠不在于距离，而在于语言，不知道说什么，不知道从哪儿说起。

人老了，想的事情就多，顾虑就多，不像年轻时无所顾忌，谈个恋爱也是风风火火的，结婚生子也曾争吵，更会分离，但大多数熬了过来。到了晚年，全是亲情，爱情与亲情已经融在一起了，再也分不开了，就好像有些伤疤，好了，却长进肉里了。

朱江波觉得自己的爱情是失败的，第一次失败不怨自己，当然，自己也有责任。匆匆忙忙找了一个风月女子，漂亮、年轻、拿得出手，可是，能拿出手的，却不知道不是自己的老婆，有可能会成为他人的。

十几年了，第二场恋爱一直持续着，双方也曾提过婚姻的事情。可是，都是有儿女的人，哪能随随便便就可以走在一起。到现在，两个人中间依然有隔膜，可怕的距离，可怕的不理解。

如果爱一个人，还是趁年轻，大半辈子熬过去了，也就成了正果。老一辈的爱情，哪个不是熬出来的，和熬粥一样，那份香甜，不是现代年轻人可以体会的。

来客人了，朱江波赶紧躲到一边，装作路过的样子。

那人进去后，大声问："我的资料弄好了没有？"

张卡忙说："快了，一分钟就好。"

复印机响了起来，那声音十分刺耳，朱江波从小不喜欢那种声音。可是他现在却专注地看着，一刻也不想离开。

二十分钟以后，资料整理完毕，那人交了钱，高高兴兴地走了。

张卡拿起方便面，却发现早凉透了，她出门去外面接水，却意外发现门口的树下蹲着一个人。

张卡问："那是谁呀？天怪冷的，有事吗？"

朱江波看躲不过去了，便站了起来，裹了裹身上半旧不新的军大衣。

"是我，那什么，张卡，你没吃饭吧，我请你吃吧。"

张卡拍着胸脯说："吓死我了，我以为来强盗了，又一想，我这儿啥也没有，不值得抢呀。"

"张卡，你挣钱不要命了，这么晚了还在忙。"朱江波想说啥，却什么也说不出来了。

"这没啥，年轻的时候成天不睡觉也没事，这不赶上了吗！"

"年轻的时候！现在你多大了！"朱江波进了屋，将方便面倒进垃圾桶里，拉着张卡便出了门。

张卡在后面跟着，有些不情愿。她小声说："老朱，这么晚了，回家吧，家里有饭,再说了,咱俩出去不合适。"

"以前咱俩出去的次数还少吗?"朱江波不容分说,继续拉着张卡往前走。

张卡不说话了,任凭朱江波在前面拉着自己。她想起了小时候,父亲和哥哥都曾拉着自己的手在前方奔跑,父亲去世后,哥哥也在一场事故中离开了人世。

已经很晚了,饭店没有几个人吃饭,朱江波点了牛排米饭,要了一瓶白酒,没有等张卡说话,便拿起酒瓶来打开,就着瓶子咕嘟咕嘟地喝了小半瓶。

张卡说:"你这人,给我留点!"

朱江波说:"你敢喝吗?"

"咋不敢,上次我与秋静姐喝了大半瓶呢!"

朱江波拿了杯子,给她倒了一个杯底。张卡夺了过来,将杯子倒满了,那是一个二两的杯子。

张卡倒完了,端起酒杯,一口气喝了半杯,朱江波看得目瞪口呆。

"你说我们,都这岁数了,再不疯狂都老了。"朱江波一喝酒话便多。

"你说我们,都这岁数了,安生点不好吗?"张卡回了他一句。

"你别硬撑着了,我都知道了。你不容易,一个人照顾孩子,杜纯江那个小子,跑了吧?"

张卡想起了一句时髦的话:"他走不走,与我没啥关系。孩子是我的,他是别人的。"又说,"你们男人都是这个逻辑吧?孩子是自己的好,老婆是别人的好,你也是这样想的,对吧?"说完,哈哈大笑起来。

朱江波严肃地说:"张卡,咱们郑重些好吗?婚姻是个严肃的话题。"

"老朱,你甭费心思了。以前我倒是想过,可是没成,过去就过去了,现在我不想了,我一心一意补偿孩子。婚姻也需要动力,我没动力了。"张卡一字一句地说。

"不管你咋想,我追定你了,接招吧,十来年了,谁不了解谁!"

"我今天跟你郑重地说一下,我要与杜纯江复婚,为了孩子,知道吗?"张卡将酒杯使劲搁在桌子上,酒杯破了,张卡的心出了血。

朱江波再不说话了，他只顾着吃菜。服务员赶紧跑了过来，换了一个酒杯，拿了一个创可贴，帮张卡贴在伤口上。

朱江波怔了好大会儿，对张卡说："一个人不容易，两个人还可以抵挡风雨，你考虑下我的建议吧！"

张卡不说话，将剩余的酒全倒进自己的酒杯里，一口气喝光了。

"你也别往心里去，别造成压力，——的病咋样了？"朱江波是个聪明的男人，一看形势不对，便转了话题。

"没事，医生初步判断是良性的，就等正式化验报告了。"张卡说着擦了擦眼泪，紧接着问，"老朱，我咋听说你下岗了？咋回事呀？冯薇薇不是对你挺好的吗？"

朱江波叹了口气："世事难料，我也不想，有些事情自己左右不了。"

"你去找找她吧，她是个要面子的人，肯定会帮助你的。再说了，听说你跑停车场工作了，那地儿是你待的吗？你就会炒菜做饭。"

"停车场工作清闲，没有时间限制，人生最可贵的是自由。"

张卡破涕为笑了，继续说："你这人哪儿都好，就是不服输！哎，对了，一万块钱，我给带来了，——的病不会有啥大碍，就是一个普通切除手术。"张卡说着从包里掏出了一万块钱递给朱江波。

朱江波说什么也不要："孩子要手术呢，我不缺钱，你不是见外了吗？让我回头怎么做人？"

朱江波将钱塞了回去，可是他看到第一张人民币上面有个字，这字太熟悉了。

朱江波给杜纯江五万块钱的时候，每一万块钱的第一张他都做了个标记，正好五万，他写的是"老鼠爱大米"。为啥这样写？朱江波觉得刺激杜纯江一下，不能让他占自己的便宜，在钱上咒骂他也是一个老方法。但不能明说，就写了个"老鼠爱大米"，其实是讽刺杜纯江是一只老鼠，"老鼠爱大米"，指的是有些人爱钱，不学好。

朱江波看到第一张钱上，写着一个"鼠"字，那字体他太熟悉了，因为那就是他写的。

"你哪儿来的钱？"朱江波试探着问。

"明说了吧，杜纯江走了，去南方打工去了，说有钱了再回来，我估计他一辈子不会有钱了。临走时，给了我五万块钱，我妈藏着，被我发现了。我妈以前爱财，我就数落她，她却说：这是该给的钱，——的病急等钱呢。我也觉得对，就是这些。"张卡一口气说完，同时叫道，"服务员，给我拿一瓶啤酒。"

朱江波没有阻拦，他心里略微宽了些，因为他知道，杜纯江的人品还没有坏到极点，他借自己的钱，竟然给了张卡。

朱江波却故意说："你收起来吧，给的钱不要白不要，这钱我不能要，他给的，我觉得不舒服，等你有钱了再说。"说完也一伸手，叫道，"来一瓶啤酒。"

两个人对视片刻，笑了起来。

俩人都喝多了，朱江波搀扶着张卡回家，张卡不让他送，朱江波非送不可。

在胡同口，张母发现了大醉而归的张卡。——早睡着了，张母的心中有些欢喜，因为她一直为张卡的婚事着急。

他们俩人的婚事必须排上日程，再说了，他们俩都是单身，合法恋爱，合法婚姻。

张卡躺到床上后，朱江波弯弯斜斜地想走，张母跑了出来，扯住了他，问"哎，咋样呀，你们俩？"

朱江波今天晚上一肚子气，趁着酒劲说："她不同意，我、我回家去了。"

"等会儿，怎么会不同意呢？好好的，杜纯江已经走了，这是个好时机，如果再回来就麻烦了，不行，她醒后，我跟她说。"

"阿姨，您别说了，没用的，真是造化弄人呀！我给了杜纯江五万块钱，还是没有买断爱情。"

张母听到这话傻了，原来这钱是杜纯江向朱江波要的。张母追了出去，朱江波头也不回地走了。

张母回到屋里,去拉张卡:"张卡,起来,我说你是不是傻呀,杜纯江走了,你还犹豫啥?找个可靠的人多不易呀,你不抓住时机,早晚让人抢走了。"

"妈,你有完没完呀,我要睡觉。"张卡睡着了。

张母的记忆回到十来年前,杜家有钱,张母喜欢上人家的钱,便与杜家私自约定,将女儿张卡嫁给杜纯江。

杜纯江当时长得不错,张卡喜欢他,但是张卡他爸就是横竖看不上他。后来张卡的爸也死了,张母便觉得杜纯江也不错,虽然他这人爱拈花惹草,但是家里境况却比朱江波要好一些,便同意张卡和杜纯江在一起。

结果,婚后的杜纯江三天两头不回家,在外面拈花惹草,与他好的女人有好几个。

张母觉得自己的安排是错误的,原来觉得钱重要,现在觉得,人比钱重要得多。

二十五

强强回到家时,秋静已经回来了,她补了一天的课。

白天有个女老师找她,问她:"秋老师,你不是准备要二胎吗?你与校长约好了吗?"

秋静一直有这个想法,她家里没有人,母亲临终前嘱托她:"如果政策允许,一定要多要几个,老了就知道孩子多的好处了。"

秋静征求了原母的意见,原母表示接受,原父更是高兴得不得了,可是原凯一直不同意,找借口,说强强会反对。

直到现在,秋静也没有跟校长提出这个问题。而且她和原凯现在的关系非常僵,原凯在外面有了小情人,怎么还会提二胎的事情!

秋静说:"你如果想要,你先来吧,我往后排。"

那位老师十分感谢,说:"姐,我家里等急了,回头请你吃饭。"

秋静一直觉得委屈,原凯当个官,人人羡慕,她却表示反感。她是个不太喜欢官场的女人。

强强在书桌前写作业,秋静一回来,便问:"今天咋样?有收获没有?"

"妈,太棒了,朱叔的野炊做得那么帅。太好吃了,妈,您可是没吃过吧?"强强也吹嘘起来。

秋静说:"别拿豆包不当干粮,我吃过。我去过那家饭店,一位老师结婚时去的,你朱叔做的菜确实好。"

秋静坐在床上,翻自己的QQ,几位家长在群里询问孩子的学习事宜,秋静赶紧回复了。

强强在写作文,是今天郊游的心得,老师让交的,朱江波也说想看一看大家写的作文。

强强看到秋静的QQ蹦个不停,原凯跟他说过,想办法搞到秋静的QQ号。

秋静原来有一个号,原凯是知道的。可是他们吵架后,她新注册了一个号。

"妈,您去吃饭吧,我做的,我学朱叔做的饭。"

"哟,是吗?妈得去尝尝。"秋静将手机放在床上就去了。

原凯也在自己的屋里呢,秋静一到厨房,原凯便给强强的手机发了信息。强强赶紧看了看秋静的QQ号,然后给原凯发了过去。

秋静尝了几口粥,觉得味道不错。两道菜,一道是西红柿炒牛腩,另一道是清炒西兰花,都是秋静爱吃的菜。

秋静觉得这种味道非常特别,而且强强居然会炒菜了,值得夸奖。

其实她不知道,这饭与菜全是原凯炒的。原凯为了学会炒菜,这两天跑到薇薇饭店找小狐子帮忙,小狐子说:"哥呀,找我师傅呀,他啥不会!"

原凯道:"不能找他,不能让家里人发现了。"

小狐子只教了他两道菜,一道是西红柿炒牛腩,另一道就是清炒西兰花。

秋静吃完了,将剩菜放进冰箱,洗了锅,然后回房间去。

"妈,问您个事呗。"强强对秋静说。

秋静说:"除了你爸的事情,都可以。"

"妈,我姑回来,你咋安排呀?"

"该怎么安排就怎么安排,我明天去超市买些东西,她爱吃的,在咱们家请她吃饭,还有让她带些东西回加拿大。"秋静掏出手机,群里几位老师正在那儿晒自己学生的成绩呢。

"原子强，你的补习咋样了？有效果没？"秋静对儿子的学习十分关心。

"妈，有进步了，您瞧我写的字，帅呆了吧？"

"强强，我给补的课是数学与英语，没有补语文吧？月底月考，你看你能考多少分，我是当老师的，如果自己的孩子都教不好，我都觉得丢人。"秋静突然发起怒来。

强强不说话了，他生怕自己说漏嘴。他这几天根本没去补课，替他去的是小八。

秋静正看新闻呢，就看见有一个加自己的QQ，打开一看，对方说："你的粉丝，听过你的课。"

秋静曾经代表学校去外校讲过课，也曾获得全市演讲比赛一等奖，因此有几个粉丝也是正常现象。

秋静同意了，对方发来一个笑脸："秋老师好，我是粉丝虫虫。"

怪好听的名字。秋静闲来无事，便与对方聊了起来。她问："你在哪儿听过我的课？"

虫虫说："在郑州一中。"

秋静想起来了，自己确实在那儿讲过课。

对方问了好些问题，包括教育孩子的方法、如何帮助孩子提高自身修养等。

强强睡着了，秋静仍然缩在被窝里聊天。强强在被窝里暗暗地笑，觉得搞笑极了，那个虫虫，肯定是他爸。

周一早上，强强早早起来了，跑到厨房里，他想露一手给秋静看看。他煮了粥，粥却煳了。强强赶紧去叫原凯，原凯还睡，昨晚上睡太晚了。

强强在他耳边小声说："再不起来我喊虫虫了。"

原凯醒了，忙不迭地冲进厨房里，饭是他做的，强强对秋静说是自己做的。

强强实在是想说服秋静，自己喜欢厨房，不想上大学。

秋静对儿子的自理能力表示赞赏，尤其是感觉他一次郊游后明显懂事多了。秋静觉得，现代教育的悲哀之处可能就在此，只重视理论教育，重视分数与成绩，忽视了孩子的社会实践能力。

原霞预计今天晚上七点到新郑国际机场。原凯早上接到母亲的电话，让晚上去接妹妹，原母没有忘记给秋静也打了一个电话，但却是让她下班后直接回老家。

强强也兴奋不已，一想到可能会见到外国的弟弟和妹妹，他便着急地问琴琴："'你好'的英文咋说呀？"

琴琴教会了他，他不停地重复着，以至于进厕所时，说了一句英语"How are you（你好吗）？"

英语老师刚从里面出来，马上回了一句"I am fine, thank you"。

强强吓了一跳，不过马上停下来，让老师先进去。强强是个有礼貌的孩子，去厕所居然还让着老师。

晚上七点许，原凯与强强准时到了新郑国际机场。强强第一次来机场，他觉得好大呀，吵着说："爸，我也要坐飞机去旅游。"

原凯则说："上了好大学，自然坐飞机去。"

强强小声嘟囔着："又是上大学，上不了大学，还不让坐飞机了。"

原霞出来了，却是一个人。原凯好半天没有认出妹妹来，倒是强强眼尖，跟在一个女子后面，吓得那女子直躲避。强强上前，拍了拍她的肩头："美女，叫原霞吗？"

原霞三年没回家了，加上穿着打扮和容貌也发生了变化，原凯竟然没有认出来。

原霞仔细看拍自己的人时，才发现的确是强强，赶紧跑了过去，扔了行李，搂着他说："小东西，你咋长这么高呢？"

"姑，这个不怨我。"

"那怨谁呀？"原霞看着他，长得真像哥哥。

"怨这个多事的年龄。"

原凯在身后笑了起来，原霞也觉得侄子说话很好玩。

"哥，你咋变胖了，认不出来了。"

"妹子，你咋这么瘦呢，不是有病吧？你看看，美国人民不让你吃饭吗？"

原霞紧紧地搂住原凯，眼泪肆无忌惮。

原凯道："好了，回家吧，你咋像小时候一样呢！爸、妈，还有你嫂子在家里等着你呢！"

原霞坐在车上，紧紧地搂着强强，强强则打开了话匣子问这问那。最关键的问题强强提了出来："姑，弟弟和妹妹呢，咋没跟你一块儿回来呢？"

原霞说："他们在上学呢，不能回来。下次吧，有机会一定带他们回来。"

原凯一边开着车，一边问："你那个亨利呢？结婚时见过一次面，再没见过了。"

原霞回答："他也忙，在美国生存不易，忙着挣钱。"

"姑，马上过年了，这次回家就不走了吧，春节后再走。"强强俨然是家里的小主人。

"还是我侄子心疼我。行啊，姑不走了，你要管我吃，管我住。"

"这没问题，原凯先生负全责，我负半责。"

到家了，原父、原母，还有秋静都在外面等着呢。

秋静到老家时有些尴尬，原母问她："静子，还冷战呢？"

"妈，是。"

原母过来，拉着秋静的手，原父想说啥，原母示意他不要乱说。原父是个老革命，心里说："这过日子，竟然比打仗还麻烦。"

车来了，原霞下了车，原母上前半天没有认出是自己的女儿。原霞非常消瘦，虽然化了妆，却掩盖不住眼角的皱纹还有黑眼圈。原母抓着她的手，却发现这双手已经是皮包骨了。

"闺女，你这是咋了？三年时间，咋变成这样了？"原母心疼女儿，眼泪在眼眶里打转。

秋静也走了过来，问："妹子，咋回事呀？美国的饭不合口味吗？"

原父则说:"回家吧,外面冷。"

到了家里,原霞坐在老沙发上,看着这个环境,她十分熟悉,便说:"没变化,一点儿也没变。"

原霞刚说完,秋静端上了水果,说:"爸和妈不让搬东西,原来的旧沙发想换掉,可是他们二老说怕你回来后认不出来。"

原霞哭了起来,原母过去抱女儿。

强强眼尖,蓦地发现原霞的脖子上有伤痕,他跑了过去,扒开原霞的领子就看。

秋静跑过去打他:"没大没小的,你是大孩子了,怎么看姑姑的领子?"

"不是,妈,有伤,看,全是伤。"

原母一听就在意了,原凯也放下了手中的果盘。一看,脖子上果然是伤。

原母命令原霞:"将胳膊袖子捋起来。"

"妈,不用了,没事,摔伤的。"

原母不容分说,将原霞的胳膊捋了起来,胳膊上也都是伤,不是摔伤,是打伤的。

原凯不干了,问:"妹子,怎么回事?谁打的?亨利吗?"

强强也问:"美国法律允许打人?"

秋静也觉得不可思议,原父则跺着脚。

原母问:"原霞,你三年没回家了,这次主动提出要回家,我与你爸就觉得有事。说说吧,受啥委屈了?"

"妈,我不想说,可是我憋屈!亨利在外面有人了,我发现了,他便打我,还要和我离婚。"

原凯捶了一下桌子。原母刚想发作,想了想,说:"从来这种事情伤的都是两家人,无一胜者。原霞,你现在是美国国籍了,你打算怎么办?"

"我打算与他离婚,孩子我带走,我要起诉他们破坏家庭。"原霞有些饿了,说完端起一碗粥,喝了个精光。

"姑姑，亨利打你，还不让你吃饭吗？"

"不怨他，我太傻了，为了让他回心转意，就绝食了。我三天三夜没有吃东西，可是他没有丝毫悔意！我想错了，他们是美国人，不是中国人，我们中国人有善心，如果我这样做，他会可怜的，可是美国人不会！我后来想通了，便想吃东西，可是却突然发现，我吃进去任何东西都会吐。之后住了院，住了一个月院。亨利的妹妹是个好人，她一直照顾我，不然，我早死了。"原霞说完又端起一碗粥来。

原父坐在沙发上，突然说："当初我就不同意将女儿嫁国外去，现在我还是这个看法。"

原凯赶紧劝："爸，都啥时候了，还说这个！"

"我就是要说，你妈同意，原霞同意，我能说啥？这些人从来不是好东西。"

秋静赶紧插嘴："爸，重要的是想办法解决问题。"

原母想了想，对秋静说："静子，开饭，饿了。"原母一直是家里的决策者，她一说话，强强与秋静赶紧进了厨房。

强强一边端菜，一边小声说："花花还想去美国，这就是个典型案例。"

秋静说："是呀，人生地不熟的，距离娘家太远了！"

菜上了桌，原母说："霞，赶紧吃饭吧，都是你爱吃的菜，全是中国菜，还有正宗的豫菜。"

原凯赶紧说："对，妹子，在家住一段时间吧？咱妈肯定将你养胖。"

吃完饭，原凯与秋静、强强回他们自己家了。原母拉着原霞回了自己房间，她关上门，问原霞："刚才人多，你告诉我真实原因。"

原霞说："就是那个原因，我都说过了。"

"冰冻三尺非一日之寒，我看未必吧！"原母觉得女儿隐瞒了真相。

"他原来就喜欢虐待我，那是他喜欢的方式，我体质差受不了，他就在外面找了人。"

原母苦笑着："我也觉得当初同意你们结婚是错误的选择，可是现在这样了，无法挽回，你真打算离婚吗？"

"是的，妈，我想好了，我受够了，我将这些伤痕拍过照片，也做过司法鉴定，我已经向法院递交了离婚申请。"

"这么大的事，你咋三年都不跟家里说一声呢？我们可以去那儿给你撑腰。那个亨利仗着自己是美国人，你娘家是中国人，就欺负你。"原母一边说一边抹眼泪。

"原霞，你别傻，孩子不能要。不是我不喜欢孩子，在美国你带两个孩子，怎么生存？"

"可是如果我不要，亨利也不要，他们的生活习惯与中国人不一样，亨利说带两个孩子妨碍他继续恋爱。"

原母叹了一口气。

三人坐车回家，秋静一句话也不说，强强则在旁边当和事佬，但他说的一句话让原凯心痛不已。强强说："刚才奶奶说，这事没有胜利者。"

原凯不敢说话，秋静则小声说："大人的事你少掺和，回家做试卷去，今天没去补习。"

强强坐在书桌前做试卷，原凯进了房间急忙打开了QQ。

秋静的QQ响个不停，是那个叫虫虫的家伙，他发来了好几条消息。

秋静问："你咋了，有事吗？"

对方说："遇到烦心事了。"

秋静问："说说看，看有没有解决的方案！"

对方："我有个朋友，在外面有了人，老婆正闹着呢，不知道如何收场。"

秋静："我对这类事没兴趣，问旁人去吧。"

对方继续说："你是专家呀，情感专家。老师。"

秋静："你可以问孩子的教育难题，我是教育者，不是情感专家。"

对方说："我没结婚，哪有孩子！"

秋静："那就找一个呗，现在这么多女孩子。"

对方："哪那么容易，你们那儿有老师给我介绍一个。"

秋静："我给你留意下，你将你的要求发给我看看，对了，你在郑州吗？"

对方："我就是地地道道的郑州人。"

强强一边写，一边斜着眼睛看。他装作上厕所，路过原凯的房间，看到原凯趴在床上，摁着手机屏幕。

二十六

朱江波决定去找一下冯薇薇,也许他们中间有误会。

朱江波要感谢她那天帮了自己的忙,如果不是冯薇薇故意那样说,朱江波面临的就不是工作调动的问题,而是下岗。

这些天饭店都在传一件事情:董事会正在物色新的总经理,可能会是那个蔡总。

朱江波觉得根本没有这事,冯薇薇做得挺好的,生意火爆,干吗要换掉人家。而且论才气,姓蔡的不如冯薇薇;论背景,冯薇薇的父亲可是新加坡的一个大亨,姓蔡的不过是一个小虾米而已。

朱江波昨天在上班时曾经看见蔡总大摇大摆地路过停车场,当时四儿在一旁休息,朱江波则拿着大喇叭招呼过往的车辆。

蔡总路过,朱江波本没有看到他,四儿看到了,赶紧敬了个礼,蔡总示意他继续工作。

四儿捅了捅朱江波,朱江波用大喇叭回答:"正忙呢,一边去。"

蔡总就站在一旁观看。

有几个司机路过,挑大拇指称赞朱江波:"朱哥,厉害,这个发明可以申请专利呀!"

朱江波对客户十分殷勤，赶紧站了起来："各位好，欢迎前来就餐住宿。"

蔡总看了半晌，觉得尴尬，便走了。

朱江波用眼角的余光一直瞅着他，不想理他，这人，势利眼一个。

朱江波吃过午饭过后，便上了楼，径直到了冯薇薇办公室的门前。里面传出吵架的声音。

冯薇薇说："我不想你过多干涉饭店业务，董事会派你过来，是观察，不是让你主事，知道吗？"

蔡总的声音："冯薇薇，不主事可以，你要给我一个期限吧。我追你多少年了，你什么时候嫁给我，我要一个答案。"

"我和你说过了，我一辈子不嫁人，我要做单身贵族。"

"叔叔可不是你那样想的，我来之前与叔叔见过面了，他鼓励我追你。我追了你十几年了，你躲到这个地方找清静，我们几个同学的孩子都十几岁了。"

"我不妨碍你生孩子，你去找其他女人，有多少女人在追着你呢。"

蔡总拍了桌子，说："薇薇，我日思夜想的就是想娶你，今天我就是想娶你。"说着上前去抱冯薇薇，冯薇薇反抗，嘴里面骂了起来。

蔡总撕冯薇薇的衣服，嘴里面说："今天，我要得到你，必须得到你。"

朱江波忍无可忍，踢开了办公室的大门。他进去的时候，蔡总正撕冯薇薇的衣裳，上衣已经开了，雪白的肌肤露了出来。

朱江波这辈子也没有见过这么白的皮肤，他有些不知所措。他上前扯了姓蔡的手，由于力度太大了，蔡总被扯倒了。

他站起来便大叫："你、你有帮手，我说呢，为什么不肯答应我。我早就听说你与他有一腿，今天才知道，果然是真的。"

朱江波最烦嚼舌根子的人了。他上前抬起手说："你再说我拍死你。"

"薇薇，我说你那天为何替他说话，这么个人，五大三粗，你的口味真重呀。"

冯薇薇整理好自己的上衣，推开朱江波，赶紧过来搀蔡总，说："清林，对不起，你没事吧？"

蔡清林站不起来了，薇薇叫医生过来，拉他去检查。

朱江波手劲太大了，蔡清林经过检查后发现膝盖处的骨头受了伤，估计要静养一阵子。

冯薇薇坐在办公桌后面，此时她的心里五味杂陈，她不知道应该感谢朱江波，还是应该骂他。

"朱江波，为什么每次我有事，你都要来？"冯薇薇受不了了。

"冯总，是赶巧了。我找你有事，碰见了，我就帮了你。"朱江波不敢抬头，因为他看到了不该看到的东西。

冯薇薇说："我感谢你，可是我告诉你，我的事你以后不要掺和了，我已经解释不清了！"

"那什么，冯总，我来就是问问我何时能回厨房？"

"你还能回去吗？如果没这事还能，现在我敢吗？蔡清林虎视眈眈地盯着我呢，我敢让你回去，我就得回家，我苦心经营十来年的饭店就得拱手让给他人。"冯薇薇有些发火，可是她实在恨蔡清林，如果不是朱江波来，后果将不堪设想。

"那什么，冯总，你如果喜欢他，就答应他吧。你们成一家人了，你还是老总。"朱江波说完倒还觉得自己有成人之美。

冯薇薇站了起来，又坐下。好半天，说："你以为我想嫁他吗？他是花花公子。我说过了，我不会嫁人的，我会抱养一个孩子，一辈子不嫁人。"

朱江波似乎明白了，站起来退了出去。

饭店里的人都在议论纷纷，他们都不知道发生了什么事情。

说啥的都有，有的说："你们说的版本全是错的，朱江波与老总在办公室里不知道干啥呢，蔡总发现了，就打了起来。"

"胡说，不对，是蔡总欺负老总，朱江波撞见了。"

"更不对了，朱江波的办公地点在停车场，跑上面弄啥，一定是冯总知道有事，事先通知他去的，他是保镖，瞧他那身肉。"

"朱江波倒是有福气，听说啥都看到了。"

小狐子听到了，大声骂他们。小狗子也是如此，听到有一群女服务员在那儿说悄悄话，跑了过去，抬起手就想打。小朋子那天买菜，听到司机也是这样说，小朋子命令他："停车，我不坐了。"

四儿听到有人胡说八道后，直接要打耳光。

朱江波重新回到工作岗位上，但蔡清林近段时间不会过来了，大家都知道朱江波打伤了他，冲这一点，许多人都佩服他。

那天晚上回家，琴琴问朱江波："爸，您找薇姨没？"

"找了，那什么，薇姨说，等过一段时间，就将爸调回去。"

琴琴的微信有消息，是马梦想叫她。马梦想说："本周五晚上，旧仓库，如何？"

琴琴想了想，觉得可以，就说："好吧，强强与花花也要去。"

马梦想说："这个没问题，他们可以帮忙清理场地。"

琴琴这些天一直在想着画画的事，她每天画一幅画，将整个卧室整得像画室一样，但害怕朱江波发现，画完后便清理干净。

不仅如此，上课的时候琴琴也老分神，王老师觉得有问题，几次想提醒她，可是后来想想，觉得孩子青春期出现问题也是正常的，就没有理她。

花花与强强去了那个旧仓库，觉得太破了，根本容不了人。花花拿起电话，打给青菊，青菊一看是花花的电话，便心花怒放。

花花说："帮个忙，将你们没用的房子借我们两间，办画展。"

作为冯总的秘书，这个忙是绝对没有问题的。青菊借口下午有客户看房，便开着车跑了出去。她找到了一栋楼，地下室正闲着呢，灯光齐备，距离学校也近，便领着花花与强强去看。

花花一看，不错，真的不错。强强给马梦想打了一个电话，马梦想也跑了过来，觉得这个地方适合办画展。

当天放学后，他们先过来整理，青菊十分勤快，让人帮忙清理，并且布置了一个简易的展厅。

朱江波碰了壁，觉得这家饭店前途渺茫，便寻思着再找一个新工作。

朱江波想起了冯则，因为花花几次跟朱江波说可以到房地产公司当一个厨房工程师。他觉得冯则的公司肯定前途无量，一来公司大，二来全民炒房，生意非常好，便想前去试试。

四儿问："我怎么看饭店想变天呢？"

朱江波说："好着呢，别瞎想，这么大的饭店，养几百个人是没有问题的，好好干吧。"

四儿说："师傅，你如果要走，一定要带走我，你去哪儿我就去哪儿。"

"废话，我去棺材里，你也去呀？"朱江波看着过往的车辆，有些心痛。

他还是决定去找一下冯则，朱江波、冯则和原凯关系非常好，但时间久了，富与穷的分别便显现出来。冯则有钱，原凯有权，只剩下一个朱江波啥也没有，除了会炒菜外他简直一无是处。但他也是最没有心机的人，遇到有困难的事情，他总会第一个出来帮忙。

因此冯则与原凯也敬重他，虽然有时候有些讨厌他。

花花曾经在冯则面前提过让朱江波去他们公司的事，说实话，冯则有些不敢要他，他这人特立独行惯了，什么事情都一意孤行。在薇薇饭店，他虽然没有职权，但除了老总外，他是玩得最大的一个人，没有人敢得罪他。

朱江波觉得现在是一个时机，让人知道自己又找新工作了，对冯薇薇是一种刺激，也对姓蔡的是一个教育，大厨离了他是玩不转的。其实小狐子在做菜的时候，没少下来找师傅帮忙，什么菜不会配了，佐料加少了，朱江波热心，欣然前往，无任何怨言。

饭店的高层以为现任的几个小伙子已经可以拿下所有的工作了，因此对朱江波爱理不理的。

朱江波也是有心眼的人，有些菜系的配方他根本没有正确地告诉徒弟们。

朱江波出了饭店，骑着破旧的"老爷牌"自行车，拐了四个弯，径直向前走大约三千米的路程，便是冯则的房地产办公大楼。他经常在这儿走，可是一次也没有进去过，他不想打扰他人的生活。朱江波在十字路口遇到了秋静。

秋静没有开车，不知道要去什么地方。

朱江波道："秋老师，你好。"

秋静没有想到会在这个地方遇到朱江波，也赶紧打招呼："朱师傅，您去哪儿呀？"

"我没事，只是遛个弯，秋老师您这是去哪儿？"

"我去培训班，强强不是在那儿补习吗，我想去看看，好长时间没去了。"

他们两个人正说话呢，蓦地看见一辆车，是青菊的车。车从他们旁边掠了过去，车里坐着三个孩子，那孩子太熟悉了，两个人不禁一愣。

秋静说："朱师傅，您看清楚没有？怎么这车里载的是琴琴、强强和花花。"

朱江波本来以为自己眼花，听秋静这么一说，他马上说："我也感觉是，不好，我们得跟上。"

朱江波骑着车，秋静坐在后面，两人疯狂地跟着那辆红色奥迪。

秋静在后面说："我们报警吧？"

"报什么警，是青菊的车，不会有事的，我们看看他们到底去干什么。"

秋静觉得，此时强强应该出现在补习班上，怎么在傍晚时分跑到这儿了呢？

奥迪车绕来绕去，终于进了一个胡同，车停住了，青菊下了车，三个孩子也下了车，在一家小区门口，马梦想正在等他们。

秋静说："那个孩子你认识吗？那个帅气的男生。"

朱江波说："我怎么看着面熟呢，好像是比琴琴高一级的同学。"

"他们这是要做什么呢？"秋静问朱江波。

"我觉得不会是啥好事，肯定与学习无关。琴琴这个孩子，我说成绩怎么下滑了，原来……气死我了！"朱江波觉得心里十分不舒服。

青菊趁着下班,去学校接了三个孩子,因为他们今天要说办画展的事情。没有想到在半路上竟然被两个家长发现了。

马梦想对青菊毕恭毕敬的,他十分感谢这位年轻的姐姐能够借自己一块风水宝地,要知道在郑州这个二线城市,找一块地方是非常困难的,租金贵不说,就是找到了也不一定离学校会这么近。

二十七

孩子们进了地下室，一时间，那儿便热闹了。

他们将自己的画别在夹子上，再安排不同的位置效果，强强说："灯光不行，青菊姐，能再加几支灯管吗？"

青菊照办，电话打过去了，一个经理模样的人走了进来，青菊吩咐道："按照孩子们的要求，再加几支灯管。"

那人答应了，便离开了。

秋静与朱江波混了进去，之所以称混，是因为他们好不容易才找到地下室的具体位置。地下室里有一股油墨的味道，秋静对这种味道很熟悉，她不禁眉头一皱。

马梦想招呼大家聚在一起，他说："元旦前，我们要办画展，现在作品都差不多了，唯一缺的就是一段开幕词，这个开幕词，我看就由琴琴来写吧！"

强强道："我觉得没问题，她可是大才女呀，作文老考第一，报社都用过她的文章。"

花花说："我觉得应该再加个闭幕词，也让琴琴写，能者多劳。"

马梦想对琴琴说："没什么问题吧？"

琴琴心里面是乐意的，但一想到自己的考试成绩，便想打退堂鼓。

强强说:"别犹豫了,有能力不发挥出来,就等于那个什么成语来着,明珠暗投了。"

琴琴点头,算是答应了。

马梦想招呼大家继续整理现场,要将地面收拾得一尘不染的。

青菊坐在远处的角落里,不停地翻着手机。她这样做,其实就是在讨好花花,她知道这个女孩子难缠,你不给她点好处,她是不会替你说话的。青菊想好了,要去拜访冯母,让花花与自己一块儿去,只要老母亲同意了,冯则肯定没问题。

青菊没有想到"螳螂捕蝉,黄雀在后",朱江波与秋静竟然摸到这儿来了。

秋静刚想发作,朱江波说:"等会儿,看他们究竟想做什么?说不定是学习交流会。"

秋静说:"什么学习交流会,满是油墨味,一定是画画。"秋静有强烈的职业敏感力,她的判断是正确的。她受不了了,冲了进去,朱江波也紧跟着跑了进去。

三个孩子没有想到,朱江波和秋静会找到这儿。

原子强大叫着:"不好了,我妈来了。"说完,便赶紧躲到马梦想后面。

马梦想有些不知所措,毕竟这些事情他们是瞒着大人做的。

秋静觉得他们十分可恨,竟然敢背着大人办什么画展。她用眼神示意他们停下来。

青菊也有些无助,她本来是想办件好事,没有想到竟然被发现了。青菊站起来,迎接他们,想说什么,却不知道如何讲。

琴琴低着头,她本来是个内向的孩子,现在面对朱江波,她不知道如何是好。倒是花花,理直气壮的。

"阿姨、叔叔,我们办画展呢。到时候,我们一定邀请你们来参观。"

"你们这些孩子,不务正业,你们现在最主要的任务是学习,知道吗?办画展可以,可以在学校办,学校有大礼堂,有会议室,要有官方指导才可以,你们躲到这儿，谁知道你们在干啥！原子强，你给我听好了，我不管你们有多大的兴趣，现在的主要任务就是学习，如果不好好学习，将来有啥出息。"秋静一口气讲了一大堆。

朱江波一向是慢条斯里，他听秋静讲完，也觉得气愤，便说："朱家琴，知道自己为什么成绩这么差了吧？躲在被窝里玩微信，我发现过好几次了，心里想着你是个自觉的孩子，会收敛的，可是没有想到……我今天非常生气，后果非常严重，马上解散！"

马梦想是组织者，赶紧跑过来，给两个大人解释："叔叔、阿姨，听我说，这是个误会，我们太喜欢画画了，所以才这样做的，绝对不影响学习，元旦后就恢复常态了。"

朱江波认出他来了，因为他听孩子们讲过，有个叫马梦想的同学一直在找琴琴。这个年纪，男女同学关系十分敏感，朱江波本来是个啥都不在乎的男人，可是现在他觉得事态有些严重了，如果不及时出手制止，后果不堪设想，便说："马同学，我知道你，你是大才子，画画在市里得过大奖，你是准备参加艺考吧？我们琴琴不是，她要参加正式的中考和高考，要考大学。我告诉你，以后不要再纠缠他们，他们现在的任务是学习。你办画展我干涉不了，不要让他们参加！"朱江波终于发起火来。

秋静早已经崩溃了，她拨通了冯则的电话。冯则正开会呢，一看是秋静，赶紧接起，电话通后，秋静就在电话里吼了起来："冯总，你的秘书不干正事，怂恿几名学生在你小区的地下室里办什么画展，冯花花也在呢，你马上过来吧。"

冯则一听，便东瞅西看，果然不见青菊。他挂了电话，便问："青菊呢？"

"青菊说有业务，出去了。"

"有什么狗屁业务，这个女人，我撤了她的职。"冯则立即下了楼，命令司机开车。

秋静一想到自己的家庭状况更是心急，今天看到强强如此不听话，竟然参加什么画展，更是火上浇油，她气得拨通了原凯的电话。

原凯正郁闷呢，想着晚上如何以虫虫的名义与秋静沟通，电话响了，竟然是秋静的，赶紧接通，便听到秋静在那边大叫着："原局长，你儿子办的好事，逃学，办什么画展。"说完，便挂了电话。

原凯一听，这女人说话倒是说明白呀，在哪儿办画展呢！赶紧回拨了过去，秋静接了，大声说："找冯则，冯则家的小区地下室。"

青菊一看事情闹大，赶紧跑了过来，拉着秋静的手，想解释什么，却半天不知道说啥。

朱江波对青菊说："你说你一个搞房地产的，与教育有关系吗？孩子们想办画展，你就跟着找地方，你说你怎么想的？"

冯则冲了进来，一眼就看见了青菊，当他明白事情的经过后，他大骂起青菊来。青菊本来想讨好花花，没有想到却被冯则骂了个狗血淋头。

原凯也来了，他路上与冯则通了电话，冯则在电话里说："别提了，这事情闹的！"

原凯走进来扯住强强问："你没去补习？"

"爸，我、我……"

秋静想起了什么，拿起手机便拨给了补习班，一位老师接了，秋静问："老师，强强去补课了吗？"

那位老师说："强强来了呀，每天晚上都来呀。"

秋静有些纳闷，不过她马上说："麻烦您让强强接个电话。"

小八接了电话，问："谁呀？"

秋静问："你是谁？你是强强吗？我是秋静。"

"阿姨，我是小八，是强强让我替他补课的。"

秋静愤怒极了，将手机摔在地上，现场的气氛顿时充满了火药味。

冯则道："青菊，你的事闹大了，明天起你不用再上班了，你被开除了。"

青菊听完，大哭起来，从地下室出去便开着车跑了。

冯则叫来了那个经理，问："谁让他们在这儿胡闹的？"

那经理也吓坏了，很少见老总过来，今天一过来便是兴师动众。

"老总，是青菊秘书安排的，我是下属，只有执行呀。"

"你从明天起，不是，从现在起，将这些东西全收拾了，不准他们再胡闹，明白不？"

"明白。"那经理说完便招呼人去了。

一帮人走过来，想扯掉那些画。琴琴终于受不了了，她没有想到，这些大人的态度竟然如此决绝，不就是办个画展吗？琴琴大声哭了起来，一边哭着一边说："不就是办个画展吗？我们有兴趣，有爱好，老师要求我们德智体美劳全面发展，我们有权利这样做。"

朱江波刚想说话，原子强也说："就是，你们太霸道了吧，我们反对，我们就是要办。"

冯花花也不甘示弱，因为祸是她惹的，是她找青菊帮忙的，现在却让人家下了岗，花花觉得对不起青菊，便对冯则吼道："爸，有什么了不起的，您整天上班，不了解我的爱好，我就是喜欢画画，怎么了，有错吗？哪条规矩写着不让画画。你撵走青菊阿姨，她有错吗？她没错，错的是你们，你们这些自以为是的大人。"

原凯蹲下身，替秋静收拾摔坏的手机，秋静刚想发火，听完他们的话后，张张嘴，没有骂出来。

朱江波回到家里，琴琴跟在后面，朱江波刚想说什么，琴琴有些生气地进了自己的房间里，并且闩了门。

朱江波在外面敲了敲门，琴琴就是不开门，朱江波没办法，搬了把椅子坐到一边。

琴琴迷迷糊糊地睡着了，醒来有些饿了，便想着去厨房弄点吃的。她悄悄地打开门，看到一个大块头，仔细一看，竟然是朱江波，他坐在自己房间旁边的椅子上睡着了。

朱江波醒了，琴琴看到他，有些不好意思。琴琴一向听话，她从不在朱江波面前发脾气，今天是个例外。

她不好意思地说："爸，您咋睡这儿了？"

"我不睡这儿睡哪儿？我怕你出事。"朱江波想站起来，但感觉腿冰凉，琴琴赶紧过去扶他。

"琴琴，你们刚才说的，我有些明白了，也许你们是对的。今天这事，我们的确闹得有些过火了。"

"爸，我们也不对，至少应该让你们知道，我不参加那活动了。"

朱江波说："是不是饿了，几点了？十一点了，我做饭去，想吃啥？"

"我想吃蛋炒饭，爸，您别生气了。"琴琴过来抱着朱江波。

朱江波说："傻孩子，爸怎么会生你的气呢？从来都是孩子欺负大人！"

琴琴噘着嘴，看着朱江波走进厨房里，她的眼泪夺眶而出。

八子与媳妇刚刚才知道，小八晚上补课竟然替的是强强。八子火冒三丈，指着小八的鼻子说："你告诉我是老师说你学习不好给你加小灶，我们信以为真了。我说呢，这世上哪有免费的午餐，你可好，替人家补习功课，这让我老脸往哪儿搁？我怎么见冯则？这帮孩子呀，哪个都不让大人省心！"

八子媳妇护犊，搂着小八不让八子打。八子说："都是你惯的，你瞧瞧，成啥样了？"

八子领着小八，去原凯家道歉。

花花气呼呼地回到家里冯则刚想发火，便听到花花的怒吼："冯则，你不要以为你是老总，就可以在家里吆五喝六，我没错，我认啥错？你不分黑白，开了人家青菊，你让人家回来上班，不然我就离家出走。"

冯则才知道，没有母亲，一个女孩子是多么难管。

冯则气得不知道干什么了，索性坐在椅子上，看着餐桌出神。

旁边的神位上，供奉的是花花的妈妈。冯则看到她的照片，往事悠然，突然间，他的眼泪掉了下来。

冯则这些年为啥不敢再娶，就是害怕冷落花花。他有钱，跟他的女人多的是，他觉得钱并不重要。这些年，他小心翼翼的，在外面受了气，在家里不敢说，也没有人听他说，这一切，都是为了他的女儿。

冯则回到房间里，打开老箱子，拿出当初他恋爱时的情书，有他写的，有她回的，冯则看着看着，再也控制不住感情了。

冯则想起了花花的奶奶，他已经好长时间没给老人通电话。前些年，她一个人过，冯则有心给她找个老伴，可是她却不同意，说一个人习惯了，多个人多一份麻烦。

冯则拿起手机，拨了一个号码，那边一个苍老的声音传来："谁呀？"

"妈，是我，冯则。"

冯则听到电话里传来唱戏声，是河南豫剧，冯则小时候就爱听，冯则小声说："妈，又在看戏呢？是《穆桂英挂帅》吧？"

"冯则，是《穆桂英挂帅》，你还好吧？"

"妈，我没事，周日我去看下您，让花花也去。"

"我也想她了，怎么了？大了，不好管吧？花花的叛逆，与凤阳一样！"凤阳是花花的妈妈，是冯则的原配妻子。

冯则说："妈，我明天给你打些钱去，你别省着。"

"冯则，我不缺钱，我有养老保险呢，你赶紧攒钱，让花花考个好大学。"

冯则又想到花花的姥姥，姥姥的脾气也不好，说什么也不肯与冯则住在一起。她住在冯则原来的小区里，整天喜欢打麻将，与一帮老太太成宿成宿地打。

冯则拨了她的手机，手机通了，花花的姥姥依然大嗓门："小则子，啥样？"小则子是冯则的小名。

"妈，我都多大了，还叫我这名，太难听了。"在母亲面前，所有的孩子都喜欢撒娇。

花花的姥姥开的是免提，以免妨碍自己打麻将。那边几个老太太笑了起来，有一个说："老姐，我上次叫我儿子小狗子，他急了。"

冯则说："妈，您没事就好，我挂了啊。"

冯则在十三岁那年便没了父亲，冯母以前找过一个，结了婚，可是过了七八年，那人得病死了，冯母说："我这个人克夫，还是单身吧。"就这样，一个人到现在。

二十八

强强以为，回到家里，指不定秋静怎么发脾气呢。可是，秋静并没有发脾气，而是非常从容地进了厨房，炒了两菜，端到桌上。

原凯也凑了过来，秋静不说话，原凯则喋喋不休地说："小东西，惹你妈生气，你都办的啥事？给你交了学费，让你补课，你却跑去办什么画展，你会画画吗？凑热闹吧！"

强强不说话，他一直在意秋静的态度。

他们正吃饭呢，门铃响了，强强去开门，来的却是八子与小八。

"哥，嫂子，我们来认错了，小八，说话呀。"八子命令小八。

小八赶紧鞠了个躬，小声说："叔叔、阿姨，我不对，不该替强强去补课，不该骗大人。"

秋静赶紧过去拦，说："这不怨孩子，这事怨大人，没有看好孩子。小八，吃饭没？过来吃饭！"

小八还真饿了，就想坐下，八子一扯他，又接着说："这事怨我们，补课费我们承担吧。"

秋静说："没多少钱，不用了，都是邻居吗！"

八子与小八下去了，原凯没好气地说："这俩人，没事找事。"

秋静敲了敲筷子："人家怎么没事找事了，你的孩子做得对吗？你这个当爸爸的，自告奋勇去负责孩子的补习，你上哪儿去了？又找那个狐狸精去了？"秋静看不惯原凯的态度，端起了机关枪。

原凯怕秋静，于是小声说："这事就怨那小八，如果不是他，强强敢吗？"

强强说："爸，不怨小八，是我主动让他替我的，爸、妈，我知错了，以后不敢了。"

秋静说："吃饭吧，妈也有些过了。"

吃完饭，秋静洗碗去了，强强招手叫原凯，原凯说："小家伙，又有啥主意？"

"老原，你的表现可不够好呀，刚才故意骂我，我妈都不吭声了，你却火上浇油，你是不是不想合作了？"强强捻着自己的大拇指说。

"我不说，你妈也会说的，我是将你妈想说的先讲出来。"

"老原，给你个立功的机会，你想想，该干啥？"强强问。

原凯有些想不起来，眨巴着眼睛。

"笨呀，你知道狗熊是怎么死的吗？笨死的。手机，妈的手机摔坏了，你不主动买手机？"

原凯明白了，一拍脑袋，开了门，跑下楼去了。手机店还开着门呢，原凯一口气跑到苹果专卖店，正在销售苹果7呢，原凯立即刷卡买了。

第二天早上，秋静起得早，进了厨房做饭，一眼就看到厨房里放着一台崭新的手机，是苹果7。秋静没有动那手机，她做完了饭，回到房间找出以前的旧手机，将卡装了上去。

原凯起床后，秋静早走了，两人都看到那新手机还在。

强强一看是苹果7，便急了："爸，您是真傻呀，妈与你过了这么多年，你不知道她的习惯吗？她不喜欢苹果，她只喜欢国产的，你忘了吗？"

原凯说："我不是想买个贵的哄她开心吗？"

"我妈从来都不用国外的品牌，她用的全是国产的，您老人家太官僚了吧？"强强摆摆手下了楼，他不让原凯送了，自己骑自行车上学，方便。

花花趁着下课时间，叫了琴琴和强强。

琴琴说："青菊没事吧？"

花花答："我放学准备去找她，请她吃个饭，就当是道歉吧。你们去吗？"

强强说："我要去补习，我爸下班盯着我呢！"

琴琴说："我也去不了，我爸心事重重的。"

花花说："本小姐自己摆平，我一定不会让我爸让她下岗的，这事情怨我。"

放学后，花花拨了青菊的手机。青菊今天没去上班，正郁闷呢。她在等冯则给自己打电话，可是一天过去了，仍然没有接到冯则的电话。

她给办公室去了电话，小声问："今天公司有啥动静没？"

青菊以为今天会下通报的，可是那边一个女孩子说："经理，没有呀！"

"冯总在公司吗？"青菊仍然不放心地问。

"上午在呢，下午出去了，听说有客户来。"

刚挂了电话，花花便打了过来，青菊喜出望外。

"姐，你在忙啥呢？"花花十分客气，毕竟人家帮了自己。

"我在家呢！郁闷呢！"花花倒是有些喜欢青菊了，这人不错，挺实在的，就是打扮得太妖娆了。

"出来吧，我请您吃饭，黄焖鸡米饭。"

青菊说："我请你吧，那店太小了，走吧，肖记烩面。"

"那我就不客气了，不过，饭还是我请，就肖记吧，我十五分钟以后就到了。"

青菊临出门前，还不忘打扮一番。

肖记烩面馆门口，两人几乎同时下的车，花花将自行车放到一边，招呼青菊。青菊停了车，两人并肩走进饭店里。

青菊对服务员说："点菜，让这位姑娘点吧。先来一瓶白酒。"

她的举动吓了花花一跳:"姐,你开车呢,不能喝吧,我可不会喝酒。"

"你喝饮料,我喝酒,好长时间没喝了,郁闷!"青菊打开白酒,倒了半杯,一口气喝完了。

"你可真爽快,青菊姐,我郑重向你道歉,昨天的事儿,怨我了!我爸也真是的,把你开了。哎,你放心吧,我会想办法的,不过我觉得,我爸还是喜欢你的。"

青菊则说:"不说了,现在想想也无所谓了,我等了他五六年了,已经尽力了,我也没啥好办法了。"青菊故意这样说,是为了让花花帮助自己,自己越可怜,花花就会觉得欠自己的越多。

"姐,你别这样,行吗?你要是喝多了咋办呀?你又一个人住,难不成,我去陪你吗?让我爸知道了,非打死我不可。"

青菊不听,还是喝。她心中确实难受,老家的母亲一直催她结婚,她也给冯则下过通牒,可是冯则就是不理会,任凭她耍赖。原来是花花不太同意,现在花花这关算是过了,冯则还是不松口,青菊觉得自己委屈极了。

好心帮助花花办画展,没想到却办砸了,谁知道现在的家长对小孩要求这么严呀,孩子们不就是办个画展吗,又不是去外面做坏事!

青菊越想越气,不大一会儿工夫,半瓶酒下去了,她也喝醉了。

花花不知所措,对青菊说:"得了,姐,我现在答应你,帮你去说服我爸爸,你如果真爱他,就要给我时间,现在我愿意帮助你,还有我奶奶、姥姥。"

吃饭时花花结的账,她的书包里装着一张银行卡,但很少用,这是冯则给她的备用卡。花花以前从没用过,今天吃饭花了不少钱,花花便刷了卡。

花花骑着车,青菊坐在车后面,花花的车技不咋样,骑了好长时间才到幸福小区门口。花花也糊涂了,她不知道青菊的家住在哪儿,只好带到自己家里。

冯则没回来,在公司开会,花花搀着青菊进了自己的房间。青菊难受,大叫着"不舒服"。花花赶紧去冰箱拿汽水,正拿着呢,门响了,冯则回来了。

冯则一回来便觉得不对劲,屋里一股酒味。

冯则心想：难道花花喝酒了？可坏了！可是，花花好好的正在冰箱里拿东西。循声望去，花花的卧室里，青菊正"哎哟"地叫着呢。

花花不好意思地向冯则苦笑，冯则问："这谁呀？你怎么什么人都往家带呀？还带一酒鬼。"

"是，是青菊姐。"花花不敢抬头看冯则。

"我的天呀，姑奶奶，两个姑奶奶，你们俩在一起喝酒了？"冯则根本不相信她们俩人会走在一起，他也没有想到，昨天的事故竟然使她们成了一根绳上的蚂蚱。

冯则到了房间里，帮助花花扶着青菊，青菊看到一个中年男人抱着自己，便不乐意了。嘴里面嚷着："你谁呀，别抱我，我有主了，名花有主。"

冯则说："听话，喝点水，你不去公司上班，跑去哄一个女孩子喝酒。"

花花一听，赶紧说："爸，您不是开除她了吗？"

"那就是一句话，我又不是傻子，我开除了她，你得开除我。"冯则将青菊抱到床上，然后坐在床边说。

"爸，您今晚睡我房间吧？我去您房间。"花花挺知趣。

"闺女，你才多大呀，想什么呢？这孩子，人小鬼大。你与青菊一起睡吧，晚上照顾她，记住，多喝水。不能喝就别喝，装什么能耐呀！"

看着青菊睡着了，花花扯着冯则来到外屋，问："爸，您不喜欢她吗？"

"我是有点喜欢她，可是我答应你奶奶了，不再娶。你奶奶说不让我给你找后妈，否则她就不打麻将了，这可吓坏我了。"

"不打麻将也是好事呀，这是奶奶的气话，她会不打麻将？就好像青菊不爱喝酒了，冯则不爱房地产了。"

"这丫头，什么比喻？"

"爸，您考虑下吧，她喝醉了还念着你的名字。"

冯则想了想，对花花说："我做通奶奶与姥姥的工作再说吧，否则，我可不敢娶。哎，女儿，我出去一趟。"冯则拿了外衣准备出门。

"爸，这么晚了，又去哪儿？"

"这不，原霞回来了，我得去看看她，顺便问问她你去美国上学的事。"

"我看问上学是假，看心上人是真吧。还想着原霞阿姨呢，人家都是两个孩子的妈了。"花花早就听说他俩好过，后来由于各种原因没成。

"你这丫头，好好的事，让你说成了下里巴人。"

冯则早就想去看原霞了，可是，一是没时间，二是他觉得不好意思，去了原家，总觉得尴尬。

冯则下午接到了原霞的电话，说晚上让他去一趟，冯则答应了。到了原凯老家门口，冯则下了车，从汽车后备厢里拿了几样礼物。

原霞在门口等着冯则，一见到他，便扑了上去。

冯则赶紧躲："都多大了，还这么淘气！"

原霞噘着嘴，冯则看了半天，没有认出来，仔细看了会儿，忙问："你怎么了？这么瘦！"冯则的直觉告诉他，原霞在美国生活得并不幸福。

原霞没有直接回答，而是默默地注视着冯则，看了好大会儿，才将自己从记忆里拉回来，缓缓说："你都老了，时间真快呀！"

"可不，三年多没见你了，怎么样，这次回来，何时回去？"

"没想好呢！"

两人尴尬地坐着，冯则率先打破了沉默，问："我托你问的事咋样了？让花去美国上学的事。"

原霞郑重地说："都想去美国上学，其实我倒觉得没啥好的。我是过来人，啥都清楚，学费贵不说，他们学的知识有些还不如中国。我也帮你问了，你那什么赞助五百万的事儿，他们愿意接钱，可是，孩子必须考，考上了才能去。"

冯则不明白，就问："怎么了？给他们钱还要考试？"

"当然，美国人就是这样，你给的我就要，可是，收礼不枉法，让他们破坏法律去帮助你，他们是办不到的。"

"什么破逻辑，那我岂不是白白捐给他们五百万，我傻呀？"

"所以说，我觉得，你可以让孩子考美国私立中学，他们每年都面对中国招生，英语最重要了，花花的英语咋样？"

冯则叹了口气："如果她学习好，我就不用这么麻烦了，英语一般，口语更不行。"

原霞说："这样吧，我回头将信息整理下，翻译成中文发到你的邮箱里，你看看。我提供两到三家私立中学的招生信息，让孩子考下试试，万一通过了呢！"

两人说了半天话，原母与原父回来了，俩人一见是冯则都坐了下来，原父拉着冯则的手，他们对冯则都很亲切。

原父说："原霞，不是我说，当初……你说，冯则这么好的条件。"

原母说："你哪壶不开提哪壶，都多少年的事了，你还记得！"

原父不说话了，原母剥了根香蕉，递给冯则，冯则赶紧起身接过来。

冯则起身告辞，原霞一家人送他，到了门口，原父对原母和原霞说："你们先回吧，我们再说会儿话。"她们走了之后，原父说，"冯则，原霞遇到事了，在美国生活得并不幸福！你们俩从小关系就好，没事了你就多来找找她，她毕竟是个女子，心眼小，怕想不开！"

冯则郑重地点点头，开着车走了。

原父站在冬天的路灯下，抬头看天，下雪了，漫天的雪花飞舞着。

二十九

朱江波一晚上都没睡着,往事历历在目,有些秘密,恐怕应该一辈子埋进肚子里了。

朱江波本来想找冯则的,结果阴差阳错发现了孩子们的事情,看来上天不允许自己跳槽。他想好了,明天去医院看一下蔡总,毕竟那天是自己从中搅和才导致蔡总受的伤。

他迷迷糊糊地睡着了,却感觉有人推自己的胳膊,睁开眼睛,见是娜娜。

娜娜说:"老朱,我回来了,你欢迎吗?"

朱江波想推开她,他与琴琴都讨厌这个妖娆的女子,朱江波说:"你走吧,去你的南方吧,这儿不欢迎你。"

娜娜笑了起来,她说:"欢迎不欢迎,你说了不算,我们可没有办离婚手续,再说了,我可是琴琴的亲妈,你的房子有我一半财产。"

"你别做梦了,十多年了,你去干啥了,享你的福去了吧,现在想起我们爷俩了。"说着就去推她,娜娜不肯走,两人纠缠着。突然间,窗户玻璃碎了,朱江波用力过猛,娜娜从窗口摔了下去。

朱江波大叫着醒来,发现自己满头大汗,幸好是一场梦。他一看表,已经清晨五点了,急忙起床进了厨房。

琴琴醒来时，朱江波已经出门了，他推着车，想着昨天晚上的梦。

朱江波赶早去了超市，买了香蕉和一箱牛奶。他到饭店时，便把这些东西放到自己的换衣间里，医院离这儿并不远，他准备上午十一点去医院。

上午九点过，朱江波的电话响了，是张卡打来的，张卡在电话里快哭了，她说："老朱，一一丢了。"

"什么？一一丢了？"这怎么可能，一个有病的孩子离家出走，还是被坏人掳走了？

朱江波告诉四儿家里有事，便疯狂地蹬着自行车离开了。

张卡没敢报警，张母不停地唠叨着："早上起来还好好的呢，我去做饭，一一在房间里玩，可是，我出来时人就不见了，去外面找，也没有人。"

朱江波说："不要着急，估计是去什么地方玩了。她病刚刚好些，有活动能力了是好事，我找找看。"

朱江波到了洗手间旁，小声喊："一一，在哪儿呢？朱叔来了，熊大熊二一会儿准到。"又到了小区门口，问保安，保安说："七点多的时候？我迷迷糊糊的，没有看清楚呀！"

张母质问保安："你是上班呢，眼睛长哪儿了？"

那保安不敢回答，因为毕竟是自己的值班，赶紧调看小区的监控录像。视频显示，早上七点二十分左右，一个小女孩子一个人出了小区，沿着人行道往西去了。

朱江波果断地说："报警吧，看来孩子是离家出走了。"

朱江波拿起电话，拨了110，不大一会儿工夫警车就到了，一位民警上前询问详细情况。

朱江波安慰着张卡："我觉得不会有大事，你看，不是坏人掳走的，不会有生命危险，这儿是市区，她走不远的，我们让民警同志帮忙，会有消息的。"

张卡说："我一早就去复印店了，怎么会想到有这样的事！"

民警同志问："孩子早上起来，思想有啥问题没有？与谁吵架了吗？"

张母赶紧说："我早上说她蹬了被子，对身体不好，还数落了她几句。"

张卡说："妈，她一个病人，你数落她干啥？"

"我这嘴呀，年轻时候得罪人，现在仍然是，早晚得死到自己的嘴里。我就说她爸不好，不管她了。"

朱江波说："老人家，不是我说你，她一个十一二岁的孩子，你跟她说那些有啥用？怨她吗？"

朱江波骑着自行车，在大街上疯狂地穿梭，他去了——平常爱玩的地方，但是都没有找到。

民警也调了附近几个路段的视频，试图找到她，可是却没有发现她的影子。

张卡说："——知道自己有病，不爱与人沟通，不爱去人多的地方，她走的是不是小胡同呀？"

民警说："有可能，大家分头找吧，我让交警协助一下。"

朱江波想起了学校，他带着张卡，到了琴琴所在的学校。门岗认识朱江波，问："朱师傅，来找女儿呀？"

朱江波赶紧说："有一个小女孩，她说她喜欢上学，可是，一直没有进学校，来没来你们这儿？"

"哟，九点多的时候真来一个小女孩，很瘦，想进去听课，我说你是哪儿的，不是这儿的学生不允许进的，我就没让她进。"

有眉目了，——果然来这儿了。

"师傅，她去哪儿了？"

那老头知道有事，便赶紧说："我没让她进，她便沿着这条街往前面走了，前面还有一所学校，她是不是去那儿了？老朱，你二女儿呀？"

朱江波懒得理他，大声说："差不多。"

说完，带着张卡继续往前面走。

那老头小声说："又生一个，这老朱真牛。"

又到了一所学校门口，那门岗的大爷听了朱江波的询问后直摇头："没有见，真没有见。"

他们找了一晌午都没有找到，张卡在人行道上大哭起来。朱江波赶紧拉她，张卡就是不听，惹得旁边的路人议论纷纷，有几个大妈刚刚锻炼回来，扯着朱江波问："你怎么着人家了，一个大老爷们欺负一个妇女，走，去派出所。"

朱江波赶紧解释："我啥事没有，大妈，你们误会了。"

张卡赶紧说："大妈，不好意思，我们孩子丢了，找孩子呢！"

"哎，我还真见一个小女孩，穿红衣服，往那条胡同去了，我当时就问她，是不是走丢了，她不说话，我当时还纳闷呢。"

朱江波扯了张卡，连句"谢谢"都没有来得及说，便往胡同里跑去。他们走到胡同的尽头，依然没有发现——的影子。张卡失望到了极点，朱江波也觉得万分失落。

下午两点钟，他们依然没有找到——，朱江波看到了一家面馆，对张卡说："吃点饭吧。"

张卡说："我不饿，你吃吧，我再打电话问问几个朋友，看他们找到没有。"

这时，张卡的电话响了，民警打来的，他说："你是——的妈妈吧，孩子找到了。"

薇薇饭店门口，冯薇薇刚下车，车里面坐着——。

民警上前核实情况，冯薇薇说："我开着车呢，看见一个小女孩在路边哭，便停了车问她，她说她妈妈叫张卡，我见过张卡，便带到饭店来了。"

民警不放心，便调了冯薇薇指的那条路的录像，果然是这样的。

张卡与朱江波到后，张卡跑过去抱住——，一边抱着，一边用手打她。

冯薇薇赶紧说："张卡，你不能这样，好不容易找到了，应该高兴才是。"

朱江波也说："是，感谢冯总，真是帮了大忙了，您是好人。"

冯薇薇说："这个忙我可不是帮你的，是帮张卡的，她们娘儿俩的事我知道，不容易，你赶紧回工作岗位去。"

朱江波赶紧回到停车场，四儿说："师傅，回来了？"

"四儿，没事吧，最近家里事多，你受累了。"

"不累，怪了，最近一连几天没啥生意，你瞧，平日这个时候应该是吃完饭的人开车回家，你看，没几辆车。"

朱江波才发现这个问题，偌大的一家饭店，生意竟然不好了。

朱江波小声说："薇薇的地位堪忧呀！"

张卡抱着孩子回家，冯薇薇说："这样吧，我送你们回家吧。"

张卡说："冯总，已经非常感谢了，怎么敢再麻烦您。"

冯薇薇说："没事，举手之劳，我与——有缘，她说话可逗了，回头认我做干妈吧！"

——竟然不愿意与张卡坐到后排，她严肃地坐在副驾驶的位置上，小声说："好了，可以开车了。"

冯薇薇大笑起来，这是这些天以来，她第一次由衷地笑。

张卡有些不好意思，——则不然，坐在前排，开讲了。

"阿姨，您这车真好，我要有这样的车就好了！"

"好呀，你长大了，阿姨送你一辆。"冯薇薇一个人在中国，郁闷极了，蔡总的出现让她感觉不舒服，她可是立志要一辈子做单身女人的。

张卡说："冯总，您一个人在中国不容易，为啥不找个可靠的人？"

冯薇薇一边开车，一边回答她："找不着合适的，找了几个，都吹了，现在觉得一个人好。回头，我收养一个孩子。——，你说行吗？"

"阿姨，我不合适，我有病，快死了。"

——的回答让张卡心中十分难过。

她的话也吓了冯薇薇一跳，冯薇薇说："怎么会呢？——脸色十分健康，放心吧，没事的。"

到了家，——被张母抱回屋，张卡与冯薇薇下了车。

冯薇薇说："张卡，你一个人哪行呀，找个可靠的人吧。"

张卡说:"我会在意的,您也帮我留意下。"

"好呀,——是啥病?"

张卡说:"检查说是癌,但切片是良性的,手术安排到下个月进行。"

冯薇薇说:"这样吧,我帮你问一下美国的医生,你将检查单给我,我带回去复印一份。"

"那怎么可以?您那么忙!"张卡有些不好意思。

"不忙,一点儿都不忙,我现在是养老了,举手之劳,我说过,我喜欢——。"

张卡赶紧拿了——的所有病历,冯薇薇竟然懂医学,看了看,对张卡说:"我带走了,放心,上天安排我今天以这样的方式与——见面,我会珍惜的,孩子不会有事的。"

冯薇薇走了,张卡站在那儿,感觉这个冬天不太冷。

朱江波想起了自己买的东西,今天是看不成蔡总了,朱江波决定明天去。他去小屋里看自己买的东西,却发现香蕉不见了,只剩下一箱牛奶。

朱江波纳闷,谁吃了香蕉?

他回头看到待在外面的四儿,四儿诡异地笑着,朱江波出了小屋,径直问四儿:"说吧,背着我干啥坏事了?"

"哪有?我干的全是好事。"

"臭小子,我那么一大把香蕉,你吃了吧?"

"天这么冷,我哪敢吃呀。"四儿不停地努嘴,朱江波回头看,却发现小狐子、小狗子和小朋子正站在远处偷笑。

朱江波招呼他们:"过来,过来,偷吃了我的香蕉,还藏着掖着。"

"师傅,您可是好长时间没请我们吃饭了。今天晚上大家有空,怎么样?"

朱江波说:"你们这帮家伙,是有事求我吧?不请师傅吃饭,还让我请你们。"

琴琴放学回家路上,感觉身后有一个女的在跟踪自己。琴琴下了车,那女人也下了车，琴琴拐进胡同里，那女人也拐进胡同里。

琴琴觉得这个女人好熟悉，蓦地，她想起来了，是那个在饭店拦自己的女人。

她到底是谁？怎么老跟着自己。

琴琴看到四人没有人，猛然停下车子，回头看那女人，那女人也停下车，琴琴走近她，问："你是谁？怎么老跟着我？"

那女人抹着很浓的妆，隔老远就能闻到她身上一股茉莉花的味道。琴琴捂着鼻子，她感觉这种味道太浓了，自己有些受不了。

"我，我是你妈，也难怪你不认识我，我走时，你才两岁。"那女人说。

琴琴怔了怔，花花的猜测果然是正确的，琴琴看了看她，觉得这个女人好恶心。她说："我不认识你，别再跟着我，否则我就报警了。"

"孩子，我真是你妈呀，我不该离开你们，我去了南方，可是现在我回来了。"娜娜喘着气说，看她那样样子好像得了什么病似的。

琴琴管不了那么多，对她说："我没妈，我妈早死了，你别再跟着我。"

琴琴想走，那女人跟了上来，扯着她的衣服说："让妈好好看看，你不觉得，你长得与我一样吗？是我的孩子，妈以前太傻了。"

琴琴将她甩在地上，骑着车子走了。

那天在饭店寻找琴琴的就是她，这些天，她一直按兵不动，不敢去找琴琴。她得了重病，自觉日子不多了，现在心里想的全是女儿琴琴。她一直住在医院里，今天病情略微好转了些，便跑了出来。医院里，她雇了一个护工照顾自己，可是，她还是觉得心中空落落的。想起年轻时候做的傻事，她欲哭无泪。

她没有敢去找朱江波，朱江波肯定恨死她了，她找到琴琴，朱江波就会知道的。

琴琴到了家，给花花打了一个电话，花花也到家了，琴琴便叫花花到自己家来。

两女孩子抱着厚重的作业本，琴琴对花花说："坏了，那个女人又来找我了。"

"哪个女人？噢，是那个打扮得妖艳的女人吧？"

"是，今天她拦住了我，她说她是我妈。"

"是娜娜，果然是她，我说怎么感觉你长得十分像她，基因强大呀！"

琴琴说："我才不承认她是我妈，不管我们爷儿俩，自己跑出去享福，风月女子，想起来就恶心。"

花花说："你想怎么办？不告诉你爸吗？"

"我爸来电话了，说今天晚上与几个叔叔出去吃饭，我也不知道该不该告诉他。他调了岗，工资降了，最近发生了这么多事，我于心不忍。"

"要不就别告诉他，你说了，倒不如让那个女人去找你爸。这事看你自己的想法，你如果想认她，就认呗，毕竟是你亲妈。"花花说道。

"我没有她这个妈，我妈早死了。我告诉你，冯花花，不准在我面前提那个恶心的女人。"琴琴说完就再也不说话了，开始做作业。

朱江波今天晚上喝多了，因为找到了——，他很开心。——与冯薇薇十分投缘，他有些意外。

小狐子说："师傅，说实话，我们是真不离开您，如果不是姓蔡的，你早就回去了，我们过两天再找一找冯总。"

"我无所谓了，我准备再找个新工作，让你们知道也无所谓，我这人有才，哪儿都愿意收我。"

四个人听到这话就不干了，忙问："去哪儿呀？你这是要拆冯薇薇的台呀，如果以后来了大客户，点名要吃正宗的豫菜，我们拿不下来，怎么办？"

"就是师傅，带我们走吧！"

"我也是没有办法的办法，我在这儿，他们认为我没用，我走了，让他们感受一下失落。你在时，他们觉得你没用，你若走了，才会发现你的价值。"

"师傅，饭店的生意现在非常不好，我看饭店有些危险。"小狗子担心地说。

小朋子说:"你担心啥?又不是你们家开的,倒闭了也与我们无关。"

朱江波说:"这话不能这么说,毕竟在这儿工作这么长时间了,我希望饭店越来越好,来干杯。"

朱江波深夜才回家,琴琴还没睡呢,她在微信里与强强和花花沟通。

强强因为补课的事情正生气呢,老师讲的他都不会。他今天还与老师理论了,说老师讲得不好,那位老师气坏了。

花花说:"强强,你不是上学的料,甭上了,待业吧。"

"我也是这样想的,我想好了,就是让朱叔教我做菜。"

"得了吧,我爸现在还没有正式工作呢?"琴琴说。

花花说:"琴琴,让你爸去我爸公司吧,我保证能够安排。"

琴琴说:"是个好办法,我跟我爸说一下。"

三十

青菊醒来时,屋里早已空无一人,餐桌上摆着冯则做的饭,青菊揉揉眼睛,一看表,已经上午十点了。餐桌上有一张留言,是花花写的:"青菊姐,不好意思,昨天晚上让你喝多了,你醒后吃饭刷碗,就当自己家里一样,然后去公司上班,我爸让我通知你的。"

青菊赶紧起床,简单吃了点,便刷了碗,剩菜剩饭全部放进了冰箱。

青菊像一只狐狸一样,悄悄地上了办公大楼,她一边走一边小心翼翼地瞅着周围,生怕有人跑出来笑话自己。

拐弯处,青菊遇到了办公室的小利,小利说:"青菊经理,您昨天怎么没上班呀?冯总问您呢。"

青菊才知道是自己想多了,便说:"我的工作没变动吧?"

小利笑了:"青菊经理,您仍是老总秘书,冯总不说话,谁敢动您呀。"

"这就好,这就好。"青菊准备走,小利却说:"您是不是不想做秘书了,要不,让给我,我巴不得去呢!"

"死丫头,一边儿去,这位子太热了,你不好坐,烫屁股。"

小利笑着离开了。

青菊一上午都坐在办公桌前喝水,昨晚喝太多酒了,口渴得厉害。冯则也没有叫她，隔着玻璃墙，冯则看到了她，也没理她。

中午吃饭时，青菊接到了花花的电话，花花问："还没醒呢？"

青菊说："早醒了，如今本小姐坐在办公桌前。"

"没炒你吧？"

"没有，冯总非常仁义，知道我昨晚陪的是他的女儿。"青菊故意拖长了声音说。

花花说："臭美吧你，你昨天晚上出丑了，信不信我将这些笑话说给其他人听？"

青菊感觉脸火辣辣的，忙问："是吗，哎哟，赶紧告诉我，你爸不是不在家吗？真是的，在你爸面前出丑了吧？我吐了，还是说胡话了？"

青菊紧追不放，花花却只是说："青菊小姐，昨天晚上可是我买的单，看你的表现了。"说完便挂了电话。

朱江波没有敢再去找冯则，他总觉得面子上过不去，人家已经成大老板了，自己还是一只小虾米。他想到了青菊，这个人聪明，知道怎么办事情。于是，快下班时，他给青菊拨了一个电话。青菊正收拾东西准备下班呢，电话响了，是朱江波打来的。

朱江波说："青菊小姐，我是朱江波，今晚有空吗？想请您吃个饭，万望赏脸。"

青菊笑了，她与朱江波打过几次交道，觉得这个人非常好笑，有时候说一个冷幽默，你没有笑呢，他倒笑得前俯后仰了。

青菊准时赴约。朱江波特意穿了一身西服，外面套着一个大棉袄。他下了自行车，还没进饭店门便赶紧脱了棉袄，然后跑到洗手间的梳妆台前谨慎地将西服捋直了，然后用水将头发也抹湿了。他这样做是因为网上说了，头发有水，人显得有精神。

青菊早来了，她瞅见朱江波，刚想打招呼，人却不见了。

朱江波一本正经地在青菊面前，严肃的表情，让青菊笑了起来。

"朱哥，你怎么打扮得像个新郎呀？"

朱江波大大方方地坐着，一边招呼服务员点餐，一边说："见美女，一定要注重仪表，这是我的一贯原则。"

"朱哥，有事吧？说，有啥事，需要帮忙吗？"青菊一心念着与花花的下一步计划呢，因此她直接问朱江波。

"没啥事，就是好长时间没见妹子了，拉拉家常。哎，那什么，你与老冯的关系咋样了？捋顺了没有？"

青菊撇了撇嘴，说："人家冯总眼光太高，瞧不起我。"

"不会不会，我给你支个招儿，你靠近花花，冯则最听花花的，只要她同意，就有戏。"

"谢谢朱哥，我会想办法的，没法子，爱情就是如此地折磨人。"

"妹子，哥问你个事，你们公司是怎么吃饭的？"

"吃饭？有一个年长的大爷在做饭，做得难吃极了，我们公司是管饭的。朱哥，您有事吧？不会是想去给我们公司做饭吧？您这庙太大了，估计冯总请不起，您可是一级厨师呀！"

"不会，我就是想做个贡献，给我冯弟的公司添个光彩。"

青菊想了想，说："花花也跟我提过，你为啥不直接去找冯总呢？你们的关系，你想干啥工作，他都会成全的。"

"实话实说吧，抹不开面子，你朱哥也是个要面子的人。"朱江波端起了啤酒。

青菊昨天晚上喝多了，一闻到酒味就想吐，她赶紧端起了白开水，说："我就喝这个，您随意。"她有些为难，画展的事才过，现在再为朱江波安排工作，如果让冯则发现，肯定吃不了兜着走。

朱江波说："不用让老冯知道，我就去你们的厨房当个大师傅，冯总也不去厨房视察吧。就是去了，我戴着口罩，他也不认识我，一个企业的老总，不至于安排一个厨师也亲自过问吧？"

朱江波说得有理，先前的那个厨师就是办公室的小利招的，公司的许多员工都说饭菜不好吃，有好几次还在中层会上进行通报，可是总是招不到合适的厨师。

青菊说："这样吧，朱哥，我明天就去问一下，如果可以，我后天安排你上班，不过你在薇薇饭店的工作咋办？您可不能两头都干着呀！"

"放心，如果您安排好了，我半天时间，就可以完成辞职手续。"朱江波高兴地说，说着喝了大半瓶酒。

青菊走了，朱江波将剩下的酒拎起来，推着自行车回家。经过张卡的复印店，依然开着门，朱江波支好了自行车准备进去看看。——在旁边的书桌前看漫画，张卡正在打印一张政府的通知。

——可能是玩累了，趁张卡不备，悄悄出了门，来到大街上看行人。——看高兴了，不停地笑着，朱江波看到了她，向她挥手，——发现了是朱江波，便跑了过去。

"——，你干啥呢？"

"叔，我看书累了，便出来玩。朱叔，我想借琴琴姐的书看，您看行吗？"

"当然可以，你的手术成功了，我安排你上学，与哥哥姐姐们一起上学。"

——听到这话非常高兴。

张卡抬头时，却发现——不见了，她吓坏了，赶紧出来寻找，刚好看见朱江波拉着——的手，正往复印店里走。

张卡有些愤怒，对——说："瞎跑什么？"

"我找朱叔有事，我要借琴琴姐姐的书看。"

张卡扯了——的胳膊，与朱江波一前一后进了复印店。张卡继续忙，一边打字，一边问朱江波："大晚上跑哪儿喝酒了？"

"有事，好事，我要换工作了，工资高的工作。"朱江波兴奋地说。他害怕——说他有酒味，便捂着嘴说话。

——兴奋地跑到里屋，不大一会儿工夫拿来了一盒茶叶，说："叔，喝酒的人，嚼些茶叶，就可以去除酒味。"

朱江波摸摸一一的头，说："一一真乖，谢谢一一，我知道了。"又问张卡，"下月就要手术了，钱够吗？"

"够了，我这不是在继续挣吗？"

朱江波看她忙，便嘱托一一道："别往外面乱跑，周末我带你去我家好吗？与琴琴姐一张床上睡觉，让琴琴姐教你学习。"

"太好了。"

朱江波转身离开了复印店。

第二天一早，琴琴骑车去上学，在胡同口又遇到那个麻烦的女人。娜娜不让琴琴骑车走，琴琴快迟到了，她很着急。

强强在后面追上她，问那女人："你谁呀？有病吧？"

"我是有病，我是琴琴的妈妈，我是有病，所以我才来找琴琴。"娜娜说，她的脸有些肿胀。

"你是谁妈呀？琴琴没妈，她妈早死了，大家都知道。你快走，不然我报警了，警察就喜欢保护我们这些祖国的花骨朵。"强强说完，看到了前方有一座警亭，便跑了上去。

值勤的警察刚上班，看见一个胖胖的男孩气喘吁吁地跑来，赶紧上前询问。

警察来到娜娜面前，敬了一个礼，说："同志，随我到所里一趟。"

娜娜一看警察到了，撒腿就跑，她跑得挺快，警察竟然没有抓到她。

强强说："叔叔，她天天跟着琴琴，我们都没法上学了。"

警察说："再发现她就报警，我与附近的几个同事说一下，下次不会让她跑了。"

花花在学校惹了祸，她与一位男同学不和，平日里就爱吵架。那天，那位男同学先出的手，花花的胳膊破了。花花没有等那男孩子反应过来，便将他摁在地上，那男孩不依不饶的，骂了起来。花花最烦别人骂自己，雨点般的拳头便砸在那男孩头上。男孩的帮手便一拥而上。

琴琴急忙喊："快住手。"

强强一看形势不妙，不顾一切地冲了上去，打起了群架。

王老师发现时，形势已经难以控制了，学校的保安急匆匆地赶来，好不容易才将几个孩子拉开。

冯则下午有会，手机落在办公桌上，青菊这两天一直被他冷落着。

青菊刚刚去了解了厨师的情况，小利同意再招一个人过来。这是一个好消息，她本来想打电话给朱江波，可是后来想想，晚上去他们家一趟，算是正式回复。青菊心里明白，这些人自己不敢惹，能帮则帮，朱江波的女儿朱家琴与花花关系极好，帮助他们，其实就是在帮助自己。

冯则电话响了，响个不停。青菊听到了，忍不住接了电话，王老师大声说："冯花花的家长吧？快来学校一趟，你女儿打人了。"

青菊挂了电话，想去会议室找冯则，可是客人刚刚来，没有办法，青菊便下了楼，开车直接去了学校。

花花一脸伤，刚刚从医务室包扎完回来。那几个男孩子，有一个伤得十分重，脸被挖破了。强强身强力壮，没有吃亏，只是胳膊被剐破了。

青菊赶来时，对方几名家长早来了，怒气冲冲的，认为是冯花花起的头。都说一个女孩子不学好，缺教养。冯花花人单势孤，尽管王老师一个劲地劝，可是家长们依然我行我素。

青菊戴着墨镜走进了王老师的办公室。花花没有想到青菊会来。

"你是谁？"王老师问。

"我，我是冯花花的小妈，王老师，怎么回事？"

冯花花受了伤，心情十分不舒服，一看青菊来了，好歹来了一个亲人，便疯狂地扑了过去。

青菊不干了，大叫了起来："各位家长，你们吵什么吵？我们花花的伤如此严重，你们还让我赔你们。我们家花花是一个女孩子，我们有病，知道吗？我现在就带她去医院检查，如果病情加重了，你们都有责任。不就是个医药费吗？有什么了不起的,我们缺钱吗?不缺,我们需要尊重。我的孩子花花被打成这样,你们还有意见?我提一个意见,如果同意,拉倒;不同意,我们就上法院去,做伤情鉴定。"

家长们见来了一个厉害角色,都不大声说话了。

一位家长说:"你说说看。"

"各打五十大板,这事就过去了,如果还想纠缠,我们是弱势群体,再说了,谁先出的手?成不成,自己看着办。"

事态很快平息了。家长们都走了,青菊坐在王老师面前,小声说:"老师,不好意思,我们家花花让您受累了。"

王老师有些诧异,怎么冯花花有如此年轻的一个小妈?但是她没有多问,只是对青菊说:"其实,你这样处理是正确的,都有责任。"

青菊没有回公司,而是在学校门口等花花放学,花花出来了,脸上仍然是伤。青菊没有让花花骑车,而是开车送她先去了趟诊所,重新包扎了伤口,然后才回家。

冯则开了一下午会,刚回家,远远地就看见了青菊的奥迪。

下了车,花花跟在青菊后面,冯则上前,问:"怎么回事呀?花花,你怎么受伤了?"

"爸,我挨打了……"

花花话还没说完呢,冯则就不干了,大声吼着:"谁打的?我弄死他!"

青菊赶紧上前说:"事都过去了,再说了,那男孩比她伤得还厉害。"

冯则这才知道青菊下午去学校了,此时,他的心里有些感激她。

青菊想走,花花说:"爸,您怎么着也得请我们吃顿饭吧,算是对青菊阿姨道谢。"

冯则说:"这是应该的,走吧,上车。"

花花坐上青菊的车,小声说:"小妈,你也不害臊,当着那么多人的面那样说。我一回教室,教室里便炸开了锅,不是我们打架的事情,是我有一个小妈,笑死我了。"

青菊也觉得脸红,她说:"我如果不那样说,谁理我呀,就是你的小妈才有气势,震得住他们。"

"小妈,您可真厉害,现在没过门呢,如果过了门,估计我要吃亏的。"

二人有说有笑地下了车。

餐馆门口,遇到花花小学时的一个同学,花花与她打招呼,那女孩一看青菊,便说:"你姐呀?"

青菊笑了,花花也笑得花枝乱颤,冯则正在停车呢,看到她们在那儿斗嘴,忍不住叹了口气。

吃完饭后,青菊拐了个弯,径直到了朱江波的家里。琴琴与朱江波刚吃完饭,琴琴正准备做作业呢。

朱江波见青菊一脸喜色,便说:"我说今天下午喜鹊叫个不停,原来是有喜事。"

"当然是有喜事了,怎么样,你可以去上班了。"

琴琴一听也十分高兴,她对朱江波道:"爸,您终于摆脱那个什么破饭店了,恭喜老爸。"

"这孩子,怎么叫破饭店呢?我希望它越来越好。"

"感谢青菊小姐的成全,我明儿就去饭店办手续去,后天一准儿上班,如何?"

青菊说:"怎么谢我呀?"

"你说呢?我这人有一颗佛心,虽然能力有限,可是愿意帮助一切善人度过灾难。"朱江波的严肃让青菊笑了起来。

"我回头打电话给你,有件事情还真想请教你。"青菊说完就走了。

琴琴歪着脑袋说:"这个妖精阿姨心肠不坏。"

"这孩子,什么妖精阿姨,妖精能称为阿姨吗?应该是妖娆阿姨。"

琴琴说:"她不简单,今天去学校替花花打架去了,真厉害,打遍所有的家长，无敌手。"

"是吗？花花也够不省心的，怎么还打架呢？你参加没？"

"我在旁边劝架了，我这小身板，不敢上，强强上了，胳膊都破了。"

琴琴想起了什么，趁朱江波不知道，赶紧给强强发了个信息。

三十一

秋静依然坚持冷战策略,但在原霞面前,她装作若无其事的样子。原霞对这个嫂子也十分敬重,经常过来帮忙,两人在厨房里小声说话,惹得在客厅里的强强和原凯偷偷往厨房里望。

原霞说:"哥,女人的事,您也想管呀?这可不是你的业务范围吧?"

那日原霞给原凯打了电话,原凯刚开完会,郭子拿着会议记录,从他的办公室扭着屁股走了出去。

原霞说:"哥,你与嫂子是不是有事呀?"

原凯说:"别胡说,你不要以为全天下的感情都有问题啊。"

"我也不想这样,可是直觉告诉我,你们的感情有了问题。我是女人,知道吗,十分敏感的,再说了,我经历过感情波折,对这些事情特别敏锐。"原霞说得头头是道。

"你敏锐,我的天,你是知道什么了吗?"

"哥,吵架了,还是?"

原凯叹了口气,看看周围没有人,悄悄说:"是冷战呢。"

"为啥呀,嫂子可不是小心眼的人呀,人民教师,识大体,顾大局,你是外面有人了吧?"原霞一猜一个准。

原凯说:"误会,全是误会。她为强强的事情来我们局了,恰好碰见我那个小秘书坐在我的办公桌上。"

原霞说:"你别隐瞒事实了,就这些?坐办公桌上是有些过了,不过还不至于让嫂子兴师动众吧?"

原凯说:"那,你真要逼哥讲实话呀?我都不好意思讲!"

原霞有些恼火,她是火暴脾气,沾火就着。

"原凯,你别藏着了,你不是想把我急死吧!"

"她坐到我的腿上了。"原凯一说出来,便觉得四周有无数双眼睛在看自己。

"原凯,这事情不简单了。坐办公桌上、办公椅上都好解释,坐你的腿上了,我的天,你是不是疯了!原凯,我可告诉你,你别学亨利,男人没几个好东西!"

原凯说:"亨利也是这事吗?你一直没说呀!"

"我不敢说,怕爸妈着急,他外面有了女人,好几个呢,我也管不了,索性将孩子扔给他,看他怎么办!"

原凯说:"你说怎么办呀?不过有这事也好,她不会吵着让我生二胎了。"

原霞一听,大喜,说:"哥,你傻呀,你就同意她要二胎,让她回心转意。另外与那个什么臭秘书赶紧断了,我可告诉你,赶紧断了,不断我帮你断。"

原凯一听,赶紧说:"你那脾气,见到她准打起来。"

"我拍死她,破坏人家家庭,有脸吗?我最恨这种人了。"原霞说完便气呼呼地挂了电话。

原母与原父回来了,原霞跺着脚大声吼着:"这都什么男人呀,我的亲哥哥竟然做出这种事情!"

原母说:"发什么神经?赶紧刷碗去。"

"妈,我哥的事情你们怎么不给我说呀,我才知道,我一直当我哥是男人的榜样,没想到他居然也变心了。"原霞摸着沙发背,不停地叹着气。

原母说:"你这次回来没说实话吧?那个什么亨利到底怎么回事?不是普通的吵架吧?"

"妈,我要离婚,就是因为他外面有人了。"

原母怔怔地坐着,愣了半天,捂着胸口晕了过去。原父吓坏了,一边叫救护车,一边骂原霞:"你说你,说点啥不好,专往她伤口上撒盐。"

医院里,原凯从局里跑了过来,一见面便问:"我妈怎么回事呀?"

原父一边往急救室里张望,一边对原凯说:"问你妹去。"

原霞蹲在地上,不说话,一个劲地抹眼泪。秋静也刚刚接到电话,正好没有课,便与校长打了个招呼,到了医院。几个人面面相觑,都不说话。

急救室的门打开了,医生说:"你们都是患者家属呀?"

"是,我妈咋样了?"

"没事,刚才是急火攻心,她有心脏病,不要气她,可以进去了。"

原霞忽然间走到秋静面前,紧紧地抱住了她,说:"嫂子,都怨我,我不该那么说的。嫂子,你可千万不要和我哥分手呀,你们可是我的楷模。"

原父瞪了她一眼:"你怎么啥话都说,管不住自己的嘴,早晚要吃大亏。"

几个人进了病房里,原母刚刚醒过来,脸上是痛苦的表情。

原凯赶紧问:"妈,您咋样?"

原母不说话,微微摇摇头。

原霞颤颤巍巍地不敢上前,原父缓慢地说:"原霞,赔礼道歉!"

原霞本来想说好话,一听父亲这样说,随口就答:"道啥歉?我没错,亨利出轨在先,妈,您别着急,不行我回美国找个人治他。"

原母一个劲地摇头,她抬起右手,轻轻地指着原霞,似乎对她的表现非常不满意。

秋静上前推了原霞一把,小声说:"少说两句。"

秋静的话原霞还是听的,原霞十分理解嫂子的苦衷,同样是女人,同样受到了男人的伤害,不仅仅是同病相怜,还有惺惺相惜。

原母看到秋静，脸上有喜悦之情，示意秋静坐下，原凯赶紧搬了把椅子，秋静坐到了原母旁边。

原母的嘴微微张着，秋静听不清楚，赶紧将耳朵凑了上去，原母说的话是："孩子，好好过日子吧，不要再生气了，过个日子不容易呀。"

秋静忽然想到了自己小时候，妈妈临终前，眼睛死死地盯在自己身上，不忍离开，却又不得接受现实。秋静从进这个家门开始一直敬重原母，因为她明事理，知轻重，知道如何处理家庭关系，虽然嗓门大，可是当着秋静的面，从来没有发过火。

今夕不是梦，是岁月蹉跎，是亲情回溯，更是一种生命的表达。

原母说完，一直看着秋静，她是在等秋静表态。她知晓，如果自己再不出马，他们的日子将不再是日子，而是药。

有几个家庭，愿意一辈子活在药中，虽然苦口才是良药，可是，人们追求的始终是欢喜，是热闹，而不是孤苦伶仃，孤芳自赏。

原父忍不住，抬起手来打了原凯的胳膊，原凯猝不及防，回过头来，看是父亲，不敢发火。

原霞刚想冲父亲说话，原父抬起手来，像小时候一样，原霞知道理亏，再也不说话了。

秋静郑重地点点头，原母扯过原凯的手，与秋静的手放在一起，秋静的手在下，原凯在上，老太太的左手在最下面，右手伸过来，放在两个人的手上面。

原凯的眼泪流了出来，他不知道如何表达心中的滋味。秋静的眼泪也没有控制住，原母艰难地抬起右手，替秋静拭去脸上的泪水。

原凯要留下来陪床，原霞却说："我来吧，哥，你送爸回家吧，强强一会儿也放学了，家没人可不行！"

秋静说："我与原霞留下吧。"

原母喝了点稀饭，睡着了，病房里很安静，一根针落在地上都能听到响声。

此时此刻，华灯初上，万籁俱寂。每一扇窗下，都有一盏灯，在焦急地等待家人的回归，每一盏灯下，尽是牵挂与爱。

病房外面的长椅上，原霞抓住秋静的手，小声说："嫂子，你受委屈了。"

秋静说："原霞，你跟我说实话，你现在讲的全是实话吗？"

"嫂子，我不敢跟妈说，我们俩已经准备离婚了，现在，我无家可归了。"

秋静的心跳得十分厉害，她没有想到，原霞的婚姻已经到了无法挽回的地步。她强压着冲动，问："还有救吗？"

当初秋静就不太看好这段婚姻，无可奈何，原霞当时爱之切，情之深，蒙在鼓里的人，哪里能听从他人的安排？

"嫂子，怎么挽回？亨利找了个加拿大女人。我对他毫无牵挂，我就是放不下两个儿子。我想好了，再回美国一趟，除了分割财产外，就是带一个儿子回中国。嫂子，我也刚知道你与哥的事情。嫂子，哥做得不对，不过他心不坏，小时候我们俩打架，我抓破了他的脸，他打我，却只轻轻地打。哥手善，不伤人，现在官做大了，可能欲望有些膨胀。我会劝他的，他会听的，爸妈也会劝他的。嫂子，为了强强和我，不能走到我这个地步，这伤害的不仅仅是一个人，是两家人。"

秋静低下头，不说话，半天才回了一句："放心，我不会离婚的，只是，事情没有缓和，需要时间，受了伤的人总需要时间。"秋静继续说，"原霞，你知道吗？强强昨天叫你哥啥？"

原霞说："叫爸呗？这个称呼还能改呀？就是你们离了，也不能改。"她话刚说完，便觉得这话说得不好，便赶紧打自己的嘴巴，"我的臭嘴，啥话都说，嫂子别怪我！"

秋静笑了，拍着原霞的肩膀说："是爸叔，连起来读的，我听到后，没有骂他，只是觉得心里难受。"

原霞听完，低下头去，不说话了。

秋静说："其实，回来也好，中国人虽然传统，可是，传统也是一种美德。"原霞点点头。秋静继续说，"你哥与那个郭子的事情，我并不过分担心，你知道我最担心什么吗?"

原霞赶紧问:"是啥?嫂子。"

"你哥背着我和家人,经常与一些不法商人来往,他银行卡上的工资倒是十分正常,我怀疑他还有银行卡,我害怕他有经济问题。你知道吗,我有时候做梦,都会梦到这些可怕的事情。"她的话没有说完,便搂着自己的头,痛苦之情溢于言表。

"不会吧,嫂子,你不说,我真不敢想,我哥会收人家的钱?不会,我和哥从小接受的便是贫农教育。小时候为了一根雪糕,向人家要,哥要来半根,我吃一口,哥才吃。不会的,嫂子。"原霞虽然不相信,可是忽然想起三年前的一件事情。

当时,身在国外的原霞,突然接到原凯的电话,问她缺钱吗。原霞当时的生意资金周转不灵,已经陷入困境,便说:"当然需要呀,钱谁不需要?"

原凯说:"我给你转过去一百万美元吧,美元我也花不了。"

原霞的脾气直爽,也不问缘由,便说:"好呀,太好了!"

现在想想,原霞觉得心有余悸,一百万美元,哥是怎么弄来的?不是经济问题,会是什么问题?

原凯上班时,开了个会,会议结束时,已经十点钟了。他进了办公室,便发现茶是新泡的,端起来喝了一口,是自己喜欢的铁观音,刚想打个电话,郭子走了进来,顺便关门,还上了锁。

原凯对郭子唯恐躲之不及,看到她便有些头疼,就拿文件挡住了脸。

"局长,别不理我呀,你不是想要二胎吗?我告诉你,我怀孕了,你的孩子。"

郭子的话音刚出,原凯便站了起来,拍着桌子,指着郭子的鼻子道:"谁知道这孩子是谁的?你别不要脸,赶紧给我滚,该去哪儿去哪儿!"

"原凯,我敬你是个局长,平时让着你,你自己做的好事,甭以为我不知道,你自己做了啥自己清楚,作风问题还是经济问题,你自己看着办吧!"郭子坐在办公桌上，眼睛直勾勾地看着原凯。

原凯平静了，小声问："你想怎么样？"他点了一根烟，手有些发抖。此时他真的有点后悔沾上女人。

女人都可怕，女人是老虎，不是自己的女人可以看、可以瞧，就是别轻易染指。要知道，上帝不会轻易赐予你一段缘分，不是你的，不可纠缠，否则，伤心、伤身、伤物，也伤人。

"离婚，娶我，我们一起发财。"郭子直截了当。

"你不知道现在的风声有多紧？净瞎说，给你一百万，我们分了吧，孩子拿掉，你不要在这儿待了，我们好聚好散。"

原凯十分紧张，他不停地张望着门口，同时，看着座机与手机。

"你能不能有些创新呀？一百万买断我的青春，还有这个孩子吗？我告诉你，生孩子不容易，这个孩子我必须生下来，回见。"

郭子打开门，刚到门口，便看见一个中年女人，打扮得十分萝莉。那个女人看到一个妖艳的女人从原局的办公室走了出来，便走上前，扶着郭子的肩膀问："哪位是郭子小姐？"

"我就是，你有事吗？"

"我是保险公司的，想给你推销一份保险。"

"哟，中国的保险公司就是厉害，敢到局里面卖，胆太大了吧？"郭子对这个女人不屑一顾。

"你知道我卖给你的是什么保险吗？"

"我倒想听听。"

"是伤害险，省得一会儿你去医院看病，付不起医药费。"

"你什么意思？"郭子看到面前的女人突然变得凶神恶煞了。

原凯看到原霞就急忙站起来，他想去阻拦，但已经晚了。原霞的手像蒲扇一样打到郭子的脸上，郭子本能地阻拦，原霞脚抬起来，踢到了郭子的腿上，又把膝盖顶在了郭子的肚子上。

郭子大叫了一声，然后栽倒在地上。原来是原霞穿着高跟鞋，把鞋跟生生地戳在了郭子的肚子上。许多人跑了出来，保安也气喘吁吁地从一楼跑到三楼。

原凯大叫："妹子，住手，要出人命了。"

"我打死她，我见过无耻的，没见过这么无耻的。"原霞说完扯着郭子的头发，抓了郭子的脸，郭子惨了，满地是血，肯定破了相。

有人小声说："报警吧。"

旁边那人说："打人的是谁？你知道吗？是局长的妹妹，不要报。"

原凯对办公室的几个女生说："快上，扯开她，快。"

几个女孩子靠近，将两人拉开，郭子躺在地上动弹不得。救护车到了，他们将郭子抬上车，去了医院。

原凯坐在办公椅上，气得脸色铁青。

"原霞，你想干什么？想我死吗？你是看我干个局长容易，是吧？"

"哥，我正是看你当个局长不容易，才这样做的，我打走她，打怕她，她不敢纠缠你了，你与嫂子就团圆了，强强也不会没有妈妈。我做的一切，是为了你，为了这个家。"

"原霞，你这么一闹，让我怎么做人？如果纪委知道了怎么办？如果有人揭发怎么办？"

原霞根本没有想到这些，一听赶紧拍头，小声说："是呀！哥，我冲动了，冲动是魔鬼，真可怕！"

原凯赶紧打电话，问郭子的病情，办公室的人说："局长，郭子进抢救室了，没出来呢！"

原霞赶紧下了楼，灰溜溜地走了。原凯也下了楼，开车去了医院，到了医院，他吩咐局里的人："赶紧上班吧，我在这儿盯着。"

抢救室的门打开了，医生说："谁是患者家属？"

原凯赶紧说："我是，我是。"

"你是？你是她什么人？"

"医生，她咋样了？"

"噢，是她哥吧，看这年纪。她的脸缝了好几针，腹部受伤严重，不过没有生命危险。"

"那什么，大夫，我妹她怀着孕呢，不会有事吧？"

"怀孕？你真会说笑话，哪有呀，她没怀孕。"

原凯怔怔地听着，继而，长长地出了一口气。

三十二

朱江波早上起来,便提了东西去医院看蔡总。蔡总正生闷气呢,那天受了伤不说,还遭到冯薇薇的中伤,他真想回到新加坡去,可是又一想,自己最喜欢的女人,何必呢!

于是,他将满腔怒火,撒到了朱江波的身上。

朱江波推开房门,蔡总一看是他,便从床上跳了起来,由于腿受了伤,一跳,疼得他叫了起来。

看到这一幕,朱江波笑了,但马上捂住了嘴,心里却觉得好笑极了。

"很好笑是吧?你的东西拿走,我受不起。"

蔡总对自己在中国看到的这一切十分不满,他一直想写一封信到新加坡,告诉那里的股东现在饭店的现状,必须换总经理。

"那个,什么,蔡总,误会,全是误会,你看呀,我们之间,就好像一个比喻:我去茅坑拉屎了,您也在那儿,臭气互相影响了对方,其实没什么。还有一个比喻,比先前这个更恰当,好比放了一个臭屁,大家都闻到了,你能说怨放屁那个人吗?"

朱江波还在滔滔不绝,蔡总受不了了,指着朱江波的鼻子道:"你、你放屁。"

朱江波这两天胃有些不舒服，大概是那天晚上酒喝多了的缘故，一听蔡总这话，马上灵敏地放了一个响屁，放完还说："得了，响应领导号召，放过了！"

"天啊！你是我的克星吗？我来中国，第一个遇到的麻烦就是你，你是麻烦制造者！"

"蔡总，我是真诚来道歉的，刚才全是插曲，你别介意，我要告诉你，我要辞职了，怎么样？您高兴吧？"

"辞职？"蔡总觉得有些不可思议，他上下打量着朱江波。

"当然是的，我对饭店充满了感情，可是你看，我是一个大厨，却整天待在停车场里算什么，我想高飞，我要飞得更高，飞到蓝天看白云。"

"好吧，我接受你的道歉，这页算翻过去了，东西留下吧。"蔡总觉得有些惊喜。

朱江波从医院出来，对自己的表现感觉满意。

他刚到医院门口，觉得肚子不舒服，便折了回去，去了医院的厕所。医院的厕所一股化学剂的味道，朱江波一边解手，一边唱着小曲，旁边蹲位上，有一个年轻人拉不出来，朱江波十分利索，三下五除二，上边唱着歌，下面解决着难题。

旁边的那个年轻人不干了，敲着木质围墙，大声说："哥们，你别唱戏呀，唱歌曲，流行的《小苹果》，我喜欢听。"

朱江波还真听过《小苹果》，便哼了几句，没哼完呢，便听到隔壁传来一阵声音，问题解决了。

朱江波不乐意了，敲着围墙说："哥们，你不能拿我当工具吧，你拉不出屎来，让我唱歌，这算什么事呀？"

对方不回答，拉了门跑了。

"什么人呀，马桶也不冲水，臭死了。"

朱江波去饭店辞职，到了冯薇薇的办公室门前，他事先又去了一趟洗手间，用水抚了一下头型，生怕乱了，但是后面有几根头发调皮地翘了起来，朱江波用水使劲压，可是那几根头发不听话，根本压不下来，朱江波看到了清洗液，喷了些倒进手心里，搽到头发上，总算到位了。

冯薇薇一上班便为饭店的业绩不好而发火，她召开了饭店销售部门会议，销售人员互相扯皮，都说饭菜质量不好。开了半天会，吵了半天，才拿出了一个可行的办法。

朱江波进了办公室，冯薇薇远远地便闻到一阵清香，她觉得这香气好熟悉呀，在哪儿闻过呢？后来想起来了，洗手间闻过。

"你又怎么了？还想在我这儿打架吗？"冯薇薇有些不耐烦地说。

"冯总，我知道您急啥，公司业绩不好，是吧？我有办法呀。"

朱江波鬼点子多，他心里想着，如果想顺利辞职，就必须先切入对方的缺点。

冯薇薇抬头看了一眼朱江波，说："我知道你要讲啥，又是饭菜不好，想调回去，现在不行了，你得罪了蔡总，我不能再向着你了，死了心吧。短期内，恐怕你是无法回去了。"

朱江波坐在沙发上，正襟危坐，左手抬起来，绅士一样摸了摸头发，说："想什么呢，冯总，我今天来有两件事，一是替你分忧，二是辞职。"

"什么？辞职？"冯薇薇站了起来，又马上觉得失态了，便坐了下去。

"怎么？不可以吗？谁也不想在一棵树上吊死，我想多找一棵树，吊吊试试，不都是死吗？快乐的死法多着呢。"

"别贫嘴了，继续说。"

"先说第一件事情，第一件事情，也与第二件有关联。人太多了，裁人吧，留有用的，至少百分之三十是吃闲饭的。我愿意第一个辞职来支持公司裁人，成全了你，也成全了自己。"朱江波十分简短的几句话，倒让冯薇薇恍然大悟。

她思索了片刻，想说什么，却什么也没有说出来。

朱江波将辞职报告放到冯薇薇的办公桌上，然后便大摇大摆地出了办公室的大门。

"哎，老朱，你去哪儿？"

朱江波不说话了，一边下楼，一边哼着小曲，遇到熟人，友好地站立，挥手致意，停留片刻，继续下楼。

冯薇薇怔了半刻，她觉得有些对不起朱江波，他提的建议，正是自己在会议上想说的，可是却没有讲出来。

冯薇薇拿起电话想拨给朱江波，可是觉得不妥，还是晚上去他家一趟吧。朱江波下了楼，兴冲冲地到了人力资源部，也交了一份辞呈，然后准备去找青菊。

饭店的人早炸开了锅，三朝元老朱江波辞职了，说明这家饭店的生意真的不行了。

朱江波绕了几个红绿灯，到了冯则房地产公司的办公大楼前。大楼高十八层，太气派了，朱江波禁不住挑大指称赞冯则。

青菊偷偷地下了楼，在大门口迎接朱江波。

青菊没有敢将此事告诉冯则，怕他生气，所以她带着朱江波，越过小门，到了七层——办公大楼的厨房设在七层。

一个中年女子正在厨房里忙碌着，还有三四个年轻人在打下手，正做着中午饭呢。

青菊叫那中年女子："梅姨，朱师傅来了。"

梅姨回过头来，看到朱江波便笑了起来，朱江波吓了一跳，梅姨哪儿都好，就是龅牙太明显了，吓死人了。

梅姨说："盼星星，盼月亮，早就盼着来个大师傅，果然来了，气质硬，不错。"

朱江波拱手道："梅姨，鄙人是朱江波，初来贵地，多包涵。"

"咦，这朱师傅，居然跑过江湖，去过桃花岛没？见过黄药师没？"梅姨开起了玩笑，手中的活并没有停下来。

朱江波回答："没见过，只见过梅超风。"

青菊下去忙了，朱江波便操起菜刀拍黄瓜，厨房里全是黄瓜屑子，梅姨皱眉。

朱江波为了熟悉情况，今天加了班，并没在下班时回家。琴琴刚到家，便有人敲门，打开门，竟然是冯薇薇。

琴琴赶紧说："阿姨您好，您找我爸吧？"

"是呀，琴琴，老朱呢？"

"没回来呢？估计又去看——了，她下周要手术。"

冯薇薇便坐了下来，问琴琴："你爸与张卡关系咋样了？"

"哎，薇姨，我也发愁呢！你说我爸吧，以前喜欢你，谁知道高攀不上，现在喜欢张卡阿姨了，可是张卡阿姨不同意了，说为了孩子，不结婚了。"

冯薇薇有些脸红，她没有告诉琴琴，自己是单身贵族，不想结婚，于是说："张卡人不错，你爸虽然有些幽默过度，可是心不坏，他们俩在一起，倒算是天作之合。"

"可是，我也是无计可施呀，就差我问张卡阿姨叫妈了。"

冯薇薇想促成他们，说："我们可以演一场戏呀？"

"演戏？薇姨，您有办法吗？"

冯薇薇凑了过来，小声说着自己的计划。

琴琴听了，点头称是。

"对，给他们俩加些佐料，不过，要等——做完手术吧。"

"当然是的，不说了，我也想去看看——，我喜欢这孩子。"

冯薇薇起身下楼，去了张卡的复印店，可是朱江波并没有在那儿，只有张卡在忙，——在旁边玩耍。

张卡看到是冯薇薇，嘴里说："冯总，不好意思，忙着呢，自己坐。"

冯薇薇赶紧说："打扰你了，我没事，就是过来看看——。"

冯薇薇过来逗——，——非常高兴，拉着冯薇薇的手，有说有笑。

她们两人说话有些打扰张卡，冯薇薇说："这样吧，我们去逛丹尼斯吧？"

张卡赶紧说："那怎么行呢？——太淘气了。"

"没事，孩子交给我，你就放心吧。"

她们一前一后走出复印店，一一紧紧地扯着冯薇薇的手，小声说："阿姨，我下周要手术了，不知道能好不能好，如果好不了，你答应我一件事好吗？"

冯薇薇一听这话，赶紧蹲下身来，替一一擦眼泪，说："一一有话给阿姨说吧，阿姨一定办到。"

"如果我好不了，就不要让妈妈花钱了，我想安乐死。"

冯薇薇没有等一一说完，眼泪便流了下来。她将一一抱在怀中，小声说："一一会好的，会好的。"

冯薇薇请新加坡的朋友看了自己发过去的病历，得知一一得的是胰腺癌，虽然是良性，可是病变的概率还是非常高，也就是说一一很可能面临多次手术。

那个晚上，冯薇薇领着一一吃了许多郑州的小吃，在丹尼斯买了许多玩具，还给一一买了两身冬装。晚上十点过，她们回来了，张卡也忙完了。

张卡看到一一穿着崭新的衣服，有些生气，想打一一，冯薇薇赶紧说："姐，你别这样，我与一一投缘。另外告诉你，下周手术时，我从新加坡邀请了一个朋友来主刀，我已经与医院沟通过了，放心，我这个朋友医术高，手术成功的概率会增加。"

张卡不知道说什么好，本来与冯薇薇萍水相逢，也算是借着她与朱江波关系好。张卡不知道如何感谢才好。

张卡说："妹子，姐觉得你不小了，找个人吧，那个，我听说朱江波，不是一直喜欢你吗？他人不错的。"

"姐，你是在做生意吗？将自己喜欢的卖给我，或者是交换？"冯薇薇一边逗一一，一边随口说。

"不是，不是。"张卡不知道说什么好了。

"姐，你与老朱的事情我听说了，十来年了，也该成正果了吧？我与他纯洁如水，我们就是朋友，在公司是上下级，在外面就是普通朋友。珍惜青春吧，时间一去不返，老了，再想爱就爱不起来了。"

最后一句，正戳中了张卡的泪点，她不知道说什么好，欲罢不能，忍不住哭了起来。

张卡在煮方便面，冯薇薇过来帮忙，不大会儿工夫，屋子里满是方便面的清香。

朱江波很晚才回家，他趁着下班，一口气跑遍了十八层大楼的每个角落，甚至摸到了冯则的办公室门口，但没敢进去。

朱江波第二天便正式上班了，在房地产公司，中午大约有五十号人吃饭，吃晚饭的人少，一般是报过来才会做。

朱江波认真地分析了每天的食谱，觉得弊端不少，于是他便改进食材。周一统一米饭，配上五六个菜；周二是面条，有烩面、刀削面；周三是油条、油茶；周四是卤面；周五是饺子。每周的饭菜不重样。

梅姨觉得朱江波有脑筋，便跟在他的身后跑来跑去。

中午时分，员工三三两两来吃饭了，大家都觉得饭菜质量提高不少，分量足，菜也多，味道也好。

梅姨小声给朱江波介绍公司的中高层，什么余副总、马经理等。

那天，人力部马经理正吃着饭，腰突然感觉不舒服，便饭不吃了，脸上也满是痛苦的表情。

朱江波赶紧上前，问："马经理，您怎么了？"

马经理并不认识他，因为青菊事先录的档案，之后直接领到厨房，马经理并不知道。

马经理说："腰是老毛病了。"

朱江波上前，轻轻地摸马经理的腰，下意识地揉搓着，马经理叫了起来，但不久，他便直了身子，小声说："哎，舒服多了，这位师傅贵姓，厉害呀。"

许多人围了过来，因为坐办公室的人大多都有腰部、肩部隐患。

三十三

朱江波成了小名人,大家都知道他懂养生,会做饭,便亲切地叫他朱师傅。

许多人刚吃完饭,离下午上班还有一段时间,便准备回办公室打游戏。

朱江波便对他们说:"我跳会儿健腰操,大家跟着我学习,如何?"

朱江波在前面领跳,后面的人跟着跳,好不热闹。一时间,几乎办公大楼里所有人都跑了过来,因为朱江波一边跳,还一边唱,一边说。

跳了约十来分钟,朱江波说:"午饭后不可剧烈运动,够了,大家散了吧,各干各的事。"

梅姨走了过来,拍拍朱江波的肩头:"小鬼,孺子可教呀。"

朱江波对梅姨说:"看见没?经常坐办公室的不知道运动健身,迟早要出事。"

梅姨说:"你可是相当有号召力的人呀,我单身这么多年了,头一回瞅见一个让我有感觉的人。"

朱江波说:"得了,梅姨,咱俩有代沟。"

梅姨不解,便问:"什么代沟,咱俩年纪一样呀,属猪的。"

"得,告诉你吧,代沟大了,我是'90'后,没有代沟吗?"

梅姨小声嘟囔着:"'90'后,我看你是1890年生的吧!"

朱江波大约晚上九点多回的家，他今天十分高兴，中途接到小狐子、小狗子和小朋子的电话，他们问他咋样。朱江波不回答，接通了，放到炒菜锅前，让他们听个够。

朱江波骑着车，总感觉后面有人跟踪自己。一个穿红衣服的女人，身材臃肿，她一直与朱江波保持了一段距离。

报警吧，这是朱江波的本能反应，后来想想，报啥警呀，一个女人还摆不平吗？朱江波故意放慢车速，在一个小胡同口，猛然来了个一百八十度的大转弯。

娜娜没有想到朱江波会发现自己，她被吓得有些呆。

朱江波怒目而视，大声说："你找谁？有病吧？"

"您有药吗？"娜娜听到了朱江波熟悉的声音，便说。

朱江波听这声音耳熟，一种可怕的想法掠过脑海，继而残酷地拍在朱江波的脑袋上。

"是你，娜娜？"

朱江波胸中充满了怒气，他想发火，可是又一想，眼前的这个女人与自己已经没有关系了。十几年前，她跑到南方，从此后，杳无音信。

"老朱，我回来了，我想你和孩子。"

娜娜一边咳嗽，一边走近，她用双手抱住了朱江波的胳膊。

朱江波说："这座城市太小了，不适合你，你走吧，琴琴也不欢迎你。"

娜娜不管朱江波如何反对，依然抱着朱江波的胳膊不放。她说："老朱，我们还是夫妻，我们没有离婚。"

"是，没有离婚，我们结过婚，有结婚证吗？"朱江波猛然将她甩到一边去，他接着说，"我们的生活非常平静，琴琴长大了，有自己的思想了。我们原打算平静地过日子，琴琴考了大学、恋爱、结婚、生子，我当我的姥爷，你回来干什么？"

朱江波本来心情非常好，没有想到，娜娜的出现让他感觉有危机降临。

"老朱，感谢你这么多年帮我照顾琴琴，我对不起她，更对不起你。我年轻时不懂事，做错了许多事，哎，不说了！我一直不服老，现在才觉得，真老了，真想有个人宠着我，爱着我，每天晚上抱着我睡。"娜娜泪流满面地说。

朱江波说："你不是有那么多男人吗？你缺男人吗？我不是最没用的一个吗？南方气候宜人，空气清新，郑州空气不好，你还是回去吧。"

"老朱，我得病了，绝症，你就不能可怜可怜我吗？我想女儿，我跟踪她半年了，她不认我，我的亲女儿啊。"

"你的亲女儿？说得好，太好了，我该鼓掌呀。当初，刚生下的女儿，你扔下她，去南方寻找真爱，寻找财富，是吧，我没说错吧？现在有病了，想女儿了，你有付出吗？"

"当然有，那张卡，我有存钱的。老朱，你没用那张卡吗？那是我给女儿的生活费。"

"还好意思提那张卡，区区二十万元钱，我早该扔了，如果不是张卡家的——急需要住院费用，我是不会用那张卡的。不过你放心，我取了六万元钱，我会还的，一年后，我就还你的二十万元钱。"

"不用了，一年后，我就不在人世了。"娜娜痛苦万分地坐到地上，喘着粗气。

朱江波心灵深处最温柔、最善良的一面被娜娜轻而易举地击破了，就算是陌路人，看到一个病人，能不管吗？

朱江波上前，搀了她起来，娜娜顺势扑进朱江波的怀里大哭起来。

朱江波送娜娜回医院，回到家时，已经晚上十一点了，琴琴早睡了，朱江波睡不着，一晚上都在想这个可怕的事实。

"老天爷呀，我朱江波没做过缺德的事呀，你为什么要这么折磨我？我本来想通了，把女儿拉扯大，让她结婚生子，从此享受天伦之乐，可是苍天弄人呀！苍天弄人呀！"

朱江波掉了眼泪，他从来没掉过眼泪，就是自己不会照顾琴琴想要上吊的时候，也没掉过。

朱江波不知道该如何给琴琴说，更不想跟她说，孩子要参加中考了，如何能够接受这个残酷的现实，在她的印象里，母亲早死了。

周五早上，琴琴上学走时，便对朱江波说："爸，今晚有个活动，在美美咖啡厅，晚上咱们一块儿去吧？"

朱江波随口答应道："没问题，女儿去哪儿，我就去哪儿。"

中午做饭时，梅姨打扮得花枝招展的，在朱江波面前晃来晃去，朱江波觉得她化的妆太浓了，自己眼睛都睁不开了，便小声嘀咕着："这么大岁数了，搞得像相亲似的。"

梅姨对下面的一个小年轻说："今天晚上你们值班，本姑娘参加相亲会去。"

"哎，老朱，你去吗？我可听说了，你也是单身呀，怎么样？凑个对儿去，让他们开开眼界。"

朱江波赶紧说："就此打住，梅姨，你都是当姨的人了，还想相亲，谁敢要你呀！"

梅姨一天都十分高兴，碰到了青菊，在青菊面前走来走去。青菊忍不住问："梅姨，今晚有安排呀？"

"俺去美美咖啡厅，相亲去，再不疯狂就晚了。"

朱江波一愣，怎么她也去美美咖啡厅。又一想，觉得不会是一起的，那么大的咖啡厅，有几场活动不是正常吗。

快到傍晚时，朱江波早早地到了美美咖啡厅，琴琴已经在那儿等着了。

琴琴对朱江波说："爸，我去趟洗手间，您去雅间A座等一下。"琴琴拐进洗手间里，冯薇薇正在那儿等着呢。

"薇姨，别搞砸了，我爸可单纯着呢，如果我爸恼了，我可吃不了兜着走。"

冯薇薇说："没事，有我呢？他老朱还敢吃了我呀，再说了，我是为他好。"

"薇姨，您找的不会是个老婆子吧，别爸相中了，我却相不中。"

"告诉你吧，绝对有品位。人家还没有谈过恋爱呢。"

"姨，不会是个二十多岁的小姑娘吧，我爸可不会同意的，再说了，弄到家里面，我叫她啥？"

"想什么呢，与你爸年纪差不多，就是人家没有结过婚，老姑娘。"

朱江波径直到了雅间A座，服务员端来了一杯茶水，朱江波握在手心里，一边喝着，一边向外面张望。

外面有一个女子的声音，问："服务员小姐，问您下，雅间A座怎么走呀？"

"您这儿请，里面已经有人了，您看，那位大哥坐的地儿。"

"好嘞，谢了。"

朱江波听声音有些耳熟，看时却发现竟然是梅姨，心想坏了，如果让她知道我到了这个地方，肯定会在公司说三道四的。

朱江波想走，可是梅姨撞了进来，一眼看到了朱江波西装革履地坐在那儿，便惊讶地说："哟，老朱，怎么是你呀？你也来相亲吗？"

朱江波说："我在这儿等人，等我的女儿。"

"这老家伙，占我便宜，我可不是你的女儿。"

"你误会了，你如果想做，我还不要呢！"朱江波一直瞅外面，想找到琴琴，可是琴琴不知道去了哪里。

"我明白了，您过来是有事，是吧？我是来相亲的，让我在A座等着，说一会儿一位浓眉大眼的大个子会过来。我说老朱，商量一下，你能否让个地儿？"

梅姨的脸上，全是胭脂水粉，朱江波闻着恶心，便说："梅姨，咱商量下行吗？您离我稍微远点，我受不了这味道，想吐。我告诉你，我在这儿等我女儿，地方是我女儿订好的，哎，梅姨，你不会看错了吧，不是这地儿吧？"

梅姨看手机短信，"对呀，就是雅间A座。"

朱江波说："梅姨，不是我说你，这么大岁数了还相亲，还在公司大声吆喝，不怕笑话。"

"年轻的时候没有爱过，老了就不能爱了吗？我告诉你，我还要生孩子，要二胎呢。国家有政策了，要积极响应。"

朱江波真的差点吐了。但是他还是没有看到琴琴，反而一个中年妇女走了进来。

梅姨赶紧上前，说："嫂子，你怎么才来呀？你给我介绍的大个子在哪儿？"

那女人近前，看了看朱江波，说："梅姨，那大个子今天下午被人抢走了，抢手货，这不，我赶紧给你又介绍了一个，就是这位大哥，虽然个头矮了些，可是，听说会炒菜，什么川菜、粤菜、黄花菜，都会做。"

朱江波听着不解，问："大姐，怎么，给我介绍对象呀？搞错了吧？我在这儿等我的女儿呢！琴琴，朱家琴，大个子女生，背着一个小背包，白白净净的。"

"知道，就是她让我来的，她与一个叫薇薇的姑娘，在隔壁说话呢，让你们赶紧相看着，行了就马上结婚。"

梅姨怔了片刻，拍了大腿，站了起来："朱大哥，我说呢，原来我们是能在一起的呀！我梅子年轻时可以说是十里八村的一枝花，隔壁的花哥，每天都瞧我十几次。我就将就下吧，我看你也可以，没钱不要紧，我可是有钱，攒了老多钱了。"

朱江波哭笑不得，大声叫着："琴琴，在哪儿？"

朱家琴在隔壁呢，听到他们的对话，不敢笑，捂着嘴。冯薇薇一看嗑着瓜子，一边笑。

琴琴赶紧从隔壁跑了进来，问："爸，你们谈得咋样了？"

"什么我们谈的，姑娘，你到底想干什么？"

"相亲呀，您也老大不小了，该找个老伴了，我看这位阿姨可以，人实在，富态，符合您的审美要求。"

朱江波火了，冲着隔壁大声嚷嚷："我说冯总，别费劲了，我告诉你，我已经名花有主了，看好自己吧。"

朱江波冲出了雅间，惹得梅姨大声叫着："服务员，拦着他，我老公，刚认的老公。"

琴琴说："薇姨，我感觉要坏事，回家我爸肯定会揍我的。"

"没事，有姨在呢，咱们一起回。"

冯薇薇结了账，梅姨不依不饶的，追着冯薇薇嚷："你这个媒人，收了黑钱吧？怎么当的，我同意了，赶紧给我们撮合呀。"

冯薇薇转身对着她大声说："有本事自己追去呀。"

梅姨一甩袖子，气呼呼地走了。

那中年女子上前，对冯薇薇说："老总，您看这事办砸了。"

"你回家吧，麻烦你了。"

朱江波真的生气了，他没有想到，自己的女儿与冯薇薇会联起手来戏弄自己。

冯薇薇推门而进，琴琴则跟在后面，屋子里安静得要命。冯薇薇看到朱江波正坐在餐桌前，看到她进来，也不打招呼，只管生闷气。琴琴不敢声张，小心地走进自己的房间里，开始写作业，不时，悄悄地到门口听一下外面的动静。

冯薇薇不说话，朱江波也不说话。

冯薇薇开始收拾屋里的东西，屋里太乱了，朱江波毕竟是个男人，不懂得如何收拾家里。琴琴学习任务大，平时都是到周末后才整理屋里的卫生。

收拾了大约一个多小时，冯薇薇满脸的灰尘，朱江波觉得过意不去，帮忙一块儿整理。

冯薇薇说："不生气了？"

"要生气，早死了，生哪门子气？你说你们这是干啥，我不是你的员工了，用不着你管我吧？"朱江波终于开始数落冯薇薇。

冯薇薇抬起头来，对朱江波说："你的辞职报告公司没有通过，你只能算是请假，但档案仍然在我们公司，所以，我仍然有义务帮助你。"

朱江波说："我去看过蔡总了，我们已经和解了，以后我们少来往吧，甭引起误会，他那人心眼像针一样小。"

"误会？什么误会？我与他没有任何关系，他误会什么？我有自己的自由，我想去哪儿、帮助谁是我个人的事，与他何干？我想好了，他不是想当总经理吗？我准备让给他当，我倒要看看，他有没有能力让饭店起死回生。"

朱江波并未阻拦，而是说："我支持，现如今饭店生意不好，他一直在找机会取而代之，你还是回新加坡吧，好好照顾父母，他们更需要你。"

"回是一定要回的，不过，我还会回来的，我要为——治病，我喜欢她。"

朱江波没有想到，冯薇薇会这样选择，他有些感激，可是，找不到合适的词语表达。

"我喜欢她，也与你有关联，因为你喜欢她妈妈，就是这样简单。老朱，别藏着了，找个机会向张卡表白，她会同意的。"

"我已经表白过了，她不同意，她说我们还没有办理离婚手续。"

"十多年了，事实上早已经离了，朱江波，你是个男人，喜欢就赶紧表白，甭让人瞧不起你。"冯薇薇拍了门，出了朱家。

冯薇薇开着车，路过复印店就停了下来。她看到——正在门口张望什么，看到冯薇薇的车，便大声喊了起来："阿姨，阿姨。"

冯薇薇自从遇到——以后，觉得内心深处竟然藏满了一种伟大的母爱，虽然自己没有孕育过生命，可是对——的喜爱之情却无法掩饰。

张卡从复印店走了出来，拉着——的手，冯薇薇上前，抱住了——。

"张卡，你女儿认我当干妈吧，我与她有缘，我刚从朱江波那儿回来，路过你们这儿，便想看看，我与——算是心有灵犀吧，是不是，——？"

"阿姨，我想读书。"——说着低下了头。

冯薇薇回答："没问题，阿姨答应你，病好了马上读书，咱们去新加坡读书，怎么样？"

"太好了，我想去。"小女孩天真无邪的想法让张卡有些不舒服。

张卡拨弄着屋内的煤球炉，想让屋子里暖和一些。

"张卡姐，我觉得，你与老朱再走一步吧，不小了，再等，黄花菜都凉了。"冯薇薇说话非常直接，这倒让张卡有些不知所措。

"可是，孩子有病，是个累赘，我家也没钱，何况，还有——她爸。"

"我都听说了，他早走了，你们赶紧结婚，生米煮成熟饭，看他如何？"

张卡仍然犹豫，冯薇薇步步紧逼："姐，——的病你放心，我会帮助你的，我说过我喜欢——，我不会放弃的。至于钱，这不是问题，我一个人挣那么钱也没啥用，死了也带不走。我是一辈子想做单身女人，我父亲母亲也改变不了我的想法，否则我早打朱江波的主意了。人各有志，不可勉强，可是，到手的幸福，你还是要珍惜。"

两个女人聊了大半晚上，直到后夜时分，冯薇薇才开车回饭店。

刚到饭店，便看到蔡清林鬼鬼祟祟地从大厅里闪了出来。

"美女，这么晚了，干啥去了？"

冯薇薇有些烦他，没好气地回答："你管我干啥去了！"

蔡清林的脸上，依然缠着半块橡皮膏药，远远望去，像小鬼一样。

三十四

原母出院的当天，原凯没有去，是原霞开车接母亲回的家。

原凯在处理郭子挨打的事情，他要尽量平息此事，尤其是局里那么多人，都不是傻子。关于他与郭子的感情问题，早已经传得风起云涌了。

原凯的心都碎了。

男人最怕的事情有两样，一是钱，钱多了不是好事，烫手、烫牙、不好吃；另一件是女人，原配是正道，啥也不怕，有法律保护。小三是啥？小三是墙外的那束花，不要轻易碰，碰了就有可能导致墙毁屋亡。

大多男人，一辈子也躲不过这两件事情，他们不怪自己，怪欲望，怪日益膨胀的欲望。

原凯去医院看郭子，要求郭子不要声张此事。医院的病历上写的是挨打，医生曾经问过，原凯解释说，遇到了流氓。

原霞不是流氓，原霞说自己是正义的化身。

原父早已经知道了此事，掴了原霞一记耳光，当时强强也在场，强强暗中挑大指称赞姑姑。

当原父离开后，原霞有些忧伤，对于自己的父亲，她不敢反抗。

强强则说："太好了，姑姑，他们不支持你，我支持，我早就想教训那个小妖精了，让我们家快散了，我爸的心快跑了。"

原霞没有想到，这个家未来的小主人竟然这样评价自己的英雄作为，她紧紧地搂着原子强。

强强说："我可是打听了，我爸正在处理此事，生怕事情败露了。姑姑，我觉得我们应该加一把油，将郭子撵走，她走了，啥事就都没有了，我爸也不会害怕了。"

原霞本来就是一个没有脑筋的主儿，听到侄子添油加醋，她也觉得很委屈，便将全部怒火转移到了郭子身上，忙问："好侄子，你说，有啥办法？"

"我们去医院，扮鬼吓唬她，让她离开郑州，不就行了吗？"

"扮鬼，这个我可不会，再说了，医院那么多医生和护士，怎么会有机会呀？"

"姑姑，你傻呀，女厕所呀！"

"强强，你不知道吧，郭子住的可是贵族病房，里面有厕所的。"

"姑姑，你不知道吧，那家医院，哪儿都好，就是病房里没有厕所，我早就打听过了。"强强扮着鬼脸说。

"太可怕了，你在学校都学这些吗？"原霞有些担心现在的教育。

"我是从日本电影里学来的，从来没用过，我们正好拿郭子开刀。"

两个人计算了半天时间。周六傍晚，他们行动了。原霞准备了一套在万圣节的时候才穿的鬼装，还有一个长舌头，穿上后，强强一看，觉得太唬人了。

两人装作看病人，一前一后走进医院。

傍晚的医院没有几个人，走廊里空荡荡的。强强前去探听虚实，很快他便找到了郭子的病房。

原凯为郭子安排的是单人病房，里面配有沙发还有电视，郭子正躺在床上看电视呢，看的是最近一期的《星光大道》，郭子傻乎乎地笑着，笑着笑着便哭了起来，拿起手机开始给原凯发信息。

原凯的手机这些天一直保持静音状态，原霞打人事件一直瞒着秋静，秋静这些天也忙得晕头转向，因为马上要期末考试了，功课紧张。

原父封锁了所有消息，不准强强告诉秋静，否则就不认这个孙子了。家里就两人不知道这个事情，一个刚刚康复的原母，另一个便是秋静。

强强觉得于心不忍，几个男人瞒着两个女人，男人何苦为难女人？

郭子果然要去洗手间，她的伤并不重，加上这几天的调养，已经好得差不多了。她之所以不愿意出院，就是在等原凯给自己一个说法。郭子要求原霞向自己赔礼道歉，并且，要求原凯离婚。

郭子下了床，睡了一天，她的脚步有些沉重，开了病房门，她没有发现走廊的尽头有一个小脑袋在看着她。

强强发出了信号，躲在厕所的原霞收到了，她赶紧换上了鬼装。

郭子进了厕所，咳嗽了一声，声控灯亮了，她有些害怕。她刚拉开厕所门，便听到旁边的门里有动静。

郭子睁大眼睛，本能地躲到厕所大门的后面，她想逃走。

原霞心急，冲了出来，吐着长舌，脸上全是彩色油墨，吹着胡须，眨着眼睛，活脱一个西方恶鬼。

郭子感觉一脚蹬空，恐惧感升到极致。原霞跳了过去，再看郭子时，已经晕了。

原霞觉得不过瘾，用手拨弄郭子的脸，小声说："起来呀，起来。"

强强跑了过来，小声说："姑，快走，医生来了。"

原凯半夜接到医院的电话，说郭子晕在厕所里了。

秋静刚到家里，强强陪着原霞过来串门，原霞与秋静说说笑笑的。

原凯说："强强，我出去一下，单位里有急事。"

强强说："爸，您慢点开车。"

原霞也说："哥，别光顾着工作，也照顾一下嫂子的情绪。"

原凯觉得最近一段时间天要塌了，自己真是疲于奔命呀。

他到医院时，郭子仍然在抢救室里，这个渴望富贵的女子，为自己的错爱埋下了苦果，现在正在承受代价。

后半夜，郭子醒了，但是看到谁都大叫"是鬼，是鬼"。原凯一直陪到第二天上午。这时，郭子的电话响了，是一个陌生电话。

原凯接了电话，对方一口浓重的乡下口音说："郭子，我是陌生呀，从乡下来看你，俺妈让俺过来，带你回老家结婚。"

原凯不知道这人是谁，便问道："你好，我是郭子的同事，你是谁？"

"哎哟，郭子咋不接电话呢？俺是在乡下与她订婚多年的陌生。咋了，她病了，还是怎么了？"

原凯说："她病了，在医院呢！"

原凯心焦如焚，半个小时后，一个大个子年轻人闯了进来。这人看到原凯，紧紧地握着他的手，大声说："俺就是陌生，郭子咋样了，真是谢谢你了，俺替俺妈、俺爸、俺家人感谢你。"

陌生小心翼翼地走进病房，生怕弄醒了郭子，看到她憔悴的脸，陌生急了："这是咋了？"

郭子醒了，看着眼前的陌生，依然是恐惧万分。

陌生说："郭子，你妈说了，让你跟俺回家，说城里人心眼多，怕你受伤害，果然被他们猜中了，谁打的你呀，脸是全是伤。"

郭子认出了陌生，哭喊着："陌生，是陌生吗？"然后紧紧地抱住他。

郭子又睡着了，原凯拍了拍陌生的肩膀，陌生一边擦眼泪，一边跟着原凯走了出来。

"小伙子，我正愁没人照顾她呢，这我就放心了。我叫原凯，是郭子的上司，看病需要钱，这有一张银行卡，你收着，不够再向我要。"

陌生是个乡下人，老实巴交的，坚决不收原凯的卡，原凯急了，硬生生地塞进他的口袋。

——的手术在周一上午，朱江波早早起来，他早就跟单位请了假，骑着自行车去医院。

在医院门口,遇到了冯薇薇,冯薇薇与朱江波打招呼,朱江波赶紧上前说:"我可是听说了,你帮的张卡,真是感谢,我的心中充满了感激之情。"

"哟,够酸的,我是帮助张卡,你感谢啥?她与你有关系吗?"

"朋友,多年的朋友。"朱江波一脸窘态。

一一提前三天就住了院,要进行各项指标的检查,冯薇薇这两天一直往医院跑,饭店的事情她委托了蔡总负责。

蔡总本来就想越俎代庖,因此一上任便大规模地进行人员整顿。第一个便是大厨,将小狐子、小朋子和小狗子全部调到停车场工作,理由是他们做的饭菜质量不好,饭不好吃怎么可能吸引客人前来。

上午八时许,一一被推进手术室,要做全麻手术,打针前,一一哭成了泪人儿,张卡上前抱着女儿,心如刀绞。

一一却喊着冯薇薇的名字,冯薇薇心中也不舒服,急忙上前,张卡让到了一边去。

从新加坡来的胡大夫,半脸的胡子,他对冯薇薇说:"放心吧,薇薇,我们多年的关系,我会使出全力的。"

手术大约需要三个小时左右。

朱江波挨着张卡坐着,张卡的手心冰凉,朱江波握紧了张卡的手,张卡本能想躲,可是却没有成功,只能任凭自己的手被朱江波握着。

冯薇薇坐在另外一张椅子上,她脸上十分镇静,手机一直响,她看了看,直接挂了电话,后来直接关了机。

手术进行时,四儿从楼下跑了过来,朱江波示意四儿不要大声说话,这儿可是手术重地。四儿并不是来找朱江波的,是蔡总让他来的,现在四儿已经是停车场的小组长,管着小狐子、小朋子和小狗子。

四儿小声对冯薇薇说:"老总,蔡总说您的父亲从新加坡过来了,十二点下飞机,给您打电话您不接。"

冯薇薇说:"知道了,我一会儿会给爸打电话,让蔡总去接下我的父亲,我现在没时间,我会给我爸解释的。"

四儿答应了一声,跑下去了。

朱江波心里不舒服,这个四儿与自己关系非常铁,怎么今天成蔡总的走狗了。

冯薇薇开了机,距离手术室远远的,与父亲通了电话,她问:"爸,您怎么来郑州了?"

"女儿,我在北京转的机,飞机马上要起飞了,见面再说。"

"爸,让蔡去接您吧,我这边有急事,见面会解释的。"

"没事,爸理解你做的任何事情。"

挂了电话,冯薇薇觉得心安了许多,父亲从小便理解自己。

手术进行了四个多小时,十二点过,手术室的门打开了,胡大夫走了出来,满脸是汗。

三人几乎同时跑了过去,冯薇薇问:"怎么样?老胡。"

"手术进行得非常顺利,那肿瘤也已经切除,只是这孩子体质差,康复会非常慢,你们要做好准备。"

张卡悬着的心终于落下了。

冯薇薇对张卡说:"姐,我爸从新加坡过来了,我要马上回去。老胡,你随我一起去吧,我让我爸请你吃饭。"

"好呀,我与老先生也算故交了,稍等,我换下衣服。"

冯薇薇走了,朱江波说:"没吃早饭吧,我去下面买点,你想吃啥?"

"我什么也不想吃,你自己吃吧。"

朱江波走的步行梯,他没有敢上电梯,因为他害怕遇到住在八层的娜娜,但就在拐弯准备下楼时,他看见娜娜,此时娜娜正站在走廊的尽头,旁边有一个陌生的男人,正在陪她说话。

"真是狗改不了吃屎。"朱江波啐了一口唾沫,为自己那晚的善心感到痛心。这样的女人是不会改变的,生性一种贱样,当初自己走了眼,一不小心竟然也成了二手男人。

朱江波下楼买饭，他买了一些包子和小米粥，正在他准备上楼时，身后有人拍他的肩膀。

一个陌生人，朱江波并不认识，那人一脸兴奋的样子，大叫着："姐夫，我是康子，不认识我了吗？"

"康子？"朱江波觉得此人眼熟，可就是想不起来了。

"我是娜娜的表弟，记不起来了吗？我是来陪护我姐的，我姐不是生病了吗。她家里没人了，我妈就让我过来了。"

朱江波对这个人有印象，但时间太久了，如今的他已经人近中年。记得当初结婚时，他还是个帅气的小伙子，在婚宴上，唯独他一个人喝多了，扯着朱江波的衣服说："你沾了大光了，我姐可是一朵花。"

朱江波对他不感兴趣，一把推开了他，说："那什么，小康，你家不是驻马店的吗？你姐老家可是山西的。"

"是呀，我妈从山西到了驻马店，我可不是驻马店的。姐夫，我听姐姐说你们的事了，我觉得，姐也不容易，多去看看我姐吧。"

"小康，大人的事，你不懂，别乱掺和。"

"我都三十好几了，离了两次婚了，我啥不懂，姐夫真逗！"

"是吗，现代人离婚上瘾是吧，好玩。"朱江波一边走，一边说话。

小康不饶他，紧跟在他后面："姐夫，您看谁去？不会是别的女人吧？"

"这孩子说话不着调！朋友，孩子有病了，手术了，就这么简单，别瞎想。你赶紧去看你姐去，别跟着我。"

"我姐刚才看了看风景，回病房睡了，我才下的楼，正没事呢，姐夫，我陪您去吧。"

"小康，我问你，你姐得是啥病？说实话。"

"我也不懂，听医生说好像是心脏病，浑身浮肿，很严重的心脏病。"小康说。

"怎么就得这个病了呢？原来不是好好的吗，走的时候健康着呢，去了南方。你说小康，怎么会这样呢？不是找了个心上人吗？不是一个，应该说是好几个吧？"

朱江波坐在医院大楼前的台阶上，往事悠然，一切如在昨天。

小康凑过来，悄悄说："姐夫，我也听说了，姐以前不太检点，听说有好多男人呢。她在南方，也傍了大款，有许多钱，现在每月给我五千块钱的工资。她真有钱呀！姐夫，不冲别的，就冲钱，你也要照顾一下她，你傻呀！"

"你什么人，是亲戚吗！"朱江波家里没钱，但他最烦有人在他面前提钱，没有想到，至亲竟然是用钱收买才来照顾人的，这什么情况？亲情还有吗？爱情还有吗？

"你赶紧滚，离我远点，你的脑袋里全是钱，是吧。"朱江波抬脚踢了小康一下，小康躲闪不及。

小康不服气，大声说："我姐的事，我知道的多着呢，你不想听吗？假清高！"

朱江波一边上楼，一边心里骂着，难怪你离两次婚，哪个女人愿意跟你，全是钱，这个社会离了钱玩不转了吗？

张卡依然坐在监护室的椅子上，她睡着了。朱江波不忍打扰她，轻轻地脱了自己的外衣，盖在张卡的身上，但张卡还是醒了。

"那什么，张卡，吃饭吧，凉了。"

张卡不想吃，朱江波便给她做工作，说了半天，张卡喝了半碗粥。

张母也从家里过来了，带来一些面条，还有一碗鸡汤，她本来是给——准备的，张卡说："妈，——刚手术完，哪能吃东西呀，您快喝了吧。"

张母一跺脚："看我真傻，竟然忘了。"张母一边将东西放下，一边啰唆，"这么大的事儿，孩子做手术了，竟然不往家里打个电话，杜纯江简直不是人。"

张卡受不了了，便说："妈，你提他干啥？我的心情坏透了，再提我走了。"

朱江波赶紧说:"阿姨,不提了,行吧。张卡,——不是没事了吗?"

张母说:"你还上劲了,瞧人家江波,人家还不怪罪呢,就自己清高,这么大人了,还让我操心,赶紧找个人嫁了得了。"朱江波赶紧扯了张母的衣服,拽到了一边。

张卡心中全是委屈,一提到杜纯江,她觉得憋屈,大半辈子青春毁在他身上了。

三十五

——的手术很成功,术后康复也算顺利,只是——的体质太差,需要长时间的休养才可以完全康复。

冯薇薇见到爸爸,冯爸满头银发,一见到女儿,满脸是笑。

"爸,您怎么来了?有事吗?"

"我退休了,无事可做,就想到你一个人在中国,不放心呀,过来看看,怎么样?还算顺利吗?"

冯薇薇觉得委屈,很想一口气将蔡清林为难自己的事抖出来。可是转念一想,蔡清林的父亲与自己的父亲算是故交,本来小时候他们都曾开过玩笑,说孩子大了便结为亲家的。所以这事情谁也不能怪。

冯爸说:"薇薇,你不小了,三十好几了,有合适的对象没有?小蔡也不小了。"

"他小不小与我有啥关系,不是处了一个对象吗?离婚了是吧?这种人靠得住吗?来郑州后,整天找我的事儿,我受够了。"

冯薇薇还是憋不住,将心中的苦一股脑儿倒了出来。

"不如你随我回新加坡待一段时间吧,这儿的生意交给小蔡,本来这饭店他的父亲是第一股东,现在也算物归原主吧。"

"爸，我认了一个小姑娘，叫——，太可爱了，我与她有缘。可惜的是，她有病，是癌，刚动完手术，我想等一段时间，带她一块儿回新加坡治疗。"

"好啊，女儿还是这样善良，随我，那么，你的意思是我可以当姥爷了？"

"爸，我早说过了，我不想结婚，如果能够领养——，我是求之不得的，只是她的妈妈会不会同意，现在还不知道。"

"万事不可勉强，不过，心是可以焐热的。"

冯薇薇与爸爸一块儿去看望——，——正躺在床上出神呢，妈妈去复印店了，姥姥在外面忙。

冯薇薇先进来，叫着——的名字。——太高兴了，从床上坐了起来，可能碰到了伤口，疼得哭了起来。

冯薇薇赶紧过来安慰："——，我的爸爸来了，就是你的姥爷，你高兴吗？"

"阿姨的爸爸就是我的姥爷，当然高兴。"

冯爸走了进来，一眼看到了躺在床上病恹恹的——，只见她的小脸绯红，但是天真无邪，所以冯爸也十分高兴。

三代人在一起谈得十分投缘，冯爸说："按照中国人的习惯，见面了就得给红包，姥爷呢，给你包个大的，稍等会儿。"

冯薇薇并未阻拦，冯爸走到外面屋子，从包里拿出一个红包，掏出了人民币，数了数塞进红包里。

恰在此时，张母回来了，看到院子里来了陌生人，以为——有危险，赶紧上前询问。当她知道这个老头子居然是冯薇薇的爸爸时，张母赶紧给他倒水，客气了半天。

张卡很晚才回来，——早睡了，张母对她说："薇薇与她爸来了，还给——包了个红包。"

张卡一皱眉，回过头来，就叫——。张母说："你这孩子，叫她干吗？她刚睡着，闹腾了半天，这事不怨孩子，人家给了，哪能不要呢！我说张卡，薇薇这人不错，她图的是啥？我没看出来！"

张卡拿起红包，说："妈，你咋还是势利眼呢，人家图啥，你管得着吗？我只知道她帮助了我们，我们有钱了，就得还人家。"

红包厚厚的，全是崭新的一百元人民币，正好五十张，五千元钱。张卡觉得过意不去，想退回去，可是夜已深了，张卡觉得一个人去人单势孤的，便给朱江波打了电话，说明了缘由。朱江波也没睡觉呢，一听便说："张卡，这没啥。红包是中国人的传统，说明人家懂礼，知道入乡随俗。"

张卡气呼呼地挂了电话。

饭店的人都在传言，说冯薇薇要走了，蔡总将正式任总经理。

小狐子等三人十分气愤，他们刚刚知道，蔡总撵走了厨房里的所有人员，重新请了一批大厨，他们做的是新加坡菜。

小狐子说："师傅做的豫菜多好呀，好不容易打出来的品牌。"

小狗子说："我们也去找师傅吧，看来，饭店的前景不妙呀。"

小朋子说："瞧四儿，像一条哈巴狗似的，师傅在时是一套，师傅走了，他就成姓蔡的代言人了。"

正说着呢，人力资源部下了通知："四儿被任命为副总经理。"

平步青云呀，四儿迈下台阶，一身新衣服，刚梳的小分头，走起路来趾高气扬的。他走到三人面前，大声吆喝着："你们三个人，只能留下两个，其中一人当队长，另外一个是队员，一个月时间，论出高低了，看着办吧。"

若不是小朋子拦着，小狐子真想抽他两嘴巴。

张卡那天下班早，刚进院子，便听见隔壁刘姨的声音。

刘姨对张母道："不小了，该介绍个对象了，我说择日不如撞日，今天晚上，美美咖啡厅，那小伙子比张卡还小两岁呢！"

张母说："是，我也是这样想的，你说现在的情况不上不下的，我看着也心疼。谢谢刘姨。"

张卡进院了，刘姨赶紧看着张卡，啧啧赞叹："多好的身段呀，再不结婚就可惜了。卡子，姨了解你，实在，我介绍那小伙子也实在得很，怎么样，见一面，给自己一个机会？"

张卡本来不愿意的，可是，生怕驳了刘姨的面子不好看，同时，母亲又该唠叨了，于是便说："行呀，刘姨安排，我放心。"

朱江波整个白天都被梅姨包围，梅姨嘴欠，将自己相亲的事告诉了所有的人，几乎整个办公楼里都知道梅姨看上朱江波了。

青菊也知道了此事，但是她不敢笑，有心告诉冯则，还是没敢。

朱江波一直躲着梅姨，到了午饭后，马经理过来找朱江波，说："朱师傅，你的那个健身操，还能教我们吗？"

正想办法摆脱呢，朱江波扔下没吃完的饭，便到了餐厅。

音乐响了起来，马经理整了一个CD机，播放网上下载的音乐，朱江波在前面领舞，好家伙，四十多号人，包括服务员也加入战团。

跳了约半个小时，大家神清气爽的，马经理十分高兴，夸奖道："能够招到朱师傅这样的人才，真是公司大幸。"

朱江波进了厨房，准备晚上的饭菜。

梅姨说："朱哥，晚上有空吗？我请客，美美咖啡厅。"

朱江波爱理不理地说："别跟我提那咖啡厅，伤心之地，什么事呀？我告诉你，我有心上人了。"

梅姨脸上挂不住，说："我知道，不就是那复印店的老板吗？张什么卡，有一个女儿还得了重病，不拖累吗？我一个人，至今没有结过一次婚，前半生耽搁了，现在想补回来。"

"得得得，别再提了，再提我就辞职不干了。"朱江波将筷子气冲冲地扔进水池里。

"小气，不就是吃个饭吗，还男子汉呢！"梅姨一边刷碗一边数落。

朱江波觉得，找个地方，说明白自己的心事最好，省得以后天天纠缠不休，便说："行，今晚，美美咖啡厅雅间A座，行了吧？不行，不能提那个咖啡厅的名字，一提便胃疼。"

这座城市的夜晚灯火通明，汽车的鸣笛不绝于耳，马路上尽是疲于奔命的人群，蒸蒸日上的房价下，多少人在加班、熬夜，甚至处于灯红酒绿的风月场所。

张卡来得早，她对这次相亲根本没有兴趣，只是凑个数而已。他们相约的地点是雅间B座，张卡先坐在外面，狐疑地瞅着周围过往的人群。不大会儿工夫，来了个大个子，满脸抹着粉，张卡闻着就不舒服。

那人在B座前面看了好一会儿，终于推开了门。

刘姨来了，也推门进去了。

没多大会儿工夫，张卡的手机响了，是个陌生号，接通了，却是刘姨的声音，她说："卡子，来没来？人家可来了，这是他的手机号，以后好联系。"

张卡没好气地挂了电话，随手将那号码删了。她进了雅间，那大个子赶紧让座，上下瞅着张卡，一边瞅一边笑。

刘姨说："小康，你咋了？"

"没事，阿姨，挺好的，我太满意了。"

那个叫小康，过来与张卡握手，张卡伸出手去，那人握着张卡的手不放，握得生疼。刘姨赶紧过来，拉开了那人的手，小康感觉失了态，赶紧叫服务叫点餐。

小康就是娜娜的表弟，他现在手里有了娜娜的钱，便想找个女人。偶遇贪财的刘姨，便告诉刘姨，自己想成亲，还给刘姨塞了一千块钱。刘姨便想到了张卡。

张卡不知道，只当是给自己介绍对象呢。便端了水，小心翼翼地应付。

刘姨说："我就不在这儿当电灯泡了，我先走了，你们聊吧。"

张卡抬头看小康，他比自己年轻多了，人长得俊俏，张卡感觉脸上红通通的。

小康故意挪了下椅子，接近张卡，想说什么，却没说，又过来握住张卡的手。

A座朱江波早到了,梅姨还没来,他听到隔壁有动静,听了听,是介绍对象呢。这年份,媒婆少得可怜,难得!

梅姨进来了,进来便掩了门。

朱江波说:"你关啥门?"

"关门营造浪漫气氛呀,我可能没有说清楚,我的家底好着呢,在郑州还有两套房子,一套自己住,另外一套准备卖呢。现在的房价,卖个百十万没问题。"

"说完了?"朱江波问。

"嗯,对呀,不好吗?"

"好个啥?不就有两套房子吗?在郑州,哪一家没有几套房子?"朱江波看着菜单说。

"果然是个性情中人,老朱,我觉得吧,咱俩特别合适,你说,我光棍多少年了,一直没有动心的,一遇到你吧,我这颗沉睡百年的心突然醒了,还欲罢不能。我好长时间没做过春梦了,年轻时候做过,那怪荷尔蒙,现在荷尔蒙都没了,依然梦了,还梦见你了,你说是不是有缘?"

朱江波笑了,说:"那是因为你与我在一块儿的时间长了,如果你喂猪,与猪待的时间久了,也会梦见它的。"

"够幽默,将自己比喻成猪呀!"梅姨大笑起来。

此时他们正好听见了隔壁的动静。

小康过去搂张卡,小声说:"我们不吃饭吧,去外面,或者去开房?"

张卡蒙了,没有想到此人竟是这种德行,本能地想跑,小康过来拦,顺势搂住了张卡的脖子。

张卡叫了起来,小康捂住了她的嘴。

朱江波说:"小声点,隔壁有声音,这声音咋这么熟悉呀?"

梅姨说:"这有啥吗?现在社会开放,可能是在里面接吻呢。"

朱江波瞪了她一眼,耳朵贴着墙壁,仔细听,听到了张卡的挣扎声。朱江波起身便想出去。

梅姨说:"干啥去?"

"我到隔壁看看。"

"哎呀,君子有成人之美,你说你,去那儿干啥?他们做的事情咱们也可以做的。老朱,听我的,作壁上观,咱们各干各的。"

朱江波到了B座门前,推门,但是门在里面锁了,朱江波抬脚把门踹开了。

张卡终于叫了出来,朱江波上前,朝着小康的肚子就是一脚,小康倒在地上,朱江波上前,抡起拳头便打了起来。

幸好张卡并未受伤,小康也被打昏了,咖啡厅的保安赶了过来,他们不知所措,想报警,却没敢报。

朱江波说:"不要报警了,他也受伤了,给他点教训,已经够了。"

张卡走出咖啡厅的大门,便扑到朱江波怀里。

朱江波说:"你呀,相哪门子亲呀?"

哪想到梅姨还在后面呢,看他们又是搂又是抱的,便埋怨起来:"老朱,这叫什么事呀?让我看热闹是吧,故意安排的,我说你怎么答应我晚上来吃饭,还安排在隔壁,让我难堪吗?我认得她,不就是那个张什么卡吗?果然好上了!"

朱江波觉得今晚确实有误会,便说:"梅姨,不好意思,下次我请客。"

"下次请客是结婚吧?再下次是要孩子吧?"梅姨说完,扭着肥胖的身躯走了。

周围的人议论纷纷。

朱江波搂着张卡回家,张卡心中很不是味儿,她不知道如何是好,便任凭朱江波搂着。朱江波突然说:"不仅你相亲了,我也相亲了,你没看到吗?事太乱了,想解决这个难题,恐怕只有牺牲你我二人了,我们结婚,行吗?"

这是真正的求婚,张卡不知道如何回答,以前好几次都拒绝了,今天,她有些动心了。

张卡想了想说:"——康复后,我就答应你。"

这是朱江波头一次得到张卡肯定的答复，他感觉自己的心门被打开了，阳光照了进来，满世界全是阳光。

张卡还没进家门呢，就听到院子里刘姨正在解释："不怨我呀，我也不知道他是那样的人！姐，这事不怨我，下次，我介绍好的。"

张母大声吼着："幸亏我女儿没事，如果有事，你吃不了兜着走。伪媒婆，就是一个现代的老鸨，呸，滚远点！"

张卡怒气冲冲地进了院门，指着刘姨的鼻子道："以后你别再进我们家的门，你介绍的是什么人，是个恶魔，伪君子，道貌岸然的家伙。"

刘姨一看势头不对，想跑，一眼看到身后的朱江波，她眼珠子转了转，想找回一些面子，便说："哟，我以为谁呢，原来有对象了也不告诉我一声，不是埋汰我吗？想玩二人转呀？"

朱江波憋不住了，说："你这么大岁数了，做的啥事，管好自己的嘴吧，说不定哪一天自己将自己说死了。"听他这么说，刘姨便跑了。

张卡看到了母亲，张母也觉得对不起女儿，便走过来对朱江波说："幸亏你在隔壁吃饭，江波，我不知道如何感谢你！"

"那什么，没事，阿姨，都是自己人！我去看看——。"

张母说："——被薇薇接走了，说是去饭店待一晚上，——非要去，我也没办法。"

张卡说："这是啥时候的事呀？"

"就是刚刚，你刚走，她就来了。"

张卡有些急，想去饭店。朱江波说："——高兴就好，你何必呢？孩子有自己的主见了，是不？"张卡觉得也是，便想进屋，朱江波没有回家，也跟了进去。

几乎整个晚上，两个人都在说话，屋里亮着灯，张卡收拾——的房间，朱江波帮忙，将被子撕开，褥子清洗，将床挪开，整理床下的连环画。

三十六

冯则这些天非常忙，在外面跑来跑去的，当他回到公司，便听到有人说公司新来一个大厨，做的饭太好吃了。

员工吃得好，工作效率才高。冯则听在耳中，喜在心里。

冯则不在家，花花的功课是个难题，因此他临走时便叮嘱花花，如果害怕，便去琴琴家里住。花花并没有去琴琴家，晚上陪伴她的是青菊。

青菊是本科毕业生，尤其擅长英语，花花的英语课有些差，经过青菊的点拨，进步不少。那天，青菊去学校接花花，有一个小个子中年男人老跟着她，青菊加快了脚步。那男人追了过来，拦住她。

青菊看清楚了，这人自己认识，是自己的初中同学铁塔。

铁塔说："听你说混好了，我过来讨杯奶喝，行吗？"

青菊有些讨厌他，初中时便追自己，现在不想搭理他。

铁塔说："你现在的男友，我可掌握着他的大量证据，自己看着办吧！"他说完便走了。

青菊大叫着："哎，等等。"铁塔不听，跑远了。

花花从学校出来了，看到青菊四处寻找什么，便问道："青菊姐，您啥丢了？"

"没事，遇见个熟人，却转眼人不见了，走吧，回家。"

回到家里，花花做作业去了，青菊进了厨房，但思想却一直也无法集中起来。

她一边择菜一边想，铁塔的说法绝对非空穴来风，难道冯则在外面出事了，还是铁塔想爆他的料，一定与冯则有关，难道他在外面拈花惹草了。

青菊不敢想象，可是必须得想，男人在外面总是管不住自己。不行，我得找到铁塔，只要他说出料来，可以给他钱，他不就是想要钱吗。

花花作业写完了，让青菊检查，青菊草草检查了一遍，便说："花花，你的作业进步不小，值得称赞。"

花花看出青菊有心事，因为吃饭的时候豆腐里面居然没有放盐。

花花小声说："姐，爸又吵你了？"

"哪会，你别多想了，吃完饭赶紧睡觉去。"

"姐，你难道不想听听我的建议吗？为了你的幸福，为了我的明天，我想让你演一出苦肉计，如何？"

青菊一听与自己有关，便暂时扔下了思想包袱，说："说吧，小天使，什么苦肉计？"

花花凑到青菊耳边，小声说出了自己的计划。青菊听完，直摇头，说："不行不行，绝对不行，对你爸不公平。"

花花说："要想嫁给我爸，就得听我的，这是第一步计划，完成后，还有第二步。"

"能成吗？"青菊表示怀疑，花花却坚持这样做。

花花放学后，拐到了饭店，在停车场，小朋子正忙得团团转，花花看到了他，向他摆手。小朋子认识花花，知道她是冯则的女儿，花花与琴琴关系好，以前经常来饭店玩耍，便和小朋子他们也熟悉。

"怎么了，大侄女，找叔叔有事吗？"

"叔，好事，我想给你介绍个对象，成吗？"

"不会吧,你才多大呀,就想当媒婆呀?成呀,叔正为对象发愁呢,有存款,杠杠的。"小朋子说完拍了拍自己的腰包。

"那就明天晚上七点,美美咖啡厅雅间C座,怎么样?"

"当然可以了,明天叔得打扮得潇洒些,事成了,我请客,请吃大餐,吃遍全郑州。"

"行呀,这可是您说的,说话算话。"

青菊今天晚上没有去冯家,因为冯则打了电话,说是今晚回家。青菊十分知趣,她还不是这家的主人,生怕有人说嫌话。

冯则回来了,看到花花正在做作业,便凑过来问:"女儿,最近成绩咋样?"

"成绩不是用手机向您汇报了吗?提高了五个名次,我这水平,能提成这样,不错了!"

"好,提高就好,等明年中考过后,咱们就去美国了,不去加拿大,你原霞阿姨说加拿大的教育没有美国先进。"

又提出国,花花好长时间没有听到她爸说这事了,如今听到,她感觉不舒服。

"爸,爸,您先别走,明天晚上,我想让你请我吃饭。"

"女儿呀,爸不是小气的人,干吗明天晚上呀,今天晚上就行。"冯则觉得亏欠了女儿,因此,她提出的要求,他都会照办。

"爸,今晚不要了,我已经煮了汤,太晚了,明天晚上吧,美美咖啡厅。"

"提高档次了,有进步,改喝咖啡了?好,明天晚上,那就七点吧,爸白天会忙完所有的工作,晚上好好陪陪你的。"

花花故意不理冯则,继续做作业,与此同时,她拿起了手机,通过微信,告诉青菊:"成交。"

强强最近学习进步不小,天天晚上往补习班跑,家里发生这么多事情,强强的学习却没有耽误。

上午第一节课结束后，强强找到了琴琴，问："美女，听说朱叔换工作了？"

"当然了，饭店生意不好，我爸去房地产公司上班了，就是花花爸爸的公司，在那儿当大厨。"

强强说："我好长时间没见到他了，有空没有，周末去看看我师傅，顺便让他教我两手。"

琴琴说："当然可以，我也正想去我爸那儿看看呢。我觉得，我们应该叫上花花，她有发言权。"

花花不知道跑哪儿去了，其实她是躲到了操场上打电话去了，她这时给青菊打电话。老师不让学生带手机进校，今天花花豁出去了，上课后便关了机，下课后便开机。

青菊在电话中说："花花，我总觉得不靠谱，取消计划吧。"

花花是第一次如此周详地安排，听到青菊打退堂鼓，便说："青菊，我告诉你，你自己的幸福，看着办吧。"

花花忘了关机，上课时，突然传来了微信消息的提示音。

王老师正在忘我地上课，马上期末考试了，最近抓得非常紧。听到声音，她机敏地回过头来，同学们也互相看着，不知道是谁的手机。

又是一声清脆的声音，所有的目光都集中在冯花花的身上，花花一拍脑袋，才想起忘了关手机。

王老师走了过去，伸出手，花花拿起手机，放到老师的掌心里。王老师并没有当场批评花花，而是坚持上完了课。

王老师看到花花在玩微信，并且看到她与青菊的谈话内容。当她看到花花居然在给别人介绍对象时，哭笑不得，她拿起电话便想拨冯则的号码。

花花快要哭了，自己精心安排的计划呀。

"老师，您可以打我、骂我，请您不要让我爸知道，求您了，我实话告诉您吧，我是为我爸着想。青菊喜欢我爸，而我爸一直犹豫不决，所以我才想给青菊介绍一个对象，故意气气我爸，今晚我爸也去咖啡厅的。"

王老师想了想，将手机还给花花，说："今天就算了，下不为例。"

王老师脸上全是笑，她没有想到，自己教育出来的学生竟然成了媒婆。

美美咖啡厅里好不热闹，这儿简直成了相亲者的天堂，三三两两的都市男人慕名而来，败兴而回，每个人的爱情观都高耸入云，他们都想找到不食人间烟火的爱情，可惜这世上没有，所以他们只好不停地相亲，不停地等，直到青春尽逝，依然无果。

青菊来得早，这是花花故意安排的，她坐在雅间C座里，焦急地等待着，青菊并不知道花花为自己张罗的相亲对象是谁，反正是假的，假的也真不了。

冯则与花花进来了，坐在外面的散座上，花花点餐，冯则点了一瓶啤酒、一杯咖啡。

小朋子进来了，他看到了花花，便过来打招呼。

冯则不认识他，花花说："叔，您来了，真巧呀。"

小朋子有些纳闷："可不巧吗，不是你安排的吗？"

"我先去忙了，一会儿聊。"小朋子看到了C座里面已经有人了，便推门而入。

青菊看到小朋子，今天的小朋子打扮得十分帅气，头发上有摩丝，脸上抹着大宝，衣服上洒了些法国香水。小朋子最嫌自己的臭脚，因此，下午去做了足疗，将给他做足疗的女孩臭坏了，大声吆喝着："不干了，换人。"所以，他在脚上也洒了些香水。

小朋子一眼看到青菊，就觉得这女孩子太漂亮了，娉娉婷婷、国色天香，简直就像洛阳牡丹园里的牡丹，或者更如房地产公司里的导购小姐。

小朋子说话语无伦次，想说什么，却说不出来。这个动作，倒惹得青菊笑了起来。

一笑倾城。小朋子不知道如何走路了。

冯则问花花："那人你认识吗？"

"当然认识，不是朱叔的徒弟吗？"

"朱江波的徒弟吗？花花，你怎么啥人都认识呀？江湖人士，知道吗？你才多大呀？"冯则一边喝啤酒，一边批评。

"爸，我听说有人给小朋子介绍了个对象，在C座，我们过去看看？"

"人家介绍对象，与你何干？花花，你是不是有事瞒着爸呀？"

"哪有，您那么聪明，我能瞒得了您吗？我看先前进雅间的女孩也十分熟悉，像是你们公司的。"

"是吗，这我得关心下了，我们公司的员工，如果成功了我得送礼金呀！"

冯则站了起来，悄悄来到C座门前，隔着帘子往里面张望，一眼看到了打扮得花枝招盏的青菊，顿时傻眼了，没喝多少啤酒呀，怎么眼花了。他揉揉眼睛，再仔细看，不正是青菊吗？

冯则受不了这种愚弄，推门而进，花花一看目的达到了，便紧跟着跑了过去。

青菊心中也是忐忑不安，她本不想参加这个计划的，可是花花却说必须这样做。她正准备找借口离开呢，冯则进来了，气得脸上的肉突突地跳着。

青菊赶紧站了起来："老总，你、你……"

冯则定了定神，尴尬地笑着："好呀，出来相亲了，我祝福你们呀。兄弟，你叫啥？小朋子，对，是叫小朋子。这女孩满意不？"

小朋子正不知道如何发展攻势呢，看到来人是青菊是老总，便顺坡下驴地说："老板，太满意了，我生平没有见过这么漂亮的女孩子。"

"那我就祝福你们，来呀，喝啤酒。"

花花见到场面有些失控，不知所措，青菊更不知道如何收场，一直看着花花。

花花说："爸，您别喝呀，赶巧了，也难怪，您不能让青菊姐耽误青春吧，您也不娶人家，是吧？"

"我算老几呀，我岂能耽误人家的青春，赶紧嫁了吧，我送嫁妆。"冯则举起了酒杯，小朋子也赶紧碰杯，两个云里雾里的男人搂在一起，乱喝起来。

小朋子一边喝，一边说："您放心，哥，我一定会对她好的。"

青菊正手足无措的时候，突然手机响了一声，收到了一条信息。青菊打开信息，看了内容，她更觉得六神无主。信息是铁塔发来了，内容是这样写的："好清闲呀，陪两个大男人周旋，不辛苦吗？我爆的料，不想知道吗？与其中一个男人有关。"青菊赶紧关了手机，同时看着周围，却没有发现铁塔的影子。

花花好不容易才搀扶着冯则回家，小朋子则过来握青菊的手，青菊说："是个误会，你赶紧走吧，我要回家了。"

"等会儿，这么晚了，一个女孩子回家不安全，我送你吧。我有自行车，你坐在后面，搂着我的腰，多幸福呀。"

"幸福你个头。"青菊甩开他的手，冲出了咖啡厅。

小朋子刚想出去追，服务员过来说："先生，没埋单呢？"

小朋子从怀中抽了一张百元大钞，扔在服务员脸上。

"先生，不够呀。"

"什么，我们喝了两杯咖啡，五瓶啤酒，一百块钱还不够？"

"咖啡三十元一杯，啤酒十元一瓶，差十块钱。"

"不就是十块钱吗？"小朋子抽出一张十元钱，扔给了服务员，然后追出去，却早已不见青菊的人影了。

青菊并没有走，她只是躲到了一个角落里。

她拨通了铁塔的手机。

对方接了，青菊大声吼道："铁塔，我与你远日无冤，近日无仇，你为什么要监视我？这样做对你有什么好处？"

"美女，我追过你，你不同意，我早就怀恨在心了，所以，我在找机会报复你。一个恰当的时机，我抓住了你心爱男人的料，不值得珍惜吗？我就是不想让你幸福。"

"你到底想怎么样？开个条件吧！"

"好，爽快，明天晚上七点，碧沙岗公园雕塑下面，一万块钱，我给你视频资料。"

"你别以为我是傻子，一万块钱买个破视频，我怎么知道里面的料对我有没有用？"

"聪明，依然是那么聪明，好吧，我先发一个小片段，你看看就会喜出望外的。"

不大会儿工夫，青菊就收到一段剪辑过的视频，打开画面，是一家大型商场，一个男人偷偷地进了商场，来到女性内衣专柜，他拿了好几条内衣，塞到自己的衣服里面。

这人太熟了，是冯则，不错，是他，再想看下文，视频没了。青菊感觉脸上红红的，冯则怎么会干这样的事？

电话打来了，铁塔阴笑着："怎么样？刺激吧？你心爱的男人爱好独特，值得公示呀。"

青菊说："好吧，我明天晚上可以见你。"说完，便挂了电话。

青菊走路回家，觉得自己委屈，禁不住大哭起来。按照常理，应该质问冯则，自己深爱的男人，竟然做出如此不齿的事情来，说出去都没有人敢相信。

青菊先去银行，在自动取款里机取了一万块钱，塞进自己的包里。哪里想到几个家伙盯上了她，在后面紧跟着她。青菊心想坏了，便专走大路。几个人加快了步伐，将青菊拦在人行道上。

他们并不说话，过来就抢包。青菊的包被抢走了，另外一个家伙一看是个漂亮妞儿，便攻了上来。青菊闭上了眼睛，不知道如何应对。与此同时，传来了那个家伙倒地的声音。青菊睁开眼睛，看到喝得半醉的小朋子，左手的啤酒瓶砸在那人的脑袋上，右手一瓶没有喝完的啤酒，小朋子正兴奋地喝着。

另外几个家伙围了过来，小朋子不甘示弱，抢起啤酒瓶疯狂地反击。

小朋子以前在温县陈家沟练过太极拳，知道如何防守，没有几个回合，几个家伙全倒下了。

青菊哆嗦成了一团，掏出了手机想报警。

小朋子说："不用报警，给他们一个做人的机会吧。"说完，搂着青菊扬长而去。

走出好远了，青菊才感觉被小朋子搂得太紧了，便赶紧挣脱了小朋子的怀抱。

"你一直跟着我？"

"如果我不跟着你，恐怕你此时……不敢设想呀！"

"谢谢你，我要回家了。"

"留个电话总可以吧，瞧把你吓得，我吃不了你，我师傅教导我们，做人要做君子。"

"你师傅是谁？"

"我师傅是朱江波，刚去你们房地产公司当大厨。"

"朱师傅呀，是我介绍去的，我叫青菊。"

小朋子兴奋极了，记了青菊的手机号，然后护送青菊回家。青菊的心情也平静了许多，她忽然想起一件事情，便说："你，真的喜欢我？"

"当然，我与你老板也说过了，君子一言，驷马难追啊。"

"好吧，我相信你，明天晚上七点，碧沙岗雕塑下面见，我有事情告诉你。"

小朋子不知道如何迈腿了，没有想到刚见一次面，便发展到要在公园约会的境地了。师傅呀，徒弟不笨呀！

三十七

小朋子先去碧沙岗公园探听虚实，他生怕有人会破坏约会的氛围，因此，当他看到一个老太太站在雕塑下面时，他上前，说："大妈，给您商量点事儿呀，您能否让下？"

"我小时候就站在这儿等孙子，怎么着，是你们家的地儿吗？"

"不是，大妈，这个地儿我一会儿有用。"

"这个地儿，我的小狗也经常在这儿撒尿，哪个地方都有用。"大妈对小朋子不理会，只顾招呼自己家的小狗。

小朋子看了看表，眼看着快到晚上七点了。此时，铁塔戴着大风帽，像一个刚刚进村的小偷，左右看看有没人可疑的人，尤其是警察。

铁塔也站在雕塑下面，小朋子不悦，自己约会的地方，竟然一下子来了两个不速之客。

那大妈说："小伙子，我告诉你，这可是个标志性建筑，我年轻时谈恋爱，也是在这儿约会，你是约会吧？这地儿可吉祥呢，一约准成。"

听到这话，小朋子无比喜悦，眼瞅着大妈领着小狗走远了。

铁塔东张西望，他生怕青菊会带警察过来，因此十分小心。

小朋子对铁塔说："哎，哥们，商量点事，你去那边，我在这边有事，等心上人。"

铁塔哪能理会他，他是个江湖中人，这套对他没用。

青菊远远看到了铁塔，她发了短信给小朋子。小朋子心领神会，赶紧到人行道上面，看到青菊，他激动万分，不停地搓着手，连手上的皮都搓掉了。

青菊说："看到那人没有，我去见他，你负责保护我，如果有危险，你就冲进去，不要报警。"

小朋子本来是约会的，没有想到青菊竟然约了另外一个男人，还是一个危险的男人。他想问，可是青菊已经进去了，小朋子只好躲在树丛中观察。

青菊摘下墨镜，径直走到铁塔旁边，伸出手，对他道："拿来吧。"

铁塔不太相信青菊，他左顾右盼，确信并没有警察后，笑了："钱拿来没有？"

"不就是一万块钱吗？"青菊从包里掏出钱，拿在手里，示意同时交易。

铁塔说："看来真是有钱人呀，我的目标是正确的。青菊，我还有一个条件，我现在提出来你必须答应，否则我不会给你视频资料。"

"你这人真卑鄙，得寸进尺，再这样我就报警了。"

铁塔有些害怕，其实，他太想得到青菊了，本来想提出来可是就这么被青菊扼杀到摇篮里了。便心想，算了，先拿钱要紧，还有后续呢，这个姑娘有些傻，以后就靠她吃饭了。

铁塔将资料掏出来，递给了青菊，青菊将包着钱的信封递给铁塔。

青菊借着灯光，打开资料，看到是一个光盘。

铁塔握着信封，准备掏出钱来，可是一掏，里面全是白纸。青菊看到他掏出白纸扭头就跑，铁塔知道上当了，在后面追。小朋子看到这人追青菊，便使了个扫堂腿，将铁塔绊倒在地。铁塔翻身起来，从怀中掏出匕首，就去追两个人。

三个人一前一后，奔跑在人行道上。

小朋子说："你见的啥人呀，还有匕首，姑奶奶，我可不敢和你恋爱了，连命都保不住了！"

青菊也跑得气喘吁吁的，嘴里面却一边骂小朋子："不乐意拉倒，谁稀罕你！"

铁塔腿长，跑了上来，青菊无法，大叫道："救命，救命啊……"

几个执勤的警察听到了呼喊声，火速赶来，三下五除二就将铁塔抓住了。

冯则接到派出所的电话，说有一个叫青菊的人在派出所里，让他过去一趟。冯则的心"咯噔"一下，心想，这个姑奶奶跑派出所干啥？

冯则坐在电脑前，视频资料中显示一个与自己一模一样的男人，正在疯狂地偷女性内衣。冯则也觉得纳闷，怎么这家商场自己一点印象都没有。

派出所的民警正在对铁塔进行审核，答案也开始浮出水面，那个男人是一个与冯则长得有点像的男人，并非冯则。

冯则差点气晕过去，青菊站在他的面前，不知道如何形容那种尴尬。冯则伸出手去，想抽青菊耳光，可是，他却慢慢地放下来，一把将青菊搂入怀中。

冯则说："谢谢你，幸亏铁塔找的人是你，如果是公司的其他人，恐怕公司早闹得满城风雨了！现在真相大白了，我不是那种人吧？"

青菊也觉得理亏，不过冯则感谢她，她却始料未及，她原本以为冯则会恼羞成怒，以后不会再理自己了。

又一个周末，冯则允许花花带着青菊去见自己的母亲，也就是花花的奶奶。青菊觉得好事近了，精心打扮了一番。

花花看到她，埋怨道："美女，你不要刻意化妆，你见的是老人，不是年轻人，朴素些，我奶奶可不喜欢化妆品，一辈子也没有搽过胭脂水粉。"

青菊不好意思地用清水洗了脸。又换了一件普通的衣裳，看上去就像一个小村姑。花花绕着她转来转去的，两个人好开心。

青菊提了许多东西，开车去了郊区。

冯则的母亲住在冯家老院里，靠近新郑机场。

青菊开着车，心中七上八下的，花花提醒她："我奶奶最喜欢自己的儿媳妇勤快，所以，多做少说。"

这是一座简朴的院落，门口栽着几棵梧桐树，叶子早已经凋零了，只剩下一些枯枝在风中荡漾着，好不凄凉。青菊觉得这样的情景有些悲凉，禁不住为自己糟糕的身世而忧愁。

几只乌鸦好像不太欢迎她们的到来，不停地叫着。花花从小就不喜欢乌鸦叫，捡了块石子扔向它们，那几只乌鸦调皮地飞向了另外一棵树。

冯母在家里闭目养神，电视里播放着传统的河南豫剧，桌上摆着几只香蕉，皮都烂掉了，好像是好长时间没人动它了，一只小猫看到有客人来，轻轻地叫着，似乎对她们有所畏惧，兀自往后退着。

猫的叫声惊醒了老太太，老太太抬起了眼皮，看到一个年轻的女子。

青菊看到老太太醒了，急忙叫身后的花花，花花却突然消失了。

"你是谁？"冯母不喜欢不速之客。

"我叫青菊，是、是花花的朋友。"

"花花的朋友？你的年纪比她大不少吧？别骗我老太太了，是卖保险的，还是卖化妆品的，或者是卖老年用品的？你这样的我见多了。"

老太太的嘴皮子非常利索，好像是一个说相声的艺人，没有等青菊亮相呢，便给她定了各种各样的身份。

"阿姨，我是冯总的秘书，叫青菊，冯总没跟您提过我吗？"青菊说完，按捺不住内心的狂乱，好像找个地缝钻进去。

"青菊？好像听说过。秘书，哎呀，别说我老太太看电视剧看多了，秘书好像没几个好的，要么是破坏家庭，要么是垂涎老板的财产，你属于哪类呀？"

"哪会呢，我一样也不图，我图的是冯总这个人。"青菊好不容易才说了出来。

"图的是人？哟，我明白了，你看我是真糊涂了！冯则提过你，花花也提过，不过，花花可是非常反对她爸再婚呀，我拗不过她。就这一个孙女，心疼还来不及呢，你如果想与冯则搞对象，就必须过了花花这一关。"老太太转嫁了危机。

青菊半天不敢坐下，因为冯母好像不太欢迎她，她只好站着，看到地板上全是水，想到花花说的话，便赶紧从门后面拿起拖把拖了起来。拖了好大会儿，又看到厨房里锅里的水开了，青菊赶紧进了厨房，关掉了煤气灶的火。

　　"姑娘，你还年轻，按说我不该拆散你们，可是，以我过来人的身份来讲，适合冯则的，应该是年纪相当的，你与他年纪差得太多，我不看好。我老太太公平、公开、公正地说话，不偏不倚，就事论事，不对人，你们如果结婚了，最吃亏的是花花！我上年纪了，不能再看到冯则有失败的婚姻，必须圆满，所以，这件事情，要慎而又慎。"冯母说话掷地有声，标准的普通话。

　　"阿姨，如果花花同意了呢？"

　　"花花同意了我就同意，我十分干脆，不过，她这一关可不是好过的！还有，花花的姥姥可以三天两头过来干扰我的生活，我们老姐俩经常争吵，甭看花花娘不在了，可是，她老是想干涉我们家的私生活，就连我跳个广场舞，她都说我跳得不好，气死我了！"

　　花花从门后面闪了出来，来到奶奶身边，悄悄地蒙上奶奶的眼睛。

　　冯母早猜到花花在与自己玩捉迷藏呢，因此，她并没有感到吃惊，而是享受着这种过程，说："我猜猜是谁？是隔壁的阿巧吧？不是，阿巧的手太粗了！这细皮嫩肉的，准是蔡文姬，弹琴的手呀，或者是月宫中的嫦娥仙子吧？应该也不是，地球太吵闹了，她不会喜欢的，我再猜。这手应该是一双学生的手，知道了，是朱江波的女儿朱家琴吧？"老太太故意插科打诨，说了半天，就是没有将目标指向花花。

　　花花不乐意了，松开手，来到奶奶面前，半跪在沙发上，大声说："奶奶，您是故意的吧？气死我了！气得我晚上吃不下饭，写不了作业，喝不进水，去不了厕所！"

　　"我早猜出来了，是我的宝贝孙女花花。你咋来了，你比冯则强，三天两头不来看我，还是孙女知道心疼人！"

　　"奶奶，我爸公司忙，我理解，以后我一个月来看您一次，与这位小姐姐一青菊一看，午饭时间快到了，饭还没做呢，便进了厨房，蒸上米饭，又打开冰箱，看到有鸡蛋，还有西红柿，便炒了一个番茄炒蛋。炒好了端上桌，花花老远便闻到了香味，不用筷子，直接用手，烫得她大叫。

老太太一直不表态，认真地吃着青菊做的菜，不算满意，但也没有失望。

青菊在冯母家待了一整天，直到黄昏时分，她们才与冯母告别。冯母送她们出来，嘱托路上开车小心些。

冯母看着她们远去的背影，不由得叹了一口气。

青菊问："我今天的表现如何？"

"表现一般般，不过也没有让我失望。"

"老太太今天是满意还是不满意呀？"青菊试探着问。

"我说小妈，第一次来，如果让你表态你敢吗？以后日子长着呢，下一关才是最重要的，我奶奶准会将你的事告诉我姥姥，她俩经常掐。有时候我爸在中间挺为难的，今天是没有遇到她，哪天遇到了她肯定会吃亏的，您可要小心点。"

花花继续说："我奶奶肯定会同意的，因为我奶奶传统意识相当严重，她重男轻女，如果在家里，有一个男孩那我肯定受冷落，不过，现在二胎放开了，我鼓励我爸再要个男孩，看你的表现了。"

青菊的脸一红，拿手打了花花一下，说："这孩子，才多大呀，什么都懂。"

"封建呀，不过我确实想问问你呀，你了解我爸多少呀？我现在还不知道我爸几斤几两呢，你就不怕我爸将来蹬了你再找一个吗？我可是听说了，男人一有钱就变坏，我爸有钱吧，以前就坏，现在改好没有，我不知道！"

"这孩子，有这么说自己爸的吗？不过我是莫名其妙喜欢他的，他对我也非常好，我做错了事情，他从来没有很凶地批评过我，公司里的人，都说我们是一对儿。"

"可是你知道我爸的过去吗？风流倜傥的男人都会做错事情，如果有一天，你发现了你不想知道的事情,我是说假如,你会后悔吗?"

青菊不说话了,她不知道如何回答这个难题。

谁没有认真爱过一次。青菊大学时便与一个男生同居了,并且怀了孕,那个家伙,知道青菊怀孕后竟然跑了,还退了学,偌大的校园里,传的全是青菊怀孕的事,青菊差点轻生了。孩子流产后,青菊休息了半年时间,后来她鼓励自己回到学校,本科毕了业,从那以后,再遇到男人,她便很少心动了,直到有一天,她遇到了冯则。

许多人探究小女孩爱大叔的原因是喜欢成熟,还有喜欢钱,更或者是喜欢那种不可一世的男子气概。其实没有那么多原因,因为爱也是会传染的,一个人这样爱了,另一个人便有了方向,时间久了,成了习惯、潮流,便使许多人趋之若鹜。这就是原因,再简单不过的原因。就好像村里人发现养鸡挣钱,于是,蜂拥养鸡。一个道理罢了。

蔡总执掌饭店以来,新规不断出现,并且降低了基本工资,凭业绩吃饭,于是小狐子、小朋子和小狗子的工资一落千丈,而副总四儿则坐到了原来冯薇薇的办公室里。

四儿喜欢一个叫月儿的小服务员,便将月儿升为大堂经理,惹得许多服务员不屑一顾。月儿的业务水平不太高,且为人清高,与其他人格格不入。因此,上任没几天,便接连发生了客人丢失财物的事件。

那日,小狐子三人在停车场上班,小朋子早上捎来一瓶酒,纯正的杜康老窖,几人见停车场没有生意,便返回值班室里喝起了酒。但是没有菜,小朋子想起了昨天晚上剩下的剩菜,便端了出来,好歹天冷,菜没有放坏。

值班室里,酒入愁肠。

小朋子说:"哥哥、兄弟,我早上碰见师傅了,师傅说,等他稳定后,可以考虑让我们去他那儿工作。"

小狐子说:"是吗,这是好事,来,咱们哥几个干一杯。"

小狗子说:"朋子,我听说你相亲了,咋样?"

"唉，别提了，那女孩不错，就是约会的第一个晚上就与人打了一架，肋骨差点没打折了，幸亏我英雄救美，不然那女孩危险。"

"就你，吹吧，那歹徒是个女的吧？"

"别不信，我下班了，领你们去看看那女的，漂亮着呢。"

三人正喝得高兴呢，一看坏了，四儿过来检查工作了，趾高气扬的，活脱脱一个太监。

三十八

四儿发现了小狐子三人在上班时间喝酒，本来他可以睁一只眼闭一只眼的，这样事情就过去了。可是，四儿刚刚上任，正愁没有功劳向蔡总汇报呢，于是便拍了照片，抓了个典型。

他拿着照片兴冲冲地去找蔡总。蔡清林这些天也非常郁闷，因为冯薇薇的爸爸来中国了，蔡清林去见他，其间便提到了与薇薇的婚事，本来以为是天作之合，没有想到，冯父竟然尊重女儿的意见，允许她一辈子不结婚。

冯父言外之意，对蔡清林插手饭店的做法非常不满，并且告诉他："我女儿马上要回新加坡了，这儿你一个人，你是老大，看着办吧。"

"叔叔，我不是那意思，我是觉得她太累了，所以想替她，半年后，这饭店还是她的。"

"清林，我是看着你长大的，你这个人什么样子，我最清楚，不必解释了，人各有志，我只是希望，你以后能将饭店经营好，你要知道，我现在仍然是股东之一。"

那天晚上的宴席不欢而散。冯父对饭店做的菜有意见，他说："这是正宗的豫菜吗？我来过河南多次，记得1972年，在郑州，我吃过一次豫菜，与川菜、湘菜不同，我觉得豫菜非常好吃。你这儿的厨师，不会只会大杂烩吧？"

蔡清林刚上任，对这儿的厨房情况一点儿也不了解，他虽然聘请了一个大厨，可是，他做的是新加坡菜，手艺也不咋样。

蔡清林看到——与薇薇他们父女关系非常好，他有些不解，想问却没敢问。他叫了一个小服务生，问："你知道是咋回事吗？"

那小服务员是资深人士，小声说："蔡总，这小女孩有病，刚刚手术，在康复期呢。您没见吗，她走路一瘸一拐的，好像是复印店老板的女儿，冯总喜欢她，经常去看她，我还听说了，冯总想认她做干女儿。"

蔡清林气不打一处来，自己有能力，为何不生一个，非要捡一个孩子！他喝了很多酒，原来不敢说，现在仗着酒劲，就问薇薇："这小女孩是谁？与你什么关系？"

冯薇薇十分讨厌蔡清林，因此，并没有回答他的问话。

席间，冯父出去打电话了，冯薇薇嘱托他为——找一家疗养院，冯父有一个朋友，在新加坡，开了一家疗养院，因此，他去张罗这件事去了。

蔡清林恼怒了，猛然一拍桌子，——正吃菜呢，她拿筷子不太稳，冯薇薇在旁边帮忙。蔡一拍桌子，——吓坏了，手直哆嗦，菜也掉在地上，吓得——哇地哭了出来。

冯薇薇站起来，指着蔡的鼻子大骂："你神经病呀，我有必要回答你吗？"说完赶紧坐下去哄——。

蔡清林离开桌子，来到——面前，他拖——的身体，嘴里面说："与自己不相干的人，凭什么对她这么好，凭什么对我这么差，自己不会生吗？干吗找一个没有血缘关系的孩子？"他喝多了，嘴没有把好关，心里想的、平时不敢说的，现在全说了出来。

冯薇薇大怒，掴了蔡清林一个耳光，蔡清林不依不饶，服务员着急了，急忙去找在外面打电话的冯父。

冯父将蔡清林扯到一边，拿起一杯开水，浇到他的头上。那水是刚倒的，热得厉害，蔡清林疼得大叫起来。

冯父指着蔡说:"你滚吧,我不愿意再见到你,臭流氓一个,你的父亲是怎么教你的?"

——本是个坚强的孩子,现在寄人篱下,虽然他们对自己好,可是,内心深处依然觉得这是他人之所,因此,坚强的种子早已经种在内心深处,看到局势对自己不利,虽然有人呵护,但毕竟不是至亲至爱,因此,不再哭泣,反而劝解两人。

冯父与冯薇薇觉得——太懂事了,冯父老泪纵横。

当天晚上,两个便去了——家里。张卡正着急想接回——呢,冯父与冯薇薇带着——回来了。冯薇薇拉了张卡,走到了外面。

"姐,我想带——去新加坡,你是什么意见?"

"啊,带她去新加坡?不会吧?"张卡有些蒙,她是无论如何也不想让——离开自己的。

"新加坡的疗养条件好,更有助于——康复,另外,这类癌复发性高,我们在那儿,会为——做彻底的检查。你放心,孩子是你的,我治好后会还给你的。姐,我父亲也同意了,他对——待如己出,你不希望——落下什么残疾吧,相信我,也相信——。"

张卡不知所措,她现在手脚冰凉。

不知何时,张母站在她们身后,张母说:"我都听到了,我同意薇薇带——走,我们家没有钱,人家是在帮助我们。张卡,你做事情犹豫,这次妈替你做一次主。"

张卡的思想处于挣扎状态,最后,她说:"好吧,不过,我们要征求一下——的意见,毕竟,她已经有主见了。"

——在与冯父讲小笑话,她平日里爱看书,琴琴来看她时,捎来了好几本小笑话书,让她多看,快乐才有助于治疗。

冯父笑得前仰后合。

张卡问——:"——,有件事情,妈妈想征求你的同意。为了你得到更好的治疗，薇薇阿姨想带你回新加坡，你同意吗？"

——并没有犹豫，没有等妈妈说完呢，便说："我同意，我还怕妈妈不同意呢。我会照顾自己的，我要上学，考大学，念博士，然后挣老多钱，送给妈妈。"

张母话虽那样说，毕竟不舍，她搂住小——，眼泪掉了下来。

他们去新加坡的时间安排在半个月后，因为——要办护照和签证。

蔡总正烦呢，四儿跑步进了他的办公室。现在的四儿一身西服，看着人模狗样的。

四儿让蔡清林看刚拍的照片，蔡清林火了，马上下令将三人开除。四儿其实不是这个意思，他也心有余悸，毕竟这三人是朱江波的徒弟，他本来想让这三个家伙去扫地，工资降一级，可是蔡清林正在气头上，根本不听他的解释。

小狐子、小朋子和小狗子被开除了，三个人垂头丧气的，心里面骂四儿。

小狐子说："我们咋办？难不成真去找师傅吗？"

小朋子说："师傅刚刚去，资历还浅呢？我们还是不要麻烦他老人家了。"

"不能就这样走了，太败兴了，我们惩罚一下四儿与蔡清林，不然，他们以为我们好欺负。"小狗气愤极了。

"可是，工资还在人家手里呢，不会不要了吧？"小狐子是个细心的人。

"我们暗地里来，谁知道，再说了，敢不给我们工资，我们去人社局投诉饭店。"

三个人说着计划起来。

小狗子说："四儿经常出没一家足疗店，我认识那儿一个妹子，今天晚上，他肯定去洗脚，我们在水里加点料。"

小朋子说："让我去给那家伙洗脚，我可不干。"

小狗子说："你不明白流程吗？先要泡脚再修脚，泡脚的时候，在水里面洒些东西。"

大家心领神会了。

江南足疗城生意火爆，都市人非常辛苦，每天赶地铁、追公交，养生意识增强了，对脚的爱护也提上了日程，因此，足疗店的生意非常好。

江南足疗城里，四儿叫了一个小妹子为自己揉脚，一个戴着口罩的服务生端来了一大盆中药水。

四儿踢了服务生一脚，大声说："瞧你走路的姿势，像个娘们。"

小狗子心里骂着："我是故意装出来的，一会儿非整死你不可。"

足疗有各种消费项目，四儿对跳舞情有独钟，因此，他点了一段舞蹈，不大会儿工夫，一个小姑娘，翩翩起舞，还有一个小伙子伴舞。

伴舞的男子是小朋子，小朋子以前学过舞蹈，因此混了进来。

小朋子扭动着屁股，与旁边的小姑娘一唱一和，惹得四儿大笑起来。

小朋子端起一杯水，走过来敬四儿，四儿觉得舒服极了，便喝了，喝下去后他觉得口味有些重，刚想问，水端来了，四儿便脱了袜子与鞋子，将脚放了进去。

小朋子又端来了一杯水，四儿疑惑了，就问："这怎么一股子中药味？"

"地黄水，喝完后会提高男性的颜值，让男人更像男人。"小朋子说话的声音十分细，像个太监一样，四儿听着大笑起来。

四儿感觉脚上黏糊糊的，两个脚黏在一块儿，用手去划拉，手也黏上了，两只脚和两只手黏在一起了，四儿大叫了起来。

舞蹈结束了，小朋子与小狗子撤了，站在走廊里的小狐子正四处瞅，生怕有保安进来。

眼看成功了，三个人赶紧跑出了足疗店。

四儿的水里，被人倒进了万能胶，四儿大叫着，嚷着要报警，足疗的老板亲自前来周旋，找来了医生，还是拿不开。最后没办法，用开水浇，才将脚与手分开，但四儿的皮掉了一大块。这还不说，四儿喝的水竟然是泡脚的水，他吐了半天，差点连肠子也吐出来。

老板赶紧查了相关视频，发现有三个人混了进来，叫那个小姑娘来，小姑娘说:"我也不知道呀,客人点舞了,我便随手叫了一个男生,谁知道是谁呀!"

四儿请了三天假回家治疗,蔡清林当然不批准了,以为四儿是故意出自己的洋相,在电话里训了他一番。

三个人并没有就此罢手,而是将下一个目标指向了蔡清林。

蔡清林每天上午要点外卖,一个大型饭店的老总,不吃自己家做的饭菜,说明他们饭店的质量有多么差!

这天,他要了外卖,一个小个子男生送到他的办公室里,那个送餐的男生戴着口罩,看上去十分在意卫生。蔡清林打了个电话,外卖便放在办公桌上,打完了电话,他也有些饿了,便吃了起来。可是,这外卖的味道非常难闻,一股中药的味道。

蔡清林吃了一半,便吃不进去了,打电话要求外卖的人回来。

半个小时以后,送餐的人到了,自称是外卖店的服务生。

蔡清林问他:"你们的饭菜今天质量怎么这么差?难吃死了!"

服务生闻了闻,也觉得难闻,便说:"好像有一股中药味道。"

蔡清林逼着他:"你吃,你吃完。"

那服务生不敢违背,便吃了进来,吃了几口,便大吐起来,嘴里面说:"这里面好像加了足疗的泡脚水。"

蔡清林不干了,叫来了保安,不准服务生离开。

服务生说:"我到了楼下,楼下有个人说是保安,他戴着大口罩,是他给您送来的,他还给了我钱呢!"

服务生一边说,一边掏出二十元钱,见那上面有字,便念道:"作孽了,就要遭罪!"

蔡清林一听,这不是冲着我来的吗?是谁?

保安查了半天视频,看到三个身影在停车场附近出现过。这身影十分熟悉,可是没有人愿意说出来,只有蔡清林蒙在鼓里。

琴琴上课时,老感觉玻璃窗上有人偷看自己,她用眼角的余光观察,发现是个女人，戴着大墨镜，长发披肩，穿着红色风衣。

强强也觉得纳闷，这女人的背影像鬼，一会儿飘到前窗，一会儿游到后窗。

强强与花花离得近，强强问花花："感觉到了吗，有人在偷窥我们？"

花花说："有一个女人，不会是坏人吧？她怎么进来的？"

王老师在课堂上课呢，听到同学们在叽叽喳喳的，便回头看，一回头，她就发现了那个女人。王老师要求大家做题，然后走出了教室。

娜娜是来学校找琴琴的，她不敢公开找，只好暗地里观察，她现在唯一的心愿，便是女儿认自己这个妈，同时，与朱江波生活在一起。

年轻的时候为所欲为，总认为自己无所不能，可是老了病了，才发现，自己不过是沧海一粟。你所承受的幸福，总大不过痛苦。

娜娜的病是严重的心脏病，每天需要输大量液体，吃大量药才可以维持，她不敢激动，激动过度便会昏死过去。

她是偷偷跑进来的，当时看门的大爷上厕所去了，她翻过栅栏门，进了学校。

王老师将她叫进办公室，问："您找谁？"

"我找朱家琴，我是她妈妈。"

王老师有些纳闷，朱江波她认识，早就听说琴琴的妈早死了，怎么冒出个妈妈。王老师觉得最好的办法就是叫来琴琴，便知道究竟是怎么回事了。

琴琴进了老师办公室，她一眼就看到了娜娜，她的心咯噔一下子，这个疯婆子，怎么找到这儿了？

王老师说："琴琴，你认识她吗？"

娜娜赶紧扑了上去，要搂琴琴："孩子，我是妈妈呀，让妈好好看看。"

琴琴本能地往后退，嘴里面嚷道："我没妈，我妈早死了，你是谁？"

娜娜不容分说，跑过去便搂了琴琴，琴琴反抗着，走廊里聚集了许多学生。强强与花花挤了进来，一把拖开娜娜，强强说："你这个疯女人，怎么到学校来了，再不走我就报警了，保安叔叔在哪儿？"

保安闻讯赶来了，他扯着娜娜，娜娜不走，几个保安只能将她抬了出去。

花花赶紧说："叔叔们，小心点，她可有病，严重着呢，别惹你们一身骚。"

几个保安顿时傻了，不敢动她了。娜娜看到琴琴不理她，便自己站了起来，一瘸一拐地走了。

王老师觉得事态挺严重的，便给朱江波打了一个电话。朱江波知道后急忙骑着自行车到了学校里。

王老师简要地讲述了事情的经过，坐在椅子上的朱江波赶紧起身说："老师，不好意思，家事影响到学校了。"

王老师说："那女子是琴琴的亲妈吗？"

朱江波回答："王老师，不瞒您说，的确是，但现在要保密。我会处理好的，不会让她再来学校了。"

朱江波骑着车，去了医院，他遇到小康，小康过来就握手，叫着："姐夫，干啥去？"

"娜娜呢？找她有事。"

小康觉得他们的关系有可能缓和，如果缓和了也只有机会去做自己喜欢的事，反正表姐已经支付了自己两年的工资，便一指小花园说："在那儿呢！"

朱江波大步流星地赶了过去，看到娜娜正孤独地坐在椅子上。

朱江波走近，娜娜看到了他，脸上有些激动，想站起来，可是朱江波早已经到了。他一记耳光打过去，娜娜的鼻子就流血了。

朱江波说："我说过吧，不要打扰我们的生活，我们需要安宁。你呢，不听，上学校找琴琴，让琴琴以后怎么学习？大家会怎么看她，难道让我告诉同学们，琴琴的妈是个疯子吗？"

"她是我女儿，我有权利看她。"

"你没有权利，十几年了，你早干啥去了。我养大了，现在成年了，懂得孝顺人了，你想坐享其成，没门儿。我告诉你娜娜，死了这条心吧，你不是想干涉我们的生活吗？我告诉你，我要结婚了！我要结婚了！你没有戏，十几年前，我向你求婚，觉得有了你世界都是阳光，没想到，我娶到家里的是一个祸害，祸害了一群男人。"

朱江波转身想走，哪里想到娜娜却昏倒了。

朱江波不能见死不救呀，赶紧与医生一块儿把她送入抢救室。

三十九

娜娜的病非常重，医生告诉朱江波："病人醒后，不要再刺激她，万事顺着她，否则会非常危险。"

朱江波准备离开，小康不愿意，劝他留下来。朱江波正在犹豫呢，电话响了，是张母打来的，张母约朱江波今晚到家中小叙。

朱江波坐了会儿，看到血压正常了，他才起身离开。他临走时，对小康说："小康，年轻人，做点好事，别总想捉弄女孩子，留点德，照顾好你姐。"

他直接去了张家，——在门口玩呢，她今天刚刚办理了护照，冯父带她去世纪欢乐园疯玩了一天。

朱江波进了门，张卡与张母正在等他。

张卡说："与你说件事儿，——要去新加坡了。"

"什么时候的事儿？怎么会这样，是薇薇的安排吧？这个女人，总以为自己是老大，不去，不承她的情。"朱江波现在有些讨厌她，如果不是她，自己怎么可能从大厨的位置上下来。

张母说："我已经同意了，与其在这儿吃苦，不如让薇薇带走，那儿条件也好，可以康复治疗。我与张卡想好了，我们同意了这件事情。江波，叫你来，就是让你知道，——与你也算有缘，再过一段时间就见不到她了。"

朱江波眼圈红红的，他跺了跺脚，想说啥，却没有再说，他也是一肚子的委屈。

张母继续说："——的事是我做的第一个主，现在，我要做第二个主。"

张卡似乎意会到母亲想讲什么，便过来阻拦，张母将她的手打到一边去了。

"你们结婚吧，每个人都要给自己一个机会，现在没有阻拦了，如果等阻拦来了，再后悔就晚了。"

朱江波有些惊喜，不过，他看着张卡。

张卡想解释，可是张母站了起来，说："张卡，你从小做事情就犹豫不决，有些事情当断必断，哪有十全十美的事情，妈当初将你嫁给杜纯江是错误的决定，现在我想补救回来。元旦前吧，你们就结婚。"

张卡努力地点了点头。

张母将朱江波拉了过来，将他的手郑重地与张卡的手放在一块儿。

朱江波非常欢喜，上班时一反常态地对梅姨说说笑笑。梅姨觉得今天的阳光分外明媚，便凑过来问："怎么着？又相亲了？成功了？"

朱江波说："你猜。"

"你那丑样，谁会乐意你，就那张卡，我觉得也看不上你。我敢打包票，除了我梅姨，没有人敢嫁你，你睡觉的姿态丑死了，还打呼噜，像打雷似的，怎么样？想好了没有？咱俩何时成亲？我可等不及了，趁年轻，再要个孩子。"

朱江波说："这样吧，我看你是结婚狂，我回头给你介绍个小伙子，二十多岁，咋样？长得像梁朝伟。"

梅姨在意了，一边忙着，一边说："老朱，拜托你了，我就喜欢小伙子。"

中午饭后，照例是做操，大家非常愉快。

青菊风风火火地跑了过来，对朱江波道："冯总要来厨房看看，这可怎么办？"

"这有啥？我丑呀，我怕他呀，来就来呗。"

青菊说："不行呀，我与他的关系正在紧张时期呢，如果让他知道是我安排你进来的,他会生气的。"

朱江波说:"我打扮打扮,不会让他认出来的。"

朱江波看到梅姨脱下的衣裳,便穿在身上,大小正合适,看到梅姨的胭脂,便抹了些在脸上,将头发弄湿了,整成半披肩的样子。

梅姨说:"你就这么怕老板呀?"

朱江波说:"待会儿冯总问的话,就说我叫江江,刚来的,是你的女闺蜜。"

梅姨乐得差点蹦起来,嘴里面道:"天杀的,闺蜜可是整天住在一块儿的,你敢吗?"

朱江波说:"甭废话了,赶紧收拾。"

冯则走了进来,马经理他们刚做完操,看到冯总过来,赶紧打招呼。

冯则听说餐厅的事了,刚刚来时便远远地听到了音乐声,他觉得这个主意非常好,可以陶冶大家的情操,同时还可以锻炼身体。

他走进厨房里,看到几个年轻人在忙活,便问青菊:"不是新来一个大厨吗?"

青菊赶紧叫朱江波,朱江波一边收拾碗筷,一边压着嗓子道:"冯总好,俺叫江江。"

冯则一皱眉,看那女子五大三粗的,一脸的水粉,穿着粉红的衣服,看起来不伦不类的。

"她就是大厨呀?叫江江?"

梅姨赶紧说:"是,她是我的闺蜜,我介绍过来的,做的饭老总还满意吗?"

"满意是满意,只是觉得这饭菜我好像很熟悉,可是,怎么也想不起来了。江江。"冯则一边走,一边想。

青菊回过头来,向朱江波挑起了大拇指。

青菊刚想去休息,冯则突然说:"哎,去我妈那儿咋样呀?没听你说,花花也不说,你们俩是不是合伙蒙我呀?"

"我哪儿敢呀,挺好的,老太太只是在意花花的态度,她告诉我,花花的姥姥那一关不好过。"

冯则说:"那一关必须慢慢来,你别介意,我不想惹她们不高兴,所以我们的事还要慢慢来。"

青菊有些激动,眼眶红红的,她觉得自己的爱情来得太慢了,全是泪和委屈。

冯则拍了拍她,说:"对不起,我不会辜负你的。这样吧,周末我们一起去看花花她姥姥一次,有个初始印象,我们不解释,看她咋说。"

青菊点头同意。

朱江波看到冯则走了赶紧卸妆,梅姨的胭脂太不好洗了,梅姨使坏,用了些锅底灰,抹到朱江波脸上,像黑脸包公似的。

琴琴这些天十分郁闷,放学时,强强与花花请琴琴吃饭。

花花说:"强强,你又逃课了?晚上不补课了吗?"

"得了,我是请假,为了朋友,请假不成吗?琴琴,别难过了,你不认她不就是了,太多愁善感了反而不好,纠结啥?我看你与朱叔过得挺好的。"

花花也说:"就是,咱俩同病相怜,我也没妈,不照样好好的吗?"

琴琴说:"我是担心我爸,我爸重情义,那女人一使坏,我爸准上当。"

花花说:"不过,我看她好像的确有病,要不我们周日去医院探听一下虚实,如何?"

强强说:"对,就这样,我们俩去,看她到底有没有鬼。"

花花叹了口气说:"看来,'家家都有本难念的经',这话说得真没错,我爸的婚姻也进僵持状态了,我姥姥准不同意。我爸急着将我送国外去,我是真不想去,有啥好的,我喜欢中国。"

强强说:"得,我也是一样。我妈与爸仍僵着呢,我姑吓了郭子一顿,将人打了,如今正不知道如何收场呢!我想好了,不管他们了,就一心一意跟朱叔学厨去，我这个兴趣，可是从小就带来的。"

周末到了，花花从青菊那儿得知，爸爸要带青菊去见姥姥。她也好长时间没去看望她了，于是她便对冯则道："爸，你是不是瞒着我什么呀？"

冯则笑道："姑娘，爸还敢瞒你啥？你不知道啥？爸的事，你都直接做主了。"

花花说："见我姥姥，如果少了我，恐怕现场会尴尬不少。爸，我建议您呢，去的时候，啥也不要说，就带青菊去走个过场，看看她老人家是啥意见，再根据她的意见采取对策。"

冯则道："我也是这个意思，如果挑明了，反而不好。"

冯则开着车，青菊的心七上八下的，她深知，这一关可是最难过的关口了。

花花去握青菊的手，发现她手心全是汗，花花拍拍她的肩膀说："小姑娘，这就是爱的代价。"

姥姥住的仍然是多年前的单位分房，小区的门口有许多树，今天太阳好，许多老头老太在门口跳舞。

花花说："没见我姥姥呀！"

冯则说："你姥姥不喜欢跳舞，她就知道打麻将，这会儿准在家呢！"

果然，敲了门，屋里面四个老太太，此时她们正围在一起，麻将声此起彼伏。

章老太太见是他们，还有个不认识的年轻姑娘，便一边搓着麻将，一边招呼说："冯则，自己坐。花花，给爸爸和那位姐姐倒水。"

老太太们一见来了客人，便想撤，章老太太哪里愿意，嘴里道："不行，姐们，我今天输了好几次了，必须将面子捞回来，我给你说，打麻将有境界后，不耽误说话，一边打一边说，那什么，你们坐啊。"

冯则将礼物放下，从怀中掏出一沓钱来，给章老太太道："妈，好长时间没来了，这不，给您送些钱花。"

"好呀，搁那儿吧。"

其余老太太羡慕得不得了，有一个老太太说："你这死老太太，安心花女婿的钱呀？"

"他孝敬的，不花白不花，再说了，丫子虽然不在人世了，可是还有个外孙女，我得替她攒些钱。花花，将钱替姥姥收了，放里屋的抽屉里去。"

花花答应了一声，将两万块钱收了起来。

老太太们议论起来，有一个说："哟，你们家冯则不会是新找一个吧？那么年轻？老太太，你马上要成后的了。"

章老太太不乐意了，说："哪能呀，我看是花花的同学，冯则就再不是人，能娶花花同学吗？"

冯则听着感觉非常不舒服，青菊也感觉脸红红的，本来想说话打招呼，可是却不敢了。

花花会来事，围过来，说："那是我的同学，我爸的同事，顺道过来看您的，这些礼物全是她买的。"

"花花嘴甜，这一点像她妈，不像冯则，这些天了才想起来看我。不是我挑理，公司忙是正道，别整天惦记那些小狐狸精，甭以为我不知道，男人的事，我清楚着呢！"

冯则凑过来，说："妈，如果没什么事，我们就走了。"

另外一个老太太道："吃晌午饭再走吧，哪能不吃饭！"

"要吃饭自己做去，我可没空。另外，让你妈回头过来一趟，别整天搂着电视看，来我这儿住些日子，打打麻将，保证让她找一个正经的娱乐方式。"

冯则赶紧答应了，拽了青菊就想走。刚迈出了家门，老太太扔了牌，送到门口，她对冯则说："老大不小了，也算人过半百了吧，甭瞎琢磨年轻人，该琢磨自己的事了。那个姑娘，我这儿楼梯窄，别闪了你的小蛮腰，这儿的地不平，别糟蹋了你的高跟鞋。"

花花觉得对不起青菊，青菊一句话也不说，只管走在最前面。

花花说："爸，青菊姐生气了。"

冯则说:"在意料之中,我们说好的,过来探听虚实。"

青菊上了车就哭了,冯则赶紧过来劝慰。

青菊一边哭,一边说:"你结个婚,与她有什么关系?人走这么多年了,早没关系了。凭什么让她做主,冯则,你算男人吗?"

冯则不知道如何回答。花花也感觉青菊的问题是正确的,拖了这么长时间,耽误了一个女孩子的青春,自己的老爸究竟在等什么呢,这估计他自己也说不清楚。

冯则觉得亏欠花花的妈,当年的一场车祸,冯则出差在外,没有及时赶上救援,就见到了最后一面,等他回过神来,人已经进太平间了。

章老太太埋怨冯则十几年,前些年,有许多人给冯则说亲,章老太太寻死觅活的,差点上吊。冯则也发誓不再娶了,娶了就对不起花花死去的妈。

因此,一提到婚姻,冯则晚上便做噩梦,有好些次他告诉青菊:"要不,你再找一个吧,找一个比我更好的,年轻的。"

青菊不舍,说:"今生就跟定你了,你去西,我决不去东。"

青菊病倒了,请了好几天假。冯则知道后,赶紧去了青菊家里,青菊不吃药,不看医生,就是死拖着。花花知道后,放学后也赶紧跑了过来。

花花说:"姐,您别这样呀,别这样作践自己!"

冯则也劝,青菊说:"冯则,两个月后,如果你不娶,我就回老家去,找个男人胡乱嫁了,生孩子去,我妈着急死了。你知道吗?我不能再这样等下去了,我要个结果,如果你不喜欢我,喜欢别人了,我不阻拦,我走,可以吗?"

冯则与花花一起协商,花花说:"爸,您真的爱她吗?"

"爱,当然爱,她跟了我八年,我没有给她名分,虽然给了她钱,可是,钱又能代表什么?在我看来,钱不过是一种工具,不是真情实感。花花,我现在害怕结婚,因为你的妈妈,这个阴影一直无法从我的内心深处散去,我不知道怎么办!"说完后,冯则一直叹气。

花花说:"爸,我知道了,我们共同想办法吧,现在最主要的是让青菊姐振作起来，不然她真的会病倒的。"

"可是，如何才能让她振作呢？"冯则也是无计可施。

花花说："爸，我觉得您应该答应她，两个月后，也就是春节前，娶她。"

冯则有些吃惊地看着女儿："花花，这是你的真实想法吗？"

"爸，我不能光考虑自己，您也需要幸福，还有，青菊对你那么执着，我看着都心疼。爸，我可以这样说，如果你放过她，你后半生再想找一个像她这样的女孩子，估计上天也不会给你这样的机会了。"

冯则说："可是，如果我答应她，不能兑现怎么办？你的奶奶，我的母亲，我可以说服她，她会支持我的，可是你姥姥呢？难不成与她成仇敌吗？"

花花说："爸，您可能忘了，姥姥最怕的人是谁。"

"姥姥哪有怕的人呀？对了，她怕你奶奶。"

"对，我去找我奶奶，将整个经过讲给她听，她会帮忙的。"

冯则心疼地看着女儿，觉得她真的长大了。

"花花，我没有想到这件事情，竟然得到你的支持与帮助，爸真是感谢你。"

"爸，我先前也反对，与青菊打了几次交道，觉得她人不错，帮我在学校打架的事儿，我都没敢告诉您。"

冯则这才知道，青菊替花花出头，与一帮家长对峙，差点没打起来。

冯则说："花花，不要以为你帮了我，我就放纵你，当父母的有自己的职责，就是看好自己的孩子，越严格越好，学习上不能马虎。爸答应你，让你明年就去美国读书。"

"爸，我帮助你，你也要答应我一件事情，不过，现在我没有想好，等想好了再与你说也不迟。"

"没问题，只要不是让爸去杀人放火，什么事都乐意。"

四十

　　冬季的郑州一片肃杀。大街上行人明显减少了许多,只有许多车辆,车窗关得紧紧的,无助地等候在红绿灯旁。

　　几个发小广告的穿梭于车流中,他们最盼望的就是红灯到来。

　　花花在周末坐了公交车去奶奶家。花花想着也觉得可笑,许多同学都是反对离异的父母再婚的,邻班的阿霞为了反对爸爸再娶,割了腕,差点死掉了。

　　何苦呢?人活一世不易,小孩子渴望的自由与幸福,不能凌驾于大人吃苦的基础之上吧?

　　冯则好歹遇上了一个明事理的女儿!青菊的命运也不赖,遇上花花,不仅是闺友,更是一个遇到困难时,可以说说话的人。

　　能够找一个让你倾诉的人,你就算有福了。

　　花花刚进家门,便听见吵架的声音。

　　冯母气呼呼地坐在沙发上,座机电话开着免提,电话那头的声音十分嘈杂,好像是一群人在打麻将。

　　冯母大声地说:"老太太,你能不能尊重我?我每次给你打电话,你都像公务员似的,就你知道日理万机呀?"

　　章老太太也不示弱,一边摸着麻将,一边挖苦她:"我说冯老太太,我邀请过你多次了，你一个人住着有啥意思？搬我这儿，人多，生活也充实，你说你不学着摸麻将，生活还有意思吗？"

冯老太太吼了起来："你以为全天下的人都要学你呀，如果都打麻将去，国家还发展不发展？瞧吧，早晚得死麻将上。"

章老太太大怒，挂了电话。

冯老太太不服气，重新拨过去，那边不接，又拨，那边接了马上挂掉。

"哎，我这暴脾气，我找她去。"冯老太太说完回头，竟然发现了孙女花花。

花花急忙上前，劝道："奶奶，您这是怎么了？姥姥又惹您了？"

"气死我了，我给你说大孙女，我与你姥姥就是水火不容，你说我怎么当初走了眼，与她结了亲家。我快气炸了，如果现在有火，我一点就会炸开。"

花花倒了杯水，过来为奶奶捶背。冯老太太喝了些水，叹了口气。

"你说，如果当初你妈不出车祸，现在一家人多好呀，命不好呀，这一家子闹的！你说你爸一个人，连个叠衣服的人都没有，如果你将来出阁了，我也走了，一个大男人，可怎么活呀！"老太太说着落泪了，一提到妈妈，花花也觉得不舒服。

花花只在照片里见过妈妈的样子，长得太像姥姥了。可是，据爸讲，妈妈的性格像姥爷，非常温柔，一点儿也不像那个经常发脾气的老太太。

花花说："奶奶，我们遇到难题了，想请您帮忙。"

老太太拍了拍腿，站了起来，从冰箱里拿了一瓶奶，跑到微波炉旁边，放了进去。奶热了，她拿出奶，塞给花花，说："我就知道，没事不登门，我猜猜看，是不是你有男友了？这可不行，我帮不了！"

"奶奶，说什么呢？我才多大呀？就是有了，也不敢告诉您。"

"我继续猜，你爸在外面有事了，不会是欠外债了吧？"

"奶奶，我看您是故意绕过话题，您知道的。"

"哈哈，大孙女，你过来与我一说话呀，我这浑身舒坦，看来还是孩子多了好，现在放开二胎了，这政策真好，人老了多情，就怕孤单，孩子多了好。肯定是你爸与那丫头的事，是不是有困难了？"

"奶奶，最大的困难在您这儿，您不放行，爸可不敢娶呀。"

"那个青菊，有这么好吗？给了你多少好处呀，让你跑来为她说好话。"

"我与她算是有缘，她经常帮助我，我们算是死缠烂打过来的。如果换作其他人，我还真不会同意的，这不，处出感情来了。"

"最大的困难不在我这儿，在你姥姥那儿吧？你们甭理她，该结婚就结婚，给你爸说，就说是我说的。"

"爸就怕这样，不行，如果姥姥知道了，寻死觅活的怎么办？"

"我还管得了她吗？她整天就知道打麻将，再说了，你爸结婚，与她有什么关系呀？"冯老太太不乐意地说。

"我爸是这样想的，姥姥肯定会知道的，她心脏不好，为结个婚，让老辈人受罪，我爸不会这样做的。"

冯老太太竖起大拇指说："不愧是我教出的孩子，有教养，该点赞呀！花花，你过来就是专程为这事吧，让我亲自出马，说服她，是吧？那我得有点计谋了，我要学会打麻将，学会拍马屁才行，否则那个倔强的老太太是不可能同意的，她呀，一百头牛也拉不回来。"

"奶奶，您同意了？"

"我当然同意了，说实话，我是一直想要个孙子的。你可别多心，你爷爷走得早，临死前，就叮嘱我，让冯则生个小子，你说这事，现在有希望了，你爸结婚不就有希望了吗？"

花花抿着嘴笑。

冯老太太收拾利落，去了趟超市，她转来转去，终于相中了一副麻将，然后她等着公交车。

上了公交以后，她掏出手机，拨通了章老太太的电话，电话通了，冯老太太说："章老太太，我马上到你那儿，住你那儿不走了。"

那边一片骚乱声，章老太太说："大家别玩了，我那老姐儿来了，快散了，这一屋的烟，谁让你们抽那么多的烟，开窗去，熏死了。她这老家伙，不喜欢人吸烟，不喜欢我打麻将，一会儿她来了，会兴师问罪的。"

冯老太太知道她是故意让自己听的，挂掉手机，一撇嘴。

下了车，远远地便看到章老太太在公交站牌前迎接，两个人见面后，章老太太一脸喜悦。

冯老太太将麻将递了过去，章老太太接过来打开，喜笑颜开地说："老姐姐呀，你不是讨厌我打麻将吗？太阳从西边出来了？"

"我是讨厌，可是我不能讨厌你一辈子吧，我现在要顺着你，都老了，再不给你个机会，就晚了。"

两个人并肩回家，天空阴沉沉的，今年的第二场大雪马上到了。

两个老太太，坐在温暖的火炉旁，冯老太太说："妹子，你一个人也够受的，不打算找一个老伴吗？"

"别，多大岁数了，你不是没找吗？"

"我比你大两岁，赶不上时代了。"

"别说那没用的，光说好的吧。你瞧，我这脸，抹这化妆品，冯则送给我的，咋样？"

"你这化妆品我也有，他一买就两套，你一套，我一套。你再看看我这衣服，你不是也有吗？"

章老太太觉得这衣服眼熟，急忙打开柜子，看了看商标，可不是吗，一家生产的，型号也一样。

章老太太说："你说，冯则这孩子真好呀，整天惦记着我，上周刚过来看我，还带着一个陌生的女孩子，那女孩子漂亮着呢。可惜我家女儿没福，这是命呀！"

冯老太太说："刚不是说过吗，说好的，不说坏的，你是咋回事？"冯老太太剥了个橘子，掰了一半给章老太太，自己留了一半，又说，"妹子，冯则不小了，四十多岁了，一个人，你说咋办呀？"

"得，我就知道没好事。按说呢，你们家的事我不该管，可是，冯则想再婚必须过我老这关，否则，他结婚时我就去闹，让全城人都知道。"

"别介呀，你这脾气，改改吧，对心脏不好。我家的儿子，我还做不了主呢，你太要强了！如果一个女人真的对冯则好，那怎么办？况且这个女人寻死觅活的，如果不让她嫁，她就要去死。"

"别骗我了，看中冯则的人全是看中他的钱了。我可跟你说，案例多着呢，邻家的就有一个，骗了钱跑了。什么年代了，现在的年轻人，看中的全是钱。"

"我给你说实话吧，那个青菊，跟了冯则八年，冯则不敢说，我也是刚刚知道，花花说的。她爱冯则，割过腕，肚子里有个孩子，前年打掉了，我这心疼哟。如果不成全他们，这女孩子恐怕就活不了了，如今在医院躺着呢，病了。"

章老太太最脆弱的一根神经，被冯老太太点醒了。她捂着胸口，不知所措地站起来，又坐下，最后问："不能这样呀，我没有阻拦他们结婚呀，我女儿都走了十来年，如果再阻拦，我不是成傻子了吗？再说了，你们冯家够意思了，如果不通知我，结了婚我也没法子呀，气死也是没法子的事，可是你们仁至义尽了！那这样吧，现在时间还早，我们去趟医院，不通知冯则，我们去探听一下，看看她是不是真心。"

"好呀，哎，可能要耽误你打麻将了。"

"老姐姐呀，你的话是对的，整天打麻将不活动，屋里空气不好，我如今已经落下病了，得多走走，你也别总是待在家里看戏，看看还落泪，出来走走吧。"

两个老太太说走就走，提了礼品，坐了公交车，二十分钟后就到了医院。

冯老太太看到医院外面的椅子上，坐着一个穿红衣服的女人，下雪了她还是不肯走，旁边一个小伙子过去拉她，她也不听。

章老太太说："这女人不嫌冷。"

冯老太太说："这女人我看着脸熟，不是朱江波的老婆娜娜吗？听说从南方回来，正闹着复婚呢。这是怎么了？我得过去问问。"

章老太太也是个爱看热闹的主儿，便跟了过去。

"姑娘，认识我吗？"冯老太太问。

娜娜心如死灰，只是木然地摇摇头。

小康说："大娘，娜娜姐这样坐着不是事呀，她有严重的心脏病，前不久才做的手术。"

章老太太说："姑娘，回去吧，有啥不顺心的事呀都扔了，想想开心的事。"

娜娜自言自语："我的世界全塌了，只剩下不开心的事了。"

两个老太太走了，边走边说："这闺女呀，没救了，心死了，人就死了。"

青菊刚刚接到远在农村母亲的电话，她一肚子委屈，将这些年发生的事情如数说给了母亲。母亲是个地道的乡下人，不知如何宽慰她，只知道一个劲地哭。

最后，母亲说："菊呀，回来吧，咱乡下也过得去，我找个主儿，你一定满意。"

"妈，我知道了，春节前我就回家。"

冯老太太先进去，青菊正伤心呢，抬头一看，竟然是冯则的母亲，她吓了一跳，又看见冯老太太的身后跟着那个可恶的章老太太。

青菊赶紧下床，可是肚子疼得厉害，差点从床上跌下来。两老太太急了，赶紧过去搀住她。章老太太犹豫了片刻，说："姑娘，那天我说话不客气，你是年轻人，不用理睬我的话。"

青菊没有想到她会这样说。

冯老太太说："她呀，刀子嘴豆腐心，放心吧，我已经说服她了，你们的婚事，我们同意了。"

章老太太一听，不乐意了："哎，你这老婆子，咋私自做主呢？谁说我同意了？"

冯老太太说："哟，刚才不是说得好好的吗？咋又变卦了，你这脸是六月的天呀，像个孩子似的，多大岁数了！"

"姐，我不是那意思，我的意思是说，我要代表我自己讲话，凭什么让你替我讲出来，我章嫦娥也是要面子的人。"

"啊，你叫嫦娥呀，年轻的时候，我问过你，你咋不说呢？嫦娥，那么，八戒与吴刚在哪儿呢？"

一席话，逗得青菊也笑了。恰在此时，护士进来了，拿着一张体检表，对青菊道："八床的病人，你注意了，你怀孕了，以后得注意点儿。"

"什么？我怀孕了？"青菊又惊又喜，接过单子仔细看。

冯老太太一把扯住那护士，拉到门外，问："你说什么？她怀孕了？几个月了？"

"大妈，您拽疼我了，快四个月了，可是她的体质不好。你是她婆婆吧，要注意点儿。"

冯老太太乐坏了，掏出一百块钱塞给护士，护士说："我们医院不让收红包。"

章老太太怔住了，她不知道如何形容自己糟糕的心情，该高兴，还是沮丧。

冯老太太拍拍她，大声说："你蒙啥，你要当姥姥了，这回肯定是个男孩。"

"是吗？孩子会叫我姥姥吗？"

青菊赶紧说："会的，一定会的，如果不叫，我打他屁股。"

冯则接了电话，风风火火地赶到医院，他没有想到两个母亲都在。他握着青菊的手，青菊也是满眼泪花。

冯则的电话响了，花花中午放学了，冯则说："花花，告诉你个好消息，青菊怀孕了，你奶奶与姥姥同意我们结婚了。"

花花并不高兴，而是阴沉地说："冯则同志，要注意情绪，那以后要注意自己的言行与表现，以后有了孩子，不准冷落我这个大孩子，知道了吧？"

冯则说："哪会呢，手心手背都是肉。"

四十一

朱江波这一阵子非常高兴，因为他与张卡的婚姻总算订下了。消息迅速传遍了房地产公司，梅姨噘着嘴，一脸不高兴。

那天上午，朱江波正做饭呢，感觉有人拍自己的肩膀，回过头来，他大吃一惊，竟然是冯则。

冯则笑呵呵地看着他，朱江波有些不好意思，想解释，却没有说出话来。

冯则拍了拍他肩膀，小声说："哥，我要谢谢你呀，我的员工，吃了您做的饭，上班时精神百倍，还有呀，你教的那个保健操，能否在全公司推广？"

"是吗？我还藏着掖着不敢声张，现在得到官方认可了，太好了。"

冯则说："有什么困难说一声，我们还是好兄弟。告诉你呀，我和青菊要结婚了，到时邀请你做伴郎。"

朱江波说："没问题，我与张卡结婚了，邀请您做伴郎，如何？"

"我用河南话回答你吧，中。"

两个人说完哈哈大笑起来。

陌生一直守在郭子身边，在近半个月时间里，郭子知道，陌生是爱自己的，因此她觉得自己以前做得过分了，觉得对不起陌生。

原霞来医院探望郭子，她马上要回美国了，因为她的离婚官司马上就要开庭了。

原霞与原凯谈了一次话,原凯说原霞过分了,原霞也觉得理亏,所以到医院看望郭子。

陌生正在为郭子剪指甲,郭子的情绪好多了,有说有笑的。原霞进来了,带了很多礼物,郭子看到她就头疼,示意她赶紧离开。

原霞说:"郭子,我们都是女人,我以前做得不对,请你谅解。我失去了丈夫,能够理解你的苦,现在,我要为我的孩子去打官司。郭子,女人要自立自强,你看陌生对你多好呀,听我的话,回老家吧,我哥对不起你,我替哥向你道歉。"

陌生与郭子离开了郑州,临走时,原凯又给陌生一张卡,卡里有原凯为郭子准备的一百万块钱。

秋静也听到了一些风吹草动,可是,她懒得理这些无聊的事情,她一心一意扑在工作上,因为马上期末考试了。

秋静那晚工作到深夜,觉得身体不舒服,便打了出租车回家,哪里想到,她在出租车上晕倒了,司机吓坏了,赶紧送往医院。

急救室门前,强强、原凯焦急地等待着。

强强说:"爸,我妈不会有事吧?"

原凯说:"不会有事的,你妈命硬着呢!"

强强又问:"爸,你与妈最近聊QQ没有?"

"聊了,可是她光说自己忙,没时间。"

急救室的门打开了,大夫走了出来,问:"你们谁是患者家属呀?"

"我是,我是她老公。"

"你太太怀孕了,但是她身体非常不好,你们要照顾好她。"大夫说完便走了。

原凯感觉这事情来得太突然了,秋静原来一直想要二胎,可是事情赶到一块儿了,他们俩整天吵架,所以二胎的事情就放置了,没有想到竟然会这样。

强强激动地说:"爸,妈妈的目标达到了,你不高兴吗?"

"我高兴,我以为你会不高兴,你看网上说的那些孩子,有离家出走的,还有以死相逼的,我没有想到,你会如此宽容你的弟弟妹妹。"

强强道:"这有啥呀,一奶同胞,无论是男是女,我都会认真照顾他的,老师说这叫血脉相连。"

秋静醒了,想喝水,原凯赶紧给她倒了杯白开水。

原凯说:"静,医生说你怀孕了,以后不要加班了,我下班天天接你去。"

"用不着,管好自己的事吧。"秋静依然对他冷淡。

女人面对男人出墙的事,都认为冷淡才是解决问题的最好办法。

原父、原母陪着原霞过来了,当他们知道秋静怀孕后,原母对原父说:"秋静为我们原家立功了。"

原父说:"是,我们全家都会感谢的。"

原霞喜极而泣,对秋静说:"嫂子,我要去加拿大了,打完官司我还回来,我不想留在那儿了。"

秋静则说:"无论如何,想办法要一个孩子,毕竟是自己的骨肉。万事要冷静,只能靠你自己了,我们都没法前往,自己处事要冷静,不要走极端,再困难,哪怕是败诉了,也要回来,不要胡思乱想!"

原母竖起大拇指称赞秋静:"这媳妇,百里挑一呀!"

原霞坐车去机场,到了候机大厅,原霞抱住原凯说:"哥,我要走了。"

"又不是生离死别,打完官司就回来。"

"哥,郭子的事情安排好了吧?我希望这是你做的最后一件错事,以后对嫂子好些。"原霞劝原凯。

"会的,放心,我不是孩子了。"

原霞进了候机大厅,原凯的手机响了。

强强放学时才知道了这则可怕的消息:原凯被纪委带走了,他牵扯到一个项目的违规批复。

秋静请了假休养,她四处打电话,打听原凯的事,可是没有结果。

那个晚上,秋静搂着儿子强强泣不成声。从强强嘴里,她才知道,那个每天晚上陪她聊天的人竟然是原凯。

原父打来电话,对秋静说:"他自己作的孽,自己承担。问题基本查清了,他接受贿赂,违规批项目,等结果吧!"

花花去美国读书的事情落实了,花花参加了美国当地一所中学的考试,两次考试,成绩均是优异。

冯则高兴坏了,计划近期便张罗与青菊的婚礼,因为花花马上要出国了。

花花与琴琴、强强走在回家的路上,花花一脸不高兴,搂着两个小伙伴哭了起来。她边哭边说:"我不想出国的,国外有什么好呀。我爸非要让去,我没办法,两个好朋友,我会回来的,我们是一辈子的好朋友。"

琴琴说:"花花,放心吧,我们会经常去看冯叔的,还有,青菊阿姨生下小宝贝的时候,我们会拍照片让你看的。"

强强说:"学生时代是最美好的时代,但人总要分开的,希望我们在不久的将来,仍然记着对方。"

三个好朋友,紧紧拥抱在一起。

朱江波与张卡的婚礼订在元旦前,朱江波的好朋友多,小狐子、小狗子和小朋子都来祝贺,保安八子也来了。四儿是代表饭店过来的,蔡总不能亲自前来,因此,嘱托四儿送来礼物。

小朋子刺激四儿:"四儿,那中药水喝着不错吧?"

四儿早查清了,是他们三个搞的鬼,可是没有直接证据,因此,他只有吃哑巴亏,但他嘴上不饶他们:"告诉你们,看在朱师傅的面子上,不与你们一般见识,今天是他大喜的日子,否则,我让你们兜着走。"

张卡打扮得十分漂亮,琴琴做伴娘,冯则、青菊也赶了过来。

冯则今天高兴,给大家放了一天的假,要求全部来参加朱江波的婚礼,朱江波可是赚足了面子。

最激动的数梅姨了，她过来替新娘收拾服装，拍着张卡的屁股道："这屁股够大的，看来还能生好几个孩子。"

张卡的脸红彤彤的。琴琴看不惯她，小声说："梅姨，说啥呢？注意影响！"

"对，对，不能多生，不符合国家政策，但再生一个是符合规定的，是吧，冯总？"

冯则知道她有些二百五，因此不敢与她多说话，只是认真地点头。

马上要拜天地了，突然间，一个女人冲了进来，她大声吆喝着，还唱着。婚礼现场一片混乱，冯则一皱眉，今天他特意请来公司的保安维持秩序，保安一见，蜂拥而上，围住娜娜。

娜娜本来不知道朱江波结婚的消息，可是，小康知道呀。小康早上便跟娜娜谈条件："姐，我有个重要的信息，您听不？"

娜娜对这个表弟也没办法，他就是冲自己的钱来的，因此，她爱理不理。

"姐，是关于朱江波的，如果想听，要有报酬哦。"

娜娜今天的状态不错，她从怀中抽出几张大钞，甩给他，说："说吧，够你喝几天酒了吧？"

"姐，你可真俗气，我就是那么一说，好吧，我先收起来。朱江波今天与张卡结婚。"

听到这个消息，娜娜躺不住了，她一把推开了前来拦自己的小康，然后打了出租车，去了婚礼现场。

朱江波要求保安放开娜娜，朱江波走近，对娜娜说："娜娜，你过来是想祝福我们的，我说得没错吧？"

"祝福你们？朱江波，你的老婆病了，你却在这儿与其他女人结婚。大家说说看，这叫负责任的男人吗？我十几年前是离家出走了，我们没有办理离婚手续吧？你们这叫重婚罪，会遭惩罚的。"

朱江波认真地说："娜娜，我们没有办过结婚证，哪儿来的离婚？你说得太搞笑了吧？再说了，十来年不在一起，事实上已经离婚了。娜娜，你是琴琴的亲妈，你能不能照顾下她的感受，她在边上哭着呢，你知道她有多么难受吗？"

"我已经顾不了她了，我只想挣回我自己的幸福。我重病在床，你们就不能等我死以后再结婚吗？等不及吗？三月，我活不过三月，我有钱，我有百十万的存款，全留给你和琴琴，我要的只是你们守着我、爱着我，不行吗？"

琴琴冲了过来，一把扯住娜娜的衣服，大叫着："你这个疯女人，你快走，你毁人家的好事，你有罪，知道吗？快走开！"

强强也冲了过来，他已经长成大个子了，觉得自己应该维护现场，因此，他帮助琴琴扯着娜娜的衣服。

娜娜一边吵，一边喊，似乎想让所有的人都知道这件事情，是朱江波辜负了自己。娜娜最后大声说："朱江波，十几年前的秘密，你不想知道吗？你相信自己的感觉吗？"

娜娜终于走了，现场一片狼藉，还没有拜堂，冯则觉得婚礼还要继续，便招呼司仪婚礼照常进行。可是，张卡却不见了。

张卡回了家，脱下了新娘礼服，躲在屋里哭。张母过来劝导，可是半天了，张卡依然关着门。

朱江波过来了，张母说："你们的婚事呀，真是坎坷，这叫什么事呀？这边安生了，那边又横生枝节。"

朱江波说："张卡，这事怨我，我没有处理好这事，你开门呀，别做傻事。"

门开了，张卡一脸平静地站在两个人面前，朱江波还想说什么，张卡说："我去复印店了。"

复印店里，朱江波帮着张卡复印资料，两个人都不说话。

张卡的手机响了，是国际长途。电话接通了，是一一的声音。张卡的脸上终于有喜悦的表情。

一一说："妈妈，我长高了，病也好了，现在已经开始上学了。"

冯薇薇接了电话，张卡说："真是谢谢你，薇薇，我们全家会一辈子感激你的。"

冯薇薇说："我与父亲还要感谢你呢，为我们全家带来了欢乐。姐，我告诉你，——虽然上学晚，可是冰雪聪明，才几天工夫，已经学会了初级英语课程，在大街上可以用英语与外国人沟通了。"冯薇薇最后说，"张卡，你与朱哥结婚没有？"

张卡不说话，朱江波接过手机，说："冯总，借您的福，我们今天办的婚礼。"

冯薇薇说："那就恭喜你们了，今天是你们的洞房花烛夜，不打扰了，我们春节会回去的。"

朱江波这天晚上仍然和张卡分开住，张卡不理他，可能是在生他的气。朱江波回家时，琴琴在家里哭呢，一见朱江波回来，琴琴便跑上前去，搂住他说："爸，你说这叫啥事呀，那个疯女人太坏了，破坏您的婚事，还拿什么秘密要挟你。爸，甭理她，她就是个疯子。"

"女儿，她是你妈，亲妈，你有空了去看看她吧。"

"我不会去的，疯女人。"琴琴恨死娜娜了。

朱江波忍不住了，抬手一记耳光打在琴琴的脸上，朱江波打完也后悔了，琴琴疯了似的回到自己的房里。

朱江波一晚上没有睡觉，他没有眼泪可流了，这么多年，这么多挫折，流了多少泪，自己都数不清了，好歹，离黎明不远了。

朱江波第二天一早便去上班，九点钟王老师打来电话，说琴琴没上学，也没有请假。

朱江波早上起来的时候，去房间里看琴琴，房间里空无一人，朱江波觉得琴琴可能去上学了，也没有理睬。

冯则刚上班，接到了强强的电话："冯叔，琴琴失踪了。"

冯则坐不住了，花花去美国前，对冯则说："爸，我的两个好朋友，你一定要帮助他们。"

冯则动员了公司里的保安,撒网寻找琴琴,可是,一直忙到下午,仍然没消息。

朱江波后悔万分,对冯则说:"兄弟,我不该勉强她呀,我昨天晚上打她干啥?她说娜娜是疯女人,不假,她就是个疯女人!"

强强说:"朱叔,会不会去你的亲戚家了?"

朱江波说:"我们没亲戚在郑州,乡下老家在南阳,也是一个人都没有了,只剩下旧房子,琴琴根本没去过。"

张卡说:"会不会是娜娜劫走了琴琴?"

此话一出,大家纷纷安静下来。朱江波也觉得有可能,娜娜疯了,什么事情都做得出来。

医院里,朱江波抓住了正准备去喝酒的小康,小康问:"你怎么见我一次打我一次呀?上次张卡的事情我已经挨打了,我不敢了行吗?"

"琴琴被你们抓到哪儿了?说,娜娜在哪儿?"

"琴琴,我压根就不认识琴琴,我姐在床上躺着呢!"

娜娜果然在床上躺着,她的身体非常不妙。朱江波与冯则推门而入,娜娜醒了,一看是朱江波,她大喜。

"今天我没有见琴琴,她不是与你在一起吗?我女儿怎么了?你还我的女儿。"娜娜不像说假话,朱江波不敢耽误,与冯则出了医院。

强强说:"朱叔,野营的地方,我想起来了,上周琴琴还说,想再去一趟野营的地方。"

冯则开着车,一行人直奔郊区。终于,在上次他们做饭的地方看到了琴琴,她一个人坐在冰凉的岩石上,风太大了,她的脸被吹得通红。

朱江波下了车,看到了她,抬手就想打。

琴琴说:"爸,打吧,我不会生气的。"

冯则赶紧拦住了,说:"琴琴,不是小孩子了,快上车,瞧小脸冻成啥样了！"

他们刚上车，小康打来电话，说："朱哥，我姐从悬崖上摔了下来。"

真是祸不单行。

娜娜坐出租车尾随他们去郊区寻找琴琴，一不小心，摔下了悬崖。

他们到医院时，娜娜正在抢救室里。小康吓傻了，抱着膝盖缩成一团。朱江波上前，便揪住了他的衣服问："怎么回事？"

"我姐太，太可怕了，血肉模糊，不是人，是鬼呀？"小康疯了似的跑出医院。

娜娜躺在病床上，医生说："万幸，她只是受了皮外伤。她的病在心脏，恐怕不好救了。"

朱江波与琴琴没有回家，朱江波说："琴琴，听爸的话，一会儿去看看她，毕竟是你的亲妈。"

琴琴认真地点了点头。

这是琴琴第一次认真地看娜娜的模样，真别说，自己长得真像她，她年轻的时候，绝对是郑州的一枝花。

娜娜在睡梦中叫着琴琴的名字，伸手想抓住什么，琴琴将自己的手放到娜娜的手上，娜娜紧紧地抓住了。

朱江波说："你妈年轻时嫁给我，可是，她当时与好几个男人好过，你妈嫁给我，其实就是为了转嫁自己的危机，她想想气气那些男人，结婚后不久，便故态重生了，与人去了南方。我曾经去找过，还被他们打了。后来，你妈给我寄了一张银行卡，前段时间，我查了，有二十万块钱。我发誓不会用那钱，可是，为了——与张卡，我后来把那钱给杜纯江了，买了我们的安宁。杜纯江收到钱后，才离开了这里。后来我才知道，杜纯江将那五万块钱，给了张卡，他让张卡用这钱给——看病。杜纯江也不算是个坏透了的男人。这都是命呀，你妈走时，你才半岁，我一个大老爷们，走投无路，在张卡的复印店门口准备上吊自杀，张卡救了我们。从此以后，你的衣服都是她洗的，她就像你的亲妈一样。我们家欠张家两条命。告诉你这些，是因为你已经长大了，有些事情瞒也瞒不住。别怨你妈，谁年轻时候没有犯过错误，有时候，有些路是命里铺好的，摆在那儿，已经好多年了。人不能为了自己的幸福而掩盖他人的快乐。现在，事情已经这样了，我们能做的，只有尽心尽力了，张卡已经找过我了，她说，她不怨我，她同意我来照顾娜娜。"

"爸，谢谢你，因为你把这个秘密守了这么多年，我才能快乐地生活，如果我早就知道，我是一个疯女人的孩子，恐怕我不会活到现在。可是，我已经长大了，我不怕，还有爸呢，爸在，天就在。"

琴琴紧紧地搂着朱江波，朱江波伸出手去，轻轻地拍打琴琴的后背，就像小时候琴琴不听话、淘气了，或者不睡觉时，朱江波轻轻地揽着她一样。哪个孩子，不曾在父亲的臂弯里温暖地睡过。

冯则与青菊过来看望娜娜，青菊与琴琴在一边说话，冯则对朱江波说："哥，原凯出事了。"

这时，朱江波才知道这个消息，他说："我说怎么好些天没有见他的影子了，严重吗？"

"我让人打听了，挺严重的，金额巨大。"冯则叹了口气。

朱江波一跺脚，站起来说："你说老原怎么会犯这样的错误呢？当初我就劝过他，他表面上听，认为我是老大哥，可是当面一套背后一套。不仅仅是经济问题吧？那个郭子，满城风雨，他们局连看门的大爷都知道这事。"

"可怜秋静，怀了孕，原母也因为这事住院了。"

"人生的事情呀，没法讲明白，现在我觉得活着的意义就在于平安，平安就是最大的快乐，别折腾自己，别折腾他人，这就是为人之道。"

冯则听了郑重地点了点头。

四十二

青菊去了张卡的家里,是冯则让她去的,目的其实就是一个,劝张卡与朱江波在一起。

青菊去时,提了许多礼品,无奈何张卡的心已经死了一大半。她让青菊坐下,给青菊倒了一杯水。

青菊说:"张姐,你其实挺开明的,你不是让朱哥去看望娜娜了吗?"

"她一个病人,你说我能怎么办?总不能与朱江波大吵大闹吧,那毕竟是琴琴的亲妈,我这样做,是出于常理。我看呀,我就是苦命人,与老朱结不成婚,或许这是上天的安排。我已经想好了,不结了,反正也没有拜天地。"

青菊笑了起来,说:"张姐,你一口一个老朱,还说自己不关心他,我也是女人,能够找对一个人,不容易!老朱、冯则和原凯从小就是发小,四十多岁的人了,还能保持这种友谊,实在难得。我听我们家老冯喝酒喝多了说,钱再多也是身外之物,只有情才是最真的。他说他们小时候的故事,一起打架,一起偷东西,那时候家里穷呀,现在物是人非了,你说,老原进去了,只剩下秋静,还怀了孕,有时候想想,人生的变数真大!"青菊十分珍惜现在的幸福。

张卡说:"他们三人,就数朱江波没出息,可是,我倒是欣赏他的从容与清贫,他做的都是正义的事。"

"所以说，张姐，娜娜那儿不算什么，我倒是觉得，我们应该去看看她，让她知道，咱不是小气的人，以大度包容她，让她临终前，对你心怀感激，岂不是最好的事？还有秋静，冯则也说了，让我多陪陪她。我先来找你了，我觉得与你还说得着，你和我一起去看看她吧。"

张卡觉得青菊这人不错，便郑重地点了点头。

——在新加坡发来消息，说春节前会回国，还发来了一张照片，照片中，——长高了，张卡看着看着眼泪就流了下来。

已经很幸福了，何必苦苦追求更多呢？上天不可能让你每天都顺风顺水，却无法阻挡你每天都充满笑容。

医院的病床上，娜娜痛苦地扭动身体，她想去厕所，可是，小康不知道跑哪儿去了！

张卡与青菊走进病房，张卡过来帮忙，青菊有孕在身，便在旁边协助。

张卡搀着娜娜去了厕所，厕所太臭了，娜娜摆手，示意张卡离开。张卡不放心，帮她脱裤子，娜娜满脸是泪。

娜娜重新躺在病床上，张着嘴，不知道该说什么。好大会儿，她开了口："我这人命贱，不是苦，年轻时候跟了许多人，没一个在意我的，除了老朱。可是，我却不珍惜他。现在想想，真是悔呀，张卡，那天是我不对，不怪老朱，可是，你知道吗？琴琴叫我疯女人的时候，我崩溃了，这是我的亲女儿呀！"

张卡也不知道如何宽慰娜娜，便没有说话。

青菊说："我觉得，娜娜你越是这样，琴琴越会排斥你，你不能将可怜当成筹码。我喜欢与年轻学生们打交道，我也了解琴琴，她是善良的，你破坏老朱的爱情，琴琴岂能不管？我觉得，娜娜，你应该真诚地与女儿交流一下。"

"交流？我现在连见她的机会都没有。她会来吗？一步错，满盘皆输。"

娜娜终于控制不住自己的情感，大哭起来，她边哭边说："这些年，我最大的心愿是什么，你们知道吗？我就是想见琴琴。三年前，我回来过，我看到了琴琴，她长得真像我。后来我走了，当时，我还在南方做自己喜欢的事情，认为日子长呢，多挣些钱，将来全留给她，可是，现在我病了，一病不起，恐怕过不了春节，我真是悔呀！我对不起老朱！对不起琴琴！"

三个女人，在一起说了好长时间的话，直到夕阳西下了，张卡与青菊才离开。

临走时，娜娜紧紧抓住张卡的手，说："姐，您不会怪我吧？我的错，我改，行吗？"又对青菊说："妹子，姐求你了，让琴琴过来看看我，我有话对她讲，我不会再做错事了。你告诉她：人之将死，其言也善。"

张卡坐在青菊的车里，好半天两人没有说一句话。

在幸福小区的十字路口，她们竟然发现了步履艰难的秋静，秋静刚刚从超市回来，买了许多菜。

张卡下了车，叫秋静，秋静停下，张卡看到秋静的脸仿佛一下子老了十岁。

美美咖啡厅里，三个女人围坐在一起。

青菊说："秋静姐，您别太上火了，老原不会有事的，说清楚估计就行了。"

"我知道早晚得出事，他不听我的，那些钱或者卡从来不往家里带。也怪我，是我疏忽了，一个丈夫出了事，你能说老婆没责任吗？"

张卡说："秋静，你现在要多注意，怀着孩子呢，已经是高龄产妇了，一定要开心，不要为原凯的事情过分担忧。"

"我现在想开了，每天守着强强，强强一心想读技校，我也不勉强了，随他去吧，技校也没什么不好的！"

张卡出去接客户的电话，竟然在街道上看到一个熟悉的身影。她赶紧回到咖啡厅，对秋静说："秋静，我好像看到那个叫郭子的女人了，她不是回乡下了吗？怎么又回来了？我估计这事与你们家老原有关，你可关注点。"

秋静本来不喜欢掺和这些破事，尤其是男女之间的事情，可是经历这么多，她看开了，无所谓了。

郭子果然回来了，她是背着陌生跑回来的。她听说原凯出事了，不算是幸灾乐祸，因为她曾经认真地喜欢过原凯。因此，她买了火车票，回了郑州。

郭子是下午到的，她四处打探消息，得到的消息是：局里已经换了新局长，原凯正在隔离审查。

怎么会这样呢？难道是因为自己的事情东窗事发吗？

郭子不想为难原家，原霞打了自己，也算自己活该。

秋静紧紧跟在她的身后，在一个胡同口，郭子感觉有人跟踪自己，她想跑，可是，前面却是个死胡同，她迷路了。她回头，却发现竟然是秋静。

她们从来没有正式沟通过，秋静没有责怪郭子，而是对她说："你没地方住吧？"

"姐，我正想找一家宾馆呢！"

秋静说："去我家吧，外面人多嘴杂，你一个姑娘家，危险。"

强强补习功课还没有回来，秋静打开家门，郭子进了家里。秋静问郭子："吃饭没有？"

"没有呢，姐，我……怎么说呢？我觉得对不起原凯。"

秋静进了厨房，不大会儿工夫，便做了一碗鸡蛋面。郭子真饿了，三下五除二，便吃完了。

"姐，你真是太好了，以前是我不对，对不起。"

"感情的事，无所谓对错，原霞也打过你，我们家也对不起你。郭子，你这次回来，不会有事吧？"

"姐，没事，我就是想知道原凯究竟怎么了？您可别误会，我不会再纠缠他了，我只是觉得相处一场，现在有事了，不问问不够意气，您放心，我马上会走的，我与陌生已经订好婚期了，我们马上结婚。"

"原凯自己做错了事，就该自己承受代价，我也帮不了他，你也帮不了，现在我们要做的，就是过好自己的生活。我觉得，郭子，你本性不坏，赶紧回家吧，不要让陌生怀疑。女人这一辈子，最怕嫁错郎，嫁错了，想改时，回首便已过半百，怎么改？改不了了！"

郭子说:"姐,我知道了,明天早上我就回老家。"

郭子晚上就住在秋静家里,秋静了解了许多以前不知道的事情。

第二天一早,秋静起得有些晚,强强上学去了。秋静发现,书桌上放着一封信,信是郭子留下的:

  姐,我走了,感谢你的理解。其实,我这次回来是想告发原凯的,但是昨晚,你的话提醒了我,做女人不容易,我能够理解你现在的苦衷,我走了,永远不会回来了,我希望你的孩子平安。

秋静看着郭子的信,心中感慨万千,正在这时,手机响了,是原霞打来的,原霞说:"嫂子,我离婚了,小儿子归我抚养,法院还判给我一大笔钱,我春节前就回家,以后再也不走了!"

秋静来到厨房里,她以前一直不爱吃早餐,可是,为了肚里的小宝宝,她要改变以前的恶习。餐桌上,居然摆满了菜,还有新煮的小米粥,餐桌上也放着一封信,是强强留下的:

  妈,饭和菜是我做的,我从朱叔那儿学到的手艺,还不错吧?放心吧,妈,天塌不了的,我以后就是家里的顶梁柱了,我会给你幸福的。

望着满桌的饭菜,秋静突然间觉得幸福溢满全身。

冯则与青菊要结婚了,张卡过来道喜,问:"怎么这么快呀?"

青菊小声说:"我不急,可是肚里的小家伙急呀,总不能抱着他成亲吧?"

张卡笑了。

正在他们准备婚礼时,青菊接到了远在美国的电话,是花花打来的,花花说:"一定要等我回家再结婚,否则,我不认你这个新妈。"

青菊说:"花花,不能不讲理吧?你今年不回来了吧?总不能明年再结婚吧？你的弟弟妹妹，可是等不及了。"

"小妈，你不嫌羞呀？这么急着当我新妈呀？我告诉你吧，我半个月会回中国，回郑州，不去美国了，我已经办了退学手续，我不爱美国，还是爱中国。"

青菊万分吃惊，说："你爸好不容易让你去美国，你这么快就回来了？"

冯则接过电话，说："丫头，爸已经同意了，回来吧。"

青菊低下头去，对肚子里的孩子说："得，再等两周吧，你姐是家里的老大呀！"

琴琴过来看望青菊，青菊想起了娜娜的嘱托，一把将琴琴拉进自己的卧室里。她低声说："琴琴，我正准备去找你呢，我与张卡去看你亲妈了。"

"看她又怎么了？我又不喜欢她！"琴琴说。

"琴琴，她已经得了重病了，最恨她的人不该是你，应该是张卡，可是你张姨已经原谅她了。昨天我们去看她，她痛哭流涕，她熬不过两个月了，能够在有生之年与你和好，恐怕是她最后的心愿了。"

琴琴说："我爸上次说我了，我去过一次，她睡着了，我看了看她，我承认她是我的亲妈了，可是，让我叫她妈，我做不到！"

"这就证明，在你内心深处还是渴望见到她的，血浓于水呀！小姑娘，你将来会后悔的，现在不要做将来会后悔的事，听姐的，去看看她吧。她让我告诉你：她不会再干扰你爸的生活了，人之将死，其言也善。"

琴琴点了点头，说："我知道了，我去看她，要告诫她，不要再去破坏我爸与张卡阿姨的生活。不过，青菊姐，我爸与张卡阿姨上次那婚礼被她搅黄了，这可怎么办呀？"

青菊说："这怕啥，再办一次又如何？如果你爸与张卡同意，我们就选同一天吧，两周以后，花花就回来了，她让我告诉你呢，她不回美国了，已经办理退学手续了。"

"什么，太好了，我说吧，我们是不会分开的。青菊姐，我这就去劝我爸，只是，张卡阿姨那边，您要帮帮忙。"

青菊说:"没问题,看我的。"

青菊对冯则派过来帮忙的一个小女孩说:"婚纱订成两套,还有西服,也要两套。"

朱江波刚从医院回来,娜娜的病加重了,两周后,需要接受手术治疗。娜娜十分感谢朱江波,一直想说什么,可始终说不出来。

琴琴在家里等朱江波。她首先告诉了朱江波花花回国的消息。朱江波说:"花花的选择是正确的,哪儿都不如家乡好,咱们中国现在发展得这么好,回来有道理。"

"爸,花花回来是为他爸做伴娘的,我也想做伴娘。"

"这闺女,想当伴娘,你与青菊说去,与我说有啥用呀?"

"爸,您与张卡阿姨再办一次婚礼吧,我已经与青菊阿姨说好了,你们一起办,如何?"

"别闹了,这婚我真不敢结了,上次……唉,别提了,主要是张卡,她不会同意的。"

青菊约了张卡帮自己看婚纱,张卡说:"我可是外行,你们女孩子穿啥都漂亮。"

青菊将一套白色婚纱在张卡身上比画,张卡问:"你这是怎么了?"

"没什么呀?已经布置好了,我们一起办个婚礼。"

张卡张着大嘴,半天没有合上,明白了之后说:"青菊,别闹了,我们不结了,苦命。"

"我跟你说,姐,这次婚礼现场戒严,谁再破坏,我们就报警。"

张卡以为她开玩笑呢,青菊却一本正经地说:"你我都受尽了苦难,才看到了光芒,哪能就此罢休呢?必须九九归一,取回真经。所以,听我的,我来安排。"

张卡想了想,说:"以前全是我妈为我做主,今天,我就做主了,听你的。"

张卡走了,青菊拿起电话,挨个打了过去。冯则听讯后,拍手称快。

朱江波也兴奋极了,梅姨在旁边嘲笑他:"臭美啥,结个婚出岔子了,还美啥?"

最高兴的莫过于琴琴,她将这个消息首先告诉强强,强强在家里呢,与秋静分享了这则消息。

琴琴正兴奋呢,有人敲门,打开却是保安八子,领着儿子小八。

八子说:"琴琴,我们是来感谢你的,小八真争气,获得了市里绘画比赛的二等奖。"

"是吗,太好了,恭喜恭喜。"

小八说:"琴姐,我是获得你的指点后才大有进步的。以后,我就听你的了,你让我往东,我不往西;你让你抓狗,我决不赶鸡。"

琴琴笑了起来。

琴琴提着水果去医院看望娜娜。小康事前得到了消息,一溜烟上了楼,将这则消息率先告诉了娜娜。

娜娜兴奋极了,梳了梳头,抹了些化妆品,邻床的一个老太太问她:"哎,怎么了?妹子,来亲戚了?"

"来的主儿可比亲戚厉害多了,我的女儿。"

琴琴蹑手蹑脚地到了病床前,看见娜娜正在熟睡。她小心谨慎地为娜娜掖了下被角,看到她没有醒来的意思,转身就想走,娜娜伸手拽住了琴琴,说:"孩子,妈对不起你!"一句话没有说完,旁边的小康先哭了。

老太太问:"哎,那个大个子,你哭啥呀?"

"我好久没有见到如此感动的场面了,我得出去哭会儿。"

四十三

琴琴仍然没有叫娜娜妈妈，但娜娜知足了，女儿能够来看自己，说明她心中有自己。她除此之外没有过多的奢求。

青菊最近一直在筹办结婚事宜，她几乎跑遍了郑州所有的婚纱店，对于已经订好的婚纱，她也退了好几次。

冯母不放心，也过来探听虚实。青菊一直拿不定主意，便请教冯母，冯母说："这样吧，你带着我一起去看看，我替你拿个主意。不过，千万不能让章老太太知道，否则就多了一层麻烦，她如果参与进来，恐怕事情就不好办了，她会说郑州所有的婚纱都入不了她的法眼。"

恰在此时，章老太太打电话过来了，冯母示意青菊不要说话，只管开车，她自己接了电话。

"老章呀，又有啥事呀？你说我每天一接你的电话就紧张兮兮的，以为魔鬼要来了。"

章老太太却笑着说："我就是要每天骚扰你一回，再骚扰你一万次，就不打扰了。你忙啥呢？"

"我能忙啥？我在门口学麻将呢，这不是受你的影响吗？听门口这车喇叭的声音。"

青菊心领神会，摁了一下车喇叭，冯母故意将手机放到喇叭上面，章老太太听到这声音太刺耳了。

"我听着倒不像在路口，倒像是在车上呢？我说，你儿子结婚的事情，你咋不着急呢？禁忌多着呢，我虽然是前岳母，可是也得提醒你一下，有些事情，不能由着年轻人，老规矩多了，你过来吧，我给你一一讲明，不然对孩子可不好。"

冯母觉得章老太太说得在理，便说："好吧，老章，我下午过去，行吗？现在有事儿。"说完便挂了电话。

青菊感觉有一辆出租车在跟着她们，便故意拐了个弯儿，那出租车也不甘示弱，也拐了个弯儿。青菊觉得不好，便放慢了车速，然后刹车下了车，径直来到那出租车前面，拍了拍车窗，大声吼道："你有毛病呀，老跟着我？"

后边的车窗开了，章老太太露出了笑脸。冯母也下车了，一眼瞅到章老太太，章老太太付了钱下车，对冯母道："我章嫦娥活了这么大岁数，竟然想与我斗智斗勇，怎么样？认输了吧？"

青菊也不敢笑，只管开车，两个老太太在车上开始斗争了。

冯母说："让我说你啥好呢？像个特务似的，年轻时是不是当过呀？怎么没抓了你？"

章老太太说："我只是给你个教训，什么事情也不要瞒着我，我这人就是爱热闹，哪儿人多我去哪儿。"

"澡堂子人多，你咋不去呢？"冯母反驳她。

"不就是选个婚纱吗？我没穿过，还没见过吗？走吧，去我们家附近，那儿有一家大型婚纱超市，刚开业的。"

"吹吧你，婚纱还有超市。"

"不信呀，如果谁输了，上午谁请客。我要吃火锅，谁输谁请客，现在就掏钱，我掏五百，是我女婿孝顺我的。"章老太太说着掏出钱包，抽出了五百块钱。

冯母更不会认输了，也掏出了五百块钱，说："我儿子孝顺我的，请就请。"

到了，果然是家刚刚开业的婚纱超市，可以自由选择，自行付款，全超市只有一个营业员。

章老太太转了半天，迷糊了，坐在椅子上对冯母说："你说现在，啥都有，我们那个时代，哪能看到这么多婚纱呀？"

终于相中了一套婚纱，两老太太也满意。

冯母一眼就看到对面有一家重庆火锅城，便指了指："上午我请客，重庆火锅城。"

章老太太说："你傻呀，酸男辣女，你不知道吗？你不是想要男孩吗？哪能吃重庆火锅，换一家。"

冯母一拍脑袋，说："也是，换一家，吃豫菜，那就去薇薇饭店吧。"

薇薇饭店没有几桌客人，冯母说："这儿的菜的味道好像与以前不一样了，换大厨了吗？我记得以前吃过两次，朱江波做的菜，那味儿正着呢，地道的豫菜。"

章老太太说："你说这'煎扒青鱼头尾'做得怎么越来越像湘菜呢？"

青菊说："朱哥早不在这家饭店了，现在在冯则的公司里当大厨呢，公司上下都喜欢他做的饭菜。"

冯母说："怪不得冯则整天高高兴兴的，这是兴旺的征兆呀。你想想看，人每天最大的工作是啥？就是吃饭，饭做得不好吃，企业哪能兴旺发达呢。人这一天，饭吃好了，就有力气干活，工作效率也高，是吧，青菊？"

青菊说："朱哥当时不想走，这家饭店老总换了，薇薇不干了，现在是一个姓蔡的负责。"

正说着话呢，四儿过来视察工作，一眼就看到青菊，赶紧过来打招呼。

章老太太爱挑刺，说："那个四儿呀，这菜的味道不是地道的豫菜呀？你们这大厨，是哪儿人呀？"

四儿说:"大厨姓蔡,湖南人,从小在河南长大的。"

"姓蔡,难不成是蔡总的亲戚?"青菊试探地问。

"不是,蔡总是新加坡人,他招人,只挑与自己同姓的,知道为啥让我当副总吗?因为我姓蔡,叫蔡四。"

章老太太一拍桌子,站了起来:"不吃了,这菜的质量真差,全市就一家正宗做豫菜的,现在也落伍了!"

冯母也一脸不高兴,心中想,怪不得没客人呢,大厨能随便换吗?冯母的手机响了,是花花打来的,冯母高兴坏了,赶紧接了电话。

"奶奶,我马上就回家了,您高兴吧?"

章老太太听到是外孙女的声音,一把抢过电话:"花花,下次打电话,先给我打,别光顾着那老婆子。"

冯则和青菊的婚期订下来了,腊月十九,是个好日子,也就是花花回国后的第三天。

秋静这些天一直在等待原凯的消息,傍晚时分,原父打来电话,对秋静说:"原凯判了五年,这已经是最好的结果了。"

今天是周末,强强没有去补习功课,听到爸爸的消息,强强哭了起来。

秋静说:"强强,每个人都该为自己做的事情承担责任,错了就该受罚,五年时间,很快就过去了,我们就等爸爸吧。"

终于尘埃落定了,秋静反而没有伤心,她对强强说:"我们也该去慰问一下两个新娘子了,婚礼当天,我们俩都去。"

强强说:"琴琴告诉我了,腊月十九,正好是我们期末考试结束后的第一天,这日子选得太好了。"

秋静说:"你冯叔故意选到你们考试后再举行婚礼的,他说让所有的孩子都来参加,图个热闹。"

张卡与朱江波在收拾一一的房间,因为一一马上就回家了。

朱江波还得到一个消息,蔡四儿一早上便过来向他解释:"蔡总由于经营不善，被董事会召回新加坡发展，新任总经理依然是薇薇，她带着——马上要回国了。"

朱江波斜着眼睛看四儿，看了好大会儿，问："四儿，你说今天的太阳还是从东边出来的吗？"

四儿知道是朱江波在埋怨自己，便赶紧说："是呀，以前是，现在也是，将来肯定还是。"

朱江波说："你应该将这个好消息告诉三个人，知道是谁吧？"

蔡四儿说："我已经给他们打电话了，他们很高兴，只是怕薇薇不用他们。"

"冯总不是蔡总，也不是蔡四，她不会那样做的，你看吧，他们肯定会回到饭店的。"

——回家了，张卡与朱江波在家门口迎接。——长高了，也胖了，一见到张卡，便扑到她的怀里。

冯薇薇直接回的公司，手中握着董事会的认命书，蔡清林并未与冯薇薇见面，他直接回新加坡了。

冯薇薇召开中层会议，现在的中层人员她大多不认识，只有蔡四儿跑前跑后张罗着。

冯薇薇调查了相关情况，特别是客人流量，外面的传言她也收集了许多，开了两个多小时的会议。冯薇薇决定，下达第一个任免令，任命朱江波为饭店的常务副总，主要负责饭菜质量。

蔡四儿握着任免令，骑着自行车，风风火火地往张卡家赶，由于匆忙，裤子被挂了个大口子。

小狐子、小朋子与小狗子齐齐地聚集在张卡家里，他们是向师傅祝贺新婚的，顺便过来探听情况。

任免令当众宣读，朱江波轻轻抚了一下额头，大声说："是高额头，总会发亮的。"

张卡听到这个消息，她为朱江波感到高兴，可是她马上说："老朱，不行呀，如果走了，冯总会不乐意的，他们那儿的员工喜欢你做的饭菜。"

朱江波拍着额头，想了一下马上说："这事好办呀，小狐子，马上宣读本副总的第一个决定：以后房地产公司的午饭和晚饭，由薇薇饭店直接送过去，这样总行了吧？"

小狐子抢了蔡四儿的自行车，四儿说："你干啥去？"

小狐子说："我得告诉青菊去。"

腊月十九到了，整个薇薇饭店人山人海，冯则与朱江波打扮得年轻时尚，青菊与张卡也青春迷人。

花花、强强负责现场的一百多个小朋友，以保证他们的安全。

秋静也过来祝贺，当她与青菊站在一起时，张卡说："哟，两个大肚婆，可得小心点儿。"

青菊开玩笑说："张姐，你不会也有这个打算吧？"

张卡的脸红了："说什么呢？我多大岁数了，可不敢要了。"

琴琴没有来，她在来饭店的路上被小康截住了，小康说："琴琴，我姐不行了。"

琴琴说好给张卡做伴娘的，但事出紧急，她便给朱江波打了电话，朱江波说："没事，你去照顾你妈吧。"

花花与强强也得到了这个消息，花花一听，便与强强说："这样吧，我有个办法，你做伴郎，我做伴娘，如何？"

强强一拍大腿，说："行呀，走，咱们去化妆室去。"

不大会儿工夫，强强穿着西服，花花身着礼服，走了出来。

冯则、朱江波、青菊、张卡和秋静，看到两个年轻的孩子从化妆室出来，半天没有认出来。

强强的脸上全是胭脂，花花觉得少了，便加了些粉底，拍到强强脸上。强强也觉得花花的妆淡了，便将她的脸搽成了五颜六色的。

几个大人终于认出了是他们，大笑起来，秋静赶紧过来给他们收拾。

琴琴赶到了医院，娜娜早已命悬一线，医生在进行抢救，琴琴感觉头重脚轻，她无法形容自己糟糕的心情。

医生出来了，对琴琴说："病人十分危险，不过，她醒了，叫你进去。"

娜娜紧紧握着琴琴的手，她脸上一点儿血色也没有，不过，她努力笑着，不想让女儿看到自己痛苦的表情。

"琴琴，今天是他们结婚的日子吧？妈不会再去闹了，也没有力气去闹了，妈想明白了，成全他们，就是成全自己。琴琴，我有个秘密，我不想说，可是，不说，对不起你与朱江波，我骗了你爸，就是，就是……"

琴琴说："你别说了，先休息吧，医生不让你说话。"

"不，我一定要说出来，否则，我会死不瞑目的。琴琴，别怪妈妈骗了你们，你不是朱江波的亲生女儿，你的爸爸，你的爸爸是杜纯江。"

琴琴蒙了，她呆呆地坐在病床前，她不敢相信这样的事实，对自己那么好的朱江波，怎么可能不是自己的亲生父亲。

娜娜继续说："妈糊涂，年轻时候与杜纯江好过，结果就有了孩子，杜纯江不正经，妈不想跟他，你爸经常来看我，我便想到了一个转移矛盾的办法，嫁给你爸。我对不起朱江波，他替我照顾了你十几年，这都是命运的安排，我后悔死了，如果让时光再重来，我一定会认真地与他好，欠他的，我来世一定会还的。"

琴琴的眼泪流了下来，她真的无法接受这个可怕的事实，杜纯江，那个坏透了的男人，怎么可能是自己的亲生父亲。

娜娜手松开了，眼睛闭上了，几点残气在嘴角上游荡，命若游丝，琴琴大叫起来："妈，妈妈，妈妈。"

娜娜就这样走了，琴琴搂着娜娜的身体，哭了起来。

琴琴、花花和强强去逛街，琴琴心情非常不好，先是婚礼，又是娜娜的葬礼，琴琴还是无法接受现实。

朱江波也知道了这个消息，张卡觉得朱江波太冤了，想说什么，却没有说。

朱江波说："其实，当初我知道孩子不是我的。我是这样想的，孩子是她的，我就有责任照顾她长大。"

张卡说："你这人，太傻了。"然后紧紧地抱住了朱江波。

一个戴着眼镜的家伙在跟踪他们。强强眼尖，一眼就认出了那个人，小声说："坏了，是杜纯江，他又来破坏你爸的生活了。"

花花说："强强别瞎说，杜纯江毕竟是琴琴的亲爸。"说完，她后悔了，赶紧捂紧了自己的嘴。

杜纯江去墓地看了娜娜，他也觉得自己对不起娜娜，他现在想做的事情，就是将自己在南方挣的钱，如数送给自己的亲生女儿琴琴。

杜纯江看到三个孩子，他觉得还是要留下一个好印象，便一直跟着他们。不大会儿工夫，强强赶了过去，问杜纯江："爷们，什么事啊，老跟着我们？"

"强强，不认识我了，我是杜叔呀，那个琴琴，心情咋样？"

"她心情很不好，请不要打扰。"

强强说完就走了。

不大会儿工夫，花花来了，对杜纯江说："琴琴不让你跟着我们，她说她不喜欢你。"

杜纯江说："喜不喜欢，我也是她爸呀，这个事实改变不了！"

花花说完就和强强、琴琴跑了，杜纯江在后面追，也不知道是谁扔了一大片香蕉皮，杜纯江踩到了，摔了个人仰马翻。